LES GRANDS VAINCUS DE L'HISTOIRE

敗者が変えた世界史 上

ハンニバルからクレオパトラ、ジャンヌ・ダルク

ジャン＝クリストフ・ビュイッソン／エマニュエル・エシュト
Jean-Christophe Buisson　Emmanuel Hecht
神田順子／田辺希久子 訳
Junko Kanda　Kikuko Tanabe

原書房

敗者が変えた世界史・上

ハンニバルからクレオパトラ、ジャンヌ・ダルク

◆目次

序文　敗者の美学

本書がとりあげるのは、栄光のきわみから地獄の闇につき落とされた敗者一三名——女性二名と男性一一名——である。打ち負かされた彼らを待っていたのは、幽閉、暗殺、もしくは自殺といった運命である。彼らの名前はハンニバル、クレオパトラ、ウェルキンゲトリクス、ジャンヌ・ダルク、モクテスマ、ギーズ、コンデ、シャレット、リー、蔣介石、トロツキー、チェ・ゲバラ、ニクソンである。彼らは公子、国王、軍の指揮官、国家元首、神秘的な体験や信仰につき動かされる者、もしくはイデオロギーの旗手であり、畏敬や称賛や熱狂的支持の対象となったが、運命の輪が回転するやいなや糾弾されて晒《さら》し者となった。詩人が述べるように「美、夢、栄誉といったすべては、水が水のなかに消えるように消えさる」のだ…

わたしたちは、さまざまな時代や大陸を代表する敗者として一三人のみを選んだが、候補者は数多かった。スパルタクス［奴隷による大反乱の指導者となったローマ時代の剣闘士］、レオニダス一世［ペルシア軍を迎えうって壮絶な死をとげたスパルタの王］、ダレイオス［アレクサンドロス大王に敗れたアケメネス朝ペルシア最後の王］、癩《らい》をわずらっていたエルサレム国王ボードゥアン四世、シャルル剛胆公［フランス王家を脅かしたブルゴーニュ公家の事実上最後の当主］、メアリ・ステュアート、クロムウェル、ロベスピエール、カドゥーダル［革命政府に反旗をひるがえした梟《ふくろう》党の指導者］、ナポレオン、チャールズ・ゴードン［スーダンで戦死したイギリス軍人］、アブド・アルカーディル［フランスによるアルジェリア植民地化に抵抗した人物］、ドラジャ・ミハイロヴィッチ将軍［枢機軍によるユーゴスラヴィア支配に抵抗したチュトニクの指導者］、ムッソリーニ、ヒトラー、パトリス・ルムンバ［コンゴ独立運動指導者］、サラン将軍［ド・ゴール大統領のアルジェリア独立容認に異を唱えたフランスの軍人］、ヒトラー、サダム・フセインなど、枚挙《まいきょ》にいとまがない。彼らは、たとえてみればカピトリヌスの丘で権力をふるっていたのに最後はタルペーイアの岩からつき落とされた者［カピトリヌスは古代ローマの政治の中心地。この丘の南端にあるタルペーイアの崖は処刑所であり、罪人はここからつき落とされた］、栄光をきわめていたのに銃殺刑の場にひきずり出された者、全権をにぎっていたのに亡命を余儀なくされた者、陽のあたる場所から暗い深淵に追いやられた者である。

一三人。一三とは不吉だ、と迷信深い人は言うだろう。しかし、傑物《けつぶつ》を打ちのめす運命の気まぐれを説明できるのは占星術でもコーヒー占いでもない。そうではなく、虚栄心、誇り、軽侮、尊大、周囲を見ようとも耳を澄まそうともしない慢心、ヒュブリス（ギリシア人がよぶところの過剰な野心や自信）、弱さや優柔不断といった、心の内側にある要因や性格の欠陥に説明を求めるべきだ。ときとしては、古代ギリシアの賢人たちがカイロスとよんだ好機をとり逃がした、もしくは、力関係や奸計《かんけい》を軽視したという、ありがちなつまづきが敗因となっている。

一三人の非凡な人物を描くたくらみには危険がひそんでいる。英雄詩と歴史をつかさどる文芸の女神クレイオは老獪《ろうかい》で一筋縄ではゆかぬからだ。クレイオのお眼鏡にかなった敗者は、殉教者に変容し、死後に思いがけず名声を得ることがある。そうなると、彼らの敗北は犠牲とみなされて、彼らの戦いには大きな意味があたえられ、支持者たちはこれを長らく伝えようと精力的に立ちまわり、伝説が生まれる。しかし、これとは逆に、最後まで毅然としていた敗者の事績《じせき》が、勝者たちが練り上げた黒い伝説にぬりつぶされることが多いのだ。歴史は勝者によって書かれるからだ。

ロマンティックなヒーローといった雰囲気をただよわせる傲岸《ごうがん》なチェ・ゲバラの伝説は、クレイオのこうした策術がいかなるものかを示す好例である。ペルーで死を迎える渡り鳥のごとく、ゲバラは死地を求めてボリビアのジャングルに向かった。十字架を背負わされてゴルゴタの丘にのぼるキリストさながらに。自分たちが崇める「コンキスタドール（征服者）」は、キリストのパンの奇跡［五つしかなかったパンを増やして五千人に配った奇跡］さながらに革命の火元を増やして南米全体を燃え上がらせるに違ない、と信じる弟子たちをまきこんでの道行きであった。だが、ゲバラは信奉者たちに前もって「ゲリラとして死ぬのが自分の運命であり、自分はゲリラとして死ぬことになる」と言っていた。最初から勝ち目はなかったのだ。しかし、だれも注意をはらおうとしなかった。ゲバラ本人もふくめて、だれにとっても現実に背を向けるほうが好都合であった。ニヒリストと化したゲバラはリベルタドール（解放者）を気どることができたし、信奉者たちは自分たちの信条を曲げることをまぬがれた。ゲバラのボリビアにおける最後の戦いは最初から挫折することが自明であり、地元のレンジャーたちに捕縛されたときのゲバラは幽鬼のように痩せおとろえてボロをまとっていた。しかし、後世にはこれとはまったく異なるイメージが伝わった。キリスト教の殉教者のごとく横たわったゲバラ――ロマンティックな革命家バージョンのキリスト――のイメージである。

傲岸不遜《ごうがんふそん》は敗者にとりつく悪霊である。サン＝シモン［一六七五―一七五五、『回想録』を著わしたことで有名なフランスの公爵］と宮廷から「英雄公」とよばれたコンデ公（大コンデ）は、死刑を寸前のところでまぬがれ、自領に隠棲する羽目におちいった。リューマチに苦しむこの男が、ロクロワの戦い（一六四三年）での鮮やかな勝利によって二二歳の若さで伝説的英雄となったと聞かされた者は半信半疑であったろう。自身が勝ちとった栄光と地位ゆえに、自分以外の権威を無視してもよいと確信していたコンデ公は、王政はフロンドの乱［一七世紀フランスに起こった貴族の反乱。幼かったルイ一四世にとってはトラウマとなる体験であった］を許すことができない、と理解できなかった。王政にとって、生き残るためには譲歩など論外であった。大コンデは「現場」を理解する知性には恵まれていたが、「世間」を理解する知恵を欠いていた。シャンフォール［一八世紀フランスの詩人、モラリスト］が、「対立する多くのささいな利害がぶつかりあう戦い、交錯や衝突によって順に傷ついて屈辱を味わうあらゆる虚栄心の戦い」がくりひろげられ「前日の勝利は、翌日の苦い敗北によって無効とされる」、と描写する「世間」である。

こうした「ささいな利害」は、時代によって別の名でよばれる。トロツキーは、官僚の「ビフテキ」

とよんだ。多くの国民が飢えている社会主義帝国ソ連において、独裁者スターリンへの服従の対価として官僚にあたえられた、あらゆる恩恵の比喩である。トロツキーは以前から害悪の正体をつきとめていたが、形成されつつある新たな支配階級から身を守るための行動を何一つ起こさなかった。何千人もが処刑されたのち、官僚たちは自分たちのなかでいちばん粗暴な男、スターリンにつき従ったのだ。頭脳派のトロツキーは「対立する多くのささいな利害」を無視したために、メキシコシティ郊外の要塞のような自宅で、ウサギに餌をやったすぐあとで頭にピッケルの一撃をくらって死ぬことになる。ボリシェヴィキとしてもっとも完璧な履歴――一九〇五年にペトログラード［ペテルブルク］のソヴィエト指導者、一九一七年一〇月のクーデター首謀者、比類なき雄弁家、鋼《はがね》のように鋭い理論家、赤軍の創立者、レーニンの推定後継者…――の持ち主は彼であったのに。紙の上では。

こうしたためになる話から引き出すことができる教訓があるとしたら、敵を侮辱もしくは無視すること――この二つは同じことを意味する――以上にまずい手はない、ということだ。孫武［前五世紀、兵法書『孫子』の作者］以来、軍事思想家は全員、このことを理解し、伝えていた。偉大な軍人、教養人、理想的な公子――その意味で、一世紀後に活躍するコンデ公の先駆者であった――として知られたギーズ公は、「親愛なるクザン（親戚）」である国王アンリ三世をあからさまに軽蔑したために殺された。手負いの獣のごとく猛《たけ》り狂った国王には、自分の傷ついた名誉を血で洗い流すほかに選択肢はなかった。

時代が変われば風習も変わる。蔣介石は中国の農民を軽視し、彼らから物資を強引に徴発し、軍事作戦の必要に応じて村々を浸水させることをためらわなかった。同じころ、毛沢東――彼は『孫子』

を読んで、孫武の教えを心にとめていた――が率いる共産党部隊は、農民が生きのびるのを手助けして、彼らが自衛するのを支援した。蒋介石と、林彪および毛沢東とのあいだに最後の戦いがはじまったとき、農民たちはそれぞれが自分たちにしたことを思いだすことになる。国民党を率いた蒋介石は、軍閥を排斥して中国を統一するという大事業をなしとげたが、自国民を粗略に扱ったために支持を失ってしまった。リヴァロル［一八世紀フランスの王党派、作家、随筆家］は「粗略に扱われると、偉大な国民は死刑を執行するほかない」と述べている。

歴史に名を残す偉大な敗者たちは、自分は神々と緊密な関係を結んでいると考え、往々にして常識を欠いていた。生まれつきうぬぼれが強い彼らは、権力の近親相姦的な恋人である「裏切り」がいたるところで徘徊《はいかい》していることに気づかぬために挫折する。意表をつくアルプス越えのあと、ハンニバルは南イタリアで、いっこうにやってこない援軍を待って時間をむだにした。彼の最大の敵はローマではなく、自国カルタゴにいたのだ。同様に、ガリアのいくつかの部族が離反しただけで、若き指導者ウェルキンゲトリクスのガリア統一の夢は、分断――すべての毒のなかでもっともおそろしく、フランスではいまもって健在のもっとも歴史ある毒である――という現実にぶつかってくだけちった。

ジャンヌ・ダルクも見すてられた。ジャンヌから「気高い王太子」とよばれたシャルル七世にとって、イングランドによる占領によって長年にわたって愚弄された王政の至高の威光と比べれば、ジャンヌの命など鴻毛《こうもう》よりも軽かった。何年もあとになってからシャルル七世はジャンヌを異端と断じた判決を無効とするための裁判を開催したが、それは彼女の名誉回復をはかるためというよりは、自分が魔女［ジャンヌは異端の魔女とみなされて火刑に処された］の力を借りて戴冠したとの疑いを晴らすためであった。絶対的な信仰をいだいていたジャンヌは、自分は天上の王［神］のみに仕えている、と主張していた。リアルポリティークが地上の王国の厳しい掟であることを知らなかったのだ。だれからも見放され、処刑されたジャンヌは、ミシュレ［一九世紀フランスの歴史家］が復活させなかったとしたら、歴史のゴミ箱にすてられて、さらなる屈辱をなめたにちがいない。ミシュレは「フランス国民よ、つねに心にとめておくがよい。あなたたちの祖国は、一人の女性の心、彼女の愛と、彼女があなたたちのために流した血の涙から生まれた、ということを」と書いた。共和主義者で政教分離を主張していたミシュレは、反教権主義の嵐が吹き荒れていた第三共和政［一八七〇―一九四〇年］のフランスにおいてジャンヌ・ダルクの復権に一役かったことで、なんとジャンヌ列聖の道を拓《ひら》いてしまった。彼の真の意図は、彼女を火刑に処したカトリック教会の権威を失墜させることだったのだが……

本書に登場する偉大な敗者の全員がジャンヌのようにセカンドチャンスをあたえられたわけではない。どす黒い伝説が肌にまとわりついて消えないこともある。たとえばクレオパトラについて書かれた文書は二〇〇〇年前から、ローマ時代の著作家たちにならって、彼女を気まぐれな女、野心家、人を手玉にとるのが得意な女、「あらゆる悪徳に染まった汚らわしい娼婦」と評してきた。彼女の罪は、東方と西方の統一という、三世紀前にアレクサンドロス大王がなしとげた大事業を自分も…と夢見たことであり、それゆえに彼女は東方からも西方からも貶《おとし》められた。彼女の夢は最初にカエサルの暗殺者たちによって、二回目にはアウグストゥス帝［オクタウィアヌス］の軽侮《けいぶ》によってつぶされただけではなかった。三回目に、後世によって足蹴《あしげ》にされたのだ。

もっとわたしたちに近いところでは、ニクソンも救われていない。第三七代大統領としての彼の外交および社会政策の成果は、後継者全員が嫉妬で顔色を失うほどのできであるのに、彼はみっともないウォーターゲート事件ばかりにむすびつけられ、渋面の悪魔的な風貌をもった度《ど》しがたい「ペテン師」(「トリッキー・ディック」)という歪曲《わいきょく》したイメージを貼りつけられている。

歴史をつかさどる女神クレイオはしばしば無慈悲だが、ときには公正だ。いくつかのケースは昔も今も弁護の余地がなく、クレイオに反論することは不可能だ。アステカ最後の国王モクテスマの場合、復権裁判を行なって最高の弁護士を起用しても、どのような弁論が可能だろう? スペインからやってきたひとにぎりの征服者によってアステカ帝国が滅ぼされたのは、モクテスマの優柔不断、臆病、傲慢、迷信のせいではないだろうか? 彼は、予告されていた「羽毛ある蛇(ケツァルコアトル神)」の再来を待っていた。だが彼が得たのは、自分が助かるためにわが子を犠牲にすることまで考える、という「醜悪で惨憺《さんたん》たる」最期のみであった。

敗者の究極の離れ業《わざ》である「見事な死」は、少数の例外的なヒーローにのみに許されている。これは本当だ。ハンニバルは、遠い亡命先の小アジアまで追っ手をよこしたローマの手にかかるまいと、自死を選んだ。ジャンヌはしっかりとした足どりで火刑台に登った。シャレット[革命期のフランスにおける王党派、ヴァンデの反乱の指導者]は処刑されるときに目隠しをされることも、銃殺隊を前にしてひざまずくこともこばんだ。

歴史の悲劇が演じられるこの墓地において、「南軍の伝説」ロバート・リー将軍は、その何事もゆるがせにしない姿勢、威厳ある物腰、無私無欲によって、異例の存在だと思われる。ウェストポイント陸軍士官学校を卒業し、母校で校長をつとめたリーだが、生粋のヴァージニア人であるがゆえにコルネイユの英雄のように葛藤に悩むことになる［コルネイユは一七世紀フランスの劇作家］。自身の家族や近親者への忠誠心と、軍人として国に従う義務感との二つに引き裂かれたリーは最終的に家族や故郷を選び、南軍を指揮することになる。最後に敗れるが、それまでに北軍をさんざん苦しめる。南北戦争を終了させる降伏証書に署名した後、彼はすべての戦場をともに経験した愛馬トラベラーにふたたびまたがった。敵将であるグラント将軍は、馬上の人となった「生存する、アメリカでもっとも偉大な軍人」が自分の前を通りすぎるとき、黙って脱帽した。

ときとして、敗者が勝者の風格をもつことがあるのだ。

第*1*章　ハンニバル

ローマを震えあがらせた将軍

ハンニバルは、ローマ進軍をめざして象をひきつれてアルプスを越える、というその快挙によって歴史に名を残している。彼はならびなき戦術家、無双の勇者であったが、同盟を結んでローマに対抗するようイタリア半島の部族を説得することができなかった。アレクサンドロス大王から一世紀後、自分も大帝国をうちたてようと考えた彼の壮大な計画に無関心で、商取引で富を得ることのみに熱心なカルタゴの寡頭支配階級の動きを封じることもできなかった。

前二一六年の春、ハンニバルと彼に従う兵士たちは冬をすごしたアドリア沿岸北部から、長靴の形をしたイタリア半島の踵《かかと》にあたる先端までの長い行軍をはじめた。大将ハンニバルは三〇歳、もしくは三一歳であった。生年は前二四七年もしくは二四六年。史料にはくいちがいがあって、彼の生年のみならず、さまざまな日付け、彼の戦力の規模、戦死者の数などについても一致していない…。その外見もふくめて、ハンニバルについては謎が多く残っている。数少ないコイン、数体の胸像——そのうちの一つはナポリ考古学博物館に保存されている——によると、髭をきれいに整えた巻き毛の男性であるが、鼻筋はまっすぐであったり、鷲鼻であったりとバラツキがある。私生活についてはほとんどなにも知られていない。母親の名前さえも不明だ。ヒスパニア［イベリア］の貴族階級出身であった若い妻とのあいだに息子を一人もうけたらしい。ローマの歴史家ユスティヌスは[1]、彼のことを謹厳な人物だったと述べている。ユスティヌスによると、古代における絶対的お手本であったアレクサンドロス大王（前三五六—三二三）とは異なり、逸楽に身をまかせることは決してなかった。「彼は横《おう》臥《が》して食事をとることは決してせず、半リットル以上の葡萄酒を飲むことは一度もなかった（…）、多くの女捕虜が手許にいたが、彼はアフリカ生まれだとは信じられないほどに非常に潔癖であった」と描写している。これとは逆に、ティトゥス＝リウィウス[2]はハンニバルをペルフィドゥス（信頼を裏切る者、裏切り者）とよび、信仰も掟《おきて》もたぬ野蛮人の権化である、と手厳しい。「彼は、こうした偉大かつ数多い徳の対局にある、おぞましい悪徳の持ち主だった。すなわち、非人間的な残忍性、カルタゴ人ならではの不実である。彼の内には真実など一つもなく、崇高なところも一つもなく、神々に対する畏敬の念は少しもなく、誓約はいっさい守らず、宗教心は皆無」だそうだ。ティトゥス＝リウィウスがローマ帝国のもっとも有名なプロパガンダ活動家の一人であるのはまちがいないが。

　とにもかくにも、その名前が「バアル——彼の生地であるカルタゴで大いに信仰されていた神——から寵愛されている者」を意味するハンニバルは気候の穏やかな春、イタリア半島南端のアプリア地方［現プッリャ］に宿営することを決めた。地味の豊かな土地だから、兵士と馬を養うのに適している。

道すがら、彼はローマの抵抗にあうこともなくカンナエ（現カンネ・デッラ・バッターリア）の砦とその貯蔵食糧を奪取し、同時に、ローマとイタリア半島南西部の同盟氏族との連絡網を遮断した。

敵地での勝利

ローマの執政官、ガイウス・テレンティウス・ウァッロとルキウス・アエミリウス・パウルスにとって、おそるべき敵によるこの新たな征服は、ハンニバルと決着をつけるという決意を後押しするさらなる動機となった。二人は、Urbs［ラテン語で都、すなわちローマ］[3]がこれまで招集したうちでもっとも大規模な一〇万人近くの兵員を指揮する立場にあった。七月、彼らはカンナエから一〇キロほどのところに、ハンニバルに対面する形で陣地をかまえた。ハンニバルは四万五〇〇〇人の歩兵と一万人の騎兵とともにローマ軍を迎えた。兵員数はずっとおとっていたが、ハンニバルは動揺などしなかった。それどころか、機動性、動き、メティス［「策略のための知恵」を意味するギリシア語］を信条とするハンニバルにとって、これはむしろ切り札であった。カルタゴはフェニキア人がアフリカ［現在のチュニジア］に築いた都市国家であり、文化的にはギリシア系であった。指折りの名家の子息としてテッサリアの若き公子さながらの教育を受けていたハンニバルは、スパルタ出身のソシュロスとシチリア出身のシレノスという二人のギリシア人家庭教師からメティスについても教わったにちがいない。

陣地をようやくかまえ終わったローマ軍は、水の主要な供給源であるアウフィドゥス川（プーリア州でいちばんの大河。現オファント川）へのアクセスをハンニバルによって遮断されてしまった。翌日の八月一日、ローマ軍はカルタゴ軍が自陣を放棄するのを見て虚をつかれた。ハンニバルにとって戦術的な移動はお手のものだった。「重要な戦闘」の前に敵を見渡せる場所を選び、川の反対側に陣地を移したのだ。将兵たちの心をとらえる演説が得意だったハンニバルはこのときも「おまえたちがここで勝者になるなら、イタリア全体がおまえたちに屈することになる。この一回の戦闘で、おまえたちが耐えてきた苦しみは終わりとなり、ローマの宝物はおまえたちのものとなり、おまえたちは世界の支配者となる」と述べて士気を鼓舞した。

翌日の早朝、ハンニバルは熱風とほこりを背にするように部隊を配置につけた。どの戦闘でも、彼は慎重に対決場所を選んだ。今回の戦場は、どちらかといえば狭いので、カルタゴ軍の数の劣勢を相殺し、逆に人数が多すぎて機動性に欠けるローマ軍の動きを鈍らせる効果が見こまれた。ハンニバルは前列に軽装歩兵隊を配置した。ハスドルバル［ハンニバルの弟のハスドルバルとは別の人物］が指揮するガリアとヒスパニアの騎兵は左翼に置かれた。北アフリカのヌミディア人騎兵は右翼を占めた。中央には、凸状に歩兵を配置した。もっとも攻撃に弱い軽装歩兵を前列にならべたのは、ローマ軍がくらいつきたくなる餌の役目を果たしてもらうためだ。後方では、リビュア人のベテラン重装歩兵がとどめを刺すために待機していた。

最初に両軍がぶつかりあったとき、カルタゴ軍の中央はローマ軍団兵の重圧に退却した。予測したとおりの展開だ。ところが、ぐんぐんとカルタゴ軍中央を押しこみ、すでに勝った気分になっていたローマ軍は気づいたらヌミディア人騎兵にぐるりと囲まれ、四方八方から攻撃され、容赦なく殺された。負傷した執政官ルキウス・アエミリウス・パウルスは、この場を逃げ出すよりは部下たちと戦場にとどまって死ぬことを選んだ。死ぬ前にかろうじて、ローマが防衛体制をとるよう指示するために元老院に向けて使者を送り出すことができた。もう一人の執政官ウァッロは、数人の騎兵とともに奇跡的に脱出することができた。それにしても損失は大きかった。軍団八個が壊滅し、二人の執政官経験者、八〇名の元老院議員と法務官、二名の財務官、三〇名ほどの軍団副官が戦死し、歩兵と騎兵をあわせて四—六万が犠牲となった。

ローマにとってはホームでの、ハンニバルにとってはアウェイでの戦いであった。それだけに、予想をくつがえすハンニバルの勝利は劇的で鮮やかだった。この日の午後だけで、ローマはアメリカがベトナム戦争の全期間で記録したのと同じ数の戦死者を出した。カンナエは、古代でもっとも凄惨な戦いであった。カルタゴ側の戦死者は六〇〇〇人以下で、ローマの一〇分の一であった。おそらくは、ローマ軍にとっては、人数が多すぎたこと、騎兵隊が相対的に弱かったことがハンディキャップになったのだろう。くわえて、古参兵がそれ以前の戦闘で多数戦死したため、歩兵隊における新兵の割合が多すぎた。二人の執政官が一日交替で順番に指揮をとるという不条理な体制も混乱に輪をかけることになった。二人の性格が正反対で、一方が積極的に攻撃に出ることを、他方は慎重に時間稼ぎをすることを好んだ、とあれば何をかいわんやである。じつのところ、二人の仲は険悪であった。

ローマは大恐慌《だいきょうこう》におちいった。ティトゥス＝リウィウスは「ローマの町が敵の手に落ちたわけではないのに、城壁の内側でこれほどのパニックが生じたことは前代未聞であった。そのようすを書き表すことはわたしの筆の力がおよぶところではなく、実態の上澄みしか伝えることができない描写を試みることは気が進まない」と記している。ローマ人たちが思いついた、この惨事の原因はただ一つ、宗教儀式と神々に捧げた犠牲の不手際であった。責任を負うべき罪人がつき止められた。女神ウェスタに仕える巫女の一人である。彼女が押しこめられた駕籠が、祭司や群衆を従えてフォルム［公共広場］を横切った。寝台、ランプ、いくらかの食料が置かれた地下蔵に女罪人が降ろされると、入り口が閉ざされた。

アレクサンドロス大王にならって

カルタゴ軍は完璧な包囲を成功させ、騎兵隊がまわりこんで敵を背後からつく戦法をあみだし、これが動きの鈍いローマの重装歩兵を無力化した。この戦いは「細部にいたるまで練られ、みごとに実行に移された、戦術家の夢の実現」である、と二〇〇〇年以上もあとに感歎して述べたのは、プロイセンの司令官アフルレート・フォン・シュリーフェン[4]である。ハンニバルは生涯でもっとも輝かしい勝利、兵法をきわめた天才軍師ならではの勝利をおさめた。しかし、カンナエから三〇〇キロのローマにただちに進軍しなかったことがハンニバルの最終的な敗北の遠因となってしまった。カンナエの戦いがあった日の夕べ、カルタゴ軍の兵士たちは休息を要求し、将兵を気遣う大将であったハンニバルはこれを認めた。ただ一人、ヌミディア人騎兵隊を指揮していたマハルバルが、有利な状況を生かして敵を徹底的に討つべきだと主張し、いまから進軍すれば「五日以内にカピトリヌスの丘で祝宴を開くことができる（Die quinto victor inquit Capitolio epulaberis）」と説得を試みた。ハンニバルは迷った。このとき、マハルバルの口をついて出た鋭い指摘が後世に伝わっている。「天は二物をあたえず、とは真実なのですね。ハンニバル、あなたは勝つことを知っているが、勝利を活用することは知らない」

若い頃から障害の裏をかくことに心血をそそいでいたハンニバルが究極の障害との正面対決をこばんだのはこれが二度目であった。一度目は、一年前の前二一七年六月二一日にトラシメヌスで執政官フラミニウスが指揮するローマ軍をやぶった――イタリアにおけるハンニバルにはじめての大勝利であった――あとのことだった。詩人シリウス・イタリクス[5]に言わせると、ハンニバルのこうしたローマ進軍回避は神の恵みであった。「神々はティレニア沿岸地方の谷に殺戮をまきちらし、河川をラテンの民の血であふれさすことをおまえに許したが、若き指揮官［ハンニバル］よ、ユピテル神はおまえがローマの門をくぐり、城内に入ることを決して許さない」。実際のところハンニバルは、全長一六キロの城壁と、自分たちの命を犠牲にする覚悟の軍団兵に守られているローマの町は、すでに伝説となっていたアルプス越えのさいに放棄されたカタプルタ［大型投石機］や破壊槌といった攻城兵器なしでは攻め落とすことができない、とわかっていた。彼は大胆な戦略家であったがつねに力関係を見定め、自信過剰によって判断力を失う者たちとは違った。

ハンニバルはこの究極の障碍に正面から挑むのではなく、迂回することを望んだ。彼の夢は、戦闘ぬきでローマが降伏せざるをえないようにもってゆくことだった。ローマに対して勝利を積み重ね、同盟諸都市のローマへの不信を高め、次いで同盟離脱をうながす、これが彼のプランだった。イタリア半島でローマに次ぐ都市カプア、サムニウム地方[6]、マグナ・グレキア[7]がカルタゴ側について、それぞれの都市国家が自分たちの法律にしたがって自由に暮らすことができるギリシア風の連合を結成することを選ぶにちがいない、とハンニバルは確信していた。そうなった場合に諸都市に求められるのは戦争への協力のみだ。ローマが押しつけている同盟体制はもっと制約が大きく、屈辱的ですらある。税金やら兵士調達の割りあてもあり、ローマの同盟都市は重圧にあえいでいる。ハンニバルが手本としていたのは、おどしというよりも魅力的な条件提示と相手国の尊重を武器にして、およそ一〇年間で大帝国を築き上げたアレクサンドロス大王であった。半島の大多数の都市がハンニバルの構想に同調したあかつきには、ローマに完勝だ。ローマは南をふさがれるのみならず、ポー川流域のガリア人によって北もふさがれる。「わたしはイタリア人と戦うためではなく、ローマに抵抗するイタリア人のためにやってきたのだ」とハンニバルはくりかえし述べた。

ハンニバルの父、ハミルカル・バルカ

カンナエの戦いを終えた夜、ハンニバルは父親ハミルカル・バルカのことを考えたにちがいない。ギリシアの歴史家ポリュビオスが「その知性と大胆さ」ゆえに第一次ポエニ戦争[8]における「最高の」将軍とみなすハミルカルは前二四一年、シチリア西端のアエガテス諸島沖合でローマに敗れた。彼の艦隊の半分は沈没した。カルタゴの寡頭支配階級は、軍事指導者であったハミルカルにすべての責任を負わせた。ただし、敗北した将軍を通常待っていた磔刑《たっけい》はまぬがれた。当時六歳であったハンニバルは、敬愛する父の屈辱をわが事のように堪えしのんだ。

彼が生まれたころ、カルタゴはすでに二五年前からローマと死闘を続けていた。ポエニ戦争（前二六四―一四六年）は古代の百年戦争である。それまでは平和的に共存していた二つの都市国家は、共通の野望を数多くかかえていたために、ライバル、次いで敵同士となるのは必至であった。制海権を競う二つの国家が一つの海（地中海）でならび立つことは不可能だった。ローマはまずはサルデニアを、次に、小麦の実りが豊かで、欧州とアフリカをつなぐ橋でもあるシチリアを狙った。海洋国家として栄えるカルタゴは、ティレニア海の島々を拠点に自国の通商ルートの安全をはかっていた。なかでもシチリアが重要だった。ドレパヌム［現トラーパニ］の港のみが、カルタゴ戦艦の基地であり、ヒスパニアの銀、アフリカの錫、黄金、鉄、鉛、東方の陶器、キプロスやサルデニアの銅、輸出用のシチリア産小麦の中継基地でもあった。

前二六四年、ポー川流域の平野を除いたイタリア半島の征服を終えたローマは、七〇年前に開始した南下政策を推進した。シチリアのメッセネ［現メッシーナ］に上陸し、周囲の田園地帯を荒らしまわって、アグリゲントゥム［現アグリジェント］を攻囲して三年後に降伏させた。アグリゲントゥムを保護領としていたカルタゴにとって反撃は義務であった。第一次ポエニ戦争（またの名はシチリア戦争）がはじまり、一世代分の期間続くことになる。

前二六〇年、それまで海に慣れておらず「板きれ一枚浮かべることができない」とばかにされていたローマが、リーパリ諸島に面したミラエ沖で初の海戦勝利をあげ、「コルウス」の有効性が明らかになった。コルウス［カラス］とは、カラスのくちばしのような金属が先端にとりつけられた梯子状の接舷橋であり、敵艦の甲板にふり下ろして先端をくいこませ、ローマ兵が敵艦に乗り移ることを可能とした。船乗りとはほど遠かったローマ軍団兵も、これによって陸地にいるのと同じように戦えるようになり、力を発揮した。このローマによるはじめての海戦勝利により、カルタゴの不敗神話に終止符が打たれた。軍備の全面的な見なおし、一二〇隻の艦船建造、何千人もの捕虜を漕ぎ手に仕立てるための訓練を柱とするローマの新海洋政策が正しかったことも明らかになった。

ローマとカルタゴの艦隊は前二五六年に、今度はエクノモス岬（アグリジェント）沖でふたたび対決するが、これは古代における最大の海戦の一つとなる。それぞれの艦隊の兵員は一五万人だった。ローマはここでも勝利をあげ、勢いを駆って執政官レグルスの指揮下でアフリカに上陸した。もはやシチリアに残された自陣の要塞は数えるほどとなったカルタゴは直接攻撃される危険にさらされた。いくつかの戦闘に勝ったものの、そうした勝利を生かすことすらできなかった。カルタゴは呪われていたのだろうか？　前二五〇年、執政官メテッルスが、収穫物が貯蔵されていたパノルムス［現パレルモ］をめぐる戦いでカルタゴ軍による封鎖をやぶった。カルタゴ軍の攻撃力のかなめであった有名な戦象をローマ軍団が敗走させたのは、このときがはじめてであった。

こうして二〇年以上、間欠的に起こる戦闘で両国がせめぎあったすえに、ローマはついに決着をつけることを決めた。前二四一年、大貴族たちが提供した資金で建造したローマの新艦隊がアエガテス諸島沖で、カルタゴ艦隊に圧勝した。好戦的ではあるがプラグマティックだったハミルカルは和平交渉を受け入れた。彼にとっての優先事項は、捕虜となった自分の兵士たちを救うことだった。この目的は達成されたが、代償は大きかった。カルタゴのシチリア、コルシカ、サルデニアからの撤退。戦艦の放棄、新たな戦艦建造の禁止。二〇年をかけての、六〇トンの黄金に相当する賠償の支払い。敗戦の責任を負わされたハミルカル・バルカは苦杯を嘗《な》めた。だがアフリカの地に足をつけるやいなや、彼はカルタゴの元老院からよびもどされ、約束された給金が支払われないことを不満に思った傭兵たちの反乱を鎮圧するよう命じられた。この反乱が三年間（前二四一—二三八）[9]も続いたことは、カルタゴ軍の深刻な欠陥を物語る。三〇〇〇人ほどの若い貴族を除き、カルタゴ市民は武器をとることがなかった。兵士は、同盟を組んだ部族——大部分はベルベル族であった——から多少とも強制的に徴集された。彼らは勇猛であったが[10]、忠誠心はあてにならなかった。

ハミルカル・バルカ一族の最悪の敵はカルタゴの寡頭支配階級[11]であった。その象徴は、貴族（船主、商人、祭司）を擁護し、商売にさしさわる戦争の回避のためならなんでものむという保守派の頭領、ハンノ一族であった。彼らにとっての優先事項は商取引だった。ゆえに彼らは、カルタゴの敗北はちょっとした「事故」であったかのように、ローマのエリート階級との絆をただちに修復した。その一方、平民派を率いるバルカ一族は、徹底した主戦論者であり、その首領はいわずと知れたハミルカルだった。孤立していたが、彼はあきらめなかった。カルタゴが橋頭堡《きょうとうほ》を築いているガディラ（現カディス、スペイン）への植民を長老会に提案した。ガディラは、ローマへの賠償にあてられる金、銅、琥珀、銀を発送する基地でもあった。港と鉱山がいくつもあるヒスパニアは、いまやローマが支配するところとなったシチリアのかわりをつとめられるかもしれない。しかし、ヒスパニアを征服するには、現地のイベリア人を平らげねばならない。

メルカルト神への誓い

ハンニバルはカンナエで勝利をおさめた日の夜、ヒスパニアに出発する前に父親に命じられてメルカルト神――豊穣と海をつかさどるフェニキアの神――に見事な白い雄牛を犠牲として捧げたことも思い出したにちがいない。前二三七年のことだった。その日、ハミルカルは一〇歳になろうとしている長男ハンニバルに、「ローマと決して和睦を結ばない」と誓わせた、と伝えられている。本当だという証拠は一つもないこのエピソードをふれまわったのは、歴史と後世に対して「ローマは自衛のために戦わざるをえなかった」と主張したい、ティトゥス＝リウィウスといった反カルタゴ派である。

ヒスパニア（スペイン）でハミルカルは、アンダルシア地方のケルト系部族、次いで現在のトレド、アルバセテ、アリカンテ――アリカンテの町はハミルカルが建造した――、バレンシア、ムルシアといった地方の部族を服従させ、ちょっとした王国を築いた。しかし、彼は王冠なき君主であり、彼の夢は前二三〇年、イベリア人とのこぜりあいのさいに彼が溺死したことでついえた。息子たち――ハンニバル、ハスドルバル、マゴ――を守ろうとしての死であった。その後に戦士となる三人の息子たちは一生のあいだ、自分たちのために命を落としたこの英雄に対して負い目を感じていたのではないだろうか。

ハンニバルの娘婿、すなわち三兄弟にとっては義兄である美男子ハスドルバル［ハンニバルの弟と区別するためにこのようによばれる］が舅《しゅうと》の跡を継いだ。後継者となるべき長男ハンニバルはまだ一七歳だったからだ。ハンニバルは政治家としては若すぎたが、父ハミルカルの死の原因を作ったオレタニ族の一二の都市を荒らして制裁をくわえるという使命をおびて騎兵八〇〇〇名を指揮することに、その年齢はなんの障害にもならなかった。

それまでハンニバルは勉学と軍務の習得にすべての時間をあてていた。フェニキア文字の読み書き、傭兵を供給する民族や部族の言語、ギリシア語、フェニキア系リビュア人の言葉、ベルベル語、ラテン語を学んだ。文学、戯曲、戦略、著名人物の伝記の手ほどきも受けた。彼は一〇歳から、同年齢のほかの子どもたちと同じように兵士たちの従僕となって戦闘を間近で体験した。穀物の粥《かゆ》をおもな内容とし、ときには干し肉のおまけがつく粗食を兵士たちと分かちあい、地面に横たわって寝た。ティトゥス＝リウィウスは「いかなる労働をもってしても彼の体は疲弊せず、彼の精神は打ちのめされなかった」と記している。初陣《ういじん》を飾ったのは一四歳のときであった。その彼はいまや、兵士を率いる指揮官となった。

美男子ハスドルバルは戦争よりも外交を優先した。舅が征服した領土を固め、母国カルタゴに従属しない安定した王国を築くことをめざした。その首都は、湾を見下ろす丘の上に建てられたカルト・ハダシュト[12]（「新しい都市」を意味する名称であり、ラテン語ではカルタゴ・ノウァとよばれる）であり、二つの港と武器庫が整備され、ここで新たな艦隊を建造する計画がたてられた。婚姻や軍への編入を通じてイベリア人部族と同盟関係を築くべきと考えた美男子ハスドルバルは、手本を示すべくヒスパニアの王女と結婚した。そしてハンニバルにも同じことを奨めた。そこで、ハンニバルはカストゥロ[13]出身の若いケルト系イベリア人女性と結婚した。美男子ハスドルバルはさらに、ローマとの交渉により、ヒスパニアを分割して互いの権益を尊重することを決めた。その結果、エブロ川をはさんで南はカルタゴ、北はローマの支配下に置かれた。しかし、こうして巧妙な政治手腕を発揮した美男子ハスドルバルは前二二一年に奴隷に殺され、その治世は唐突に終わった。

兵士たちは全員一致でハンニバルを後継者に選び、カルタゴの平民会議もこれを承認した。こうしてバルカ家の若い当主は二六歳にして、アレクサンドロス大王の後継者であるヘレニズム諸国の王と同じように、戦勝と兵士の忠誠に支えられて権力を得た。ティトゥス＝リウィウスは「若き日のハミルカルが彼らのもとに戻ってきたようだった。顔からは同じエネルギーが発散され、目は同じようにきらめき、同じ雰囲気をただよわせ、目鼻立ちも同じである」と高揚した調子で、この当時のハンニバルを描いている。ハンニバルは亡き義兄の仕事を引き継ぎ、反抗的なケルト系部族と戦った。二年後、エブロ川の南側は完全にカルタゴに服従したと思われた。ただし、例外があった。カルタゴの支配圏にありながらローマ側についていたサグントゥム[14]［現サグント］である。ハンニバルは、この異常な状況を終わらせようとした。彼は、サグントゥムがいつの日か、ヒスパニアにおけるローマの前線基地となることをおそれた。彼にとっての内なる敵、カルタゴのハンノからは「サグントゥムに対する戦いは、すなわちローマとの戦いになる」との警告が発せられた。ハンノが正しかったことは歴史が証明するところである。しかし若き将軍は耳をかさなかった。前二一八年、サグントゥムは陥落した。ローマにとって、これは戦争の口実となり、艦隊をもはや所有しておらず弱体化していたカルタゴに宣戦布告した。第二次ポエニ戦争――またの名はハンニバル戦争――の火蓋が切られた。ローマはヒスパニアとアフリカの二方面で攻撃に出た。ハンニバルは、敵地、すなわちイタリアに戦いをもちこもうと決意した。乾坤一擲《けんこんいってき》の戦略であった。

ヒスパニアを出発する前、ハンニバルはガデイラ〔現カディス〕のメルカルト神殿におもむいた。伝説によると、この神殿は、メルカルト神がジブラルタルからシチリアまで航海したときに立ちよった場所に建てられた。ハンニバルは、ローマの大敵であるガリア・キサルピナ〔現ロンバルディア地方とピエモンテ地方〕のガリア人諸部族との同盟関係を築いてから、メルカルト神のようにシチリアに渡り、この島を奪還するつもりであった。前線を多く開けば開くほど、勝利のあやうさは減るだろう。ハンニバルは綿密に計画を立て、地形や気候や兵站を注意深く検討して準備を進めた。

驚異のアルプス越え

前二一八年五月、八万人を越える歩兵と一万二〇〇〇人の騎兵――馬、象、料理人、従僕なども勘定にいれねばならない――からなる大軍が一日一五キロの速度で行軍をはじめた。この大軍は、突撃戦車の役目を果たすように調教された象が数多くくわわっていただけに、現代人をも驚愕させる規模である。ゴヤからターナーにいたるまで西洋人の心には、「戦象の動員」と「天然の砦であるアルプスの強行突破」は、ハンニバルの壮挙を象徴するものとして深くきざまれている。ときに誇張され、戯画化されているが。

カルタゴ以前に、アレクサンドロス大王やピュロス〔天才的戦術家として知られる古代ギリシアのエピロス王〕も戦史における最初の装甲車とよべる戦象を活用している。ハンニバルの戦象は、いまは絶滅しているアトラス象もしくはバーバリ象とよばれる種であり、アジア象よりも小さく、軽量であった。体を守る鎧を着せられ、鼻の先端に長いナイフ、牙には鏨《たがね》の形をした鉄製の刃物、膝あてには短刀をとりつけていた。戦場に出る前には、興奮を高めるために葡萄酒もしくは無花果《いちじく》酒に香料を混ぜた飲み物をあたえられた。突撃する象は敵をおびえさせ、圧迫し、打ちのめし、腹を切り裂いた。ただし、象は恐怖を感じると、ぐるりと半回転し、自陣に襲いかかることがあった。ハミルカルは、象使いが制御できなくなった象の暴走を止めるために、小脳部分に釘を打ちこむという方策を発見していた。

ヒスパニアからの出発は予定どおりには進まなかった。イベリア族の複数の部族がカルタゴ軍にうるさくつきまとったために、冬の前にアルプスを越えるための貴重な三か月が失われた。バルカ一族が考えていたほど、ヒスパニアは平定されていなかったのだ。ハンニバルはゆえに、三万人以上の兵力を切り離して弟ハスドルバルにたくし、不穏な地域をたいらげる任務にあたらせた。次に、ラングドック地方［フランス南部］にも一万人の兵士を貼りつけた。万が一、撤退する場合にそなえてのことだ。カルタゴ軍は、本拠地から遠ざかるにつれて兵員を減らしたことになる。

アルプス越えは一〇月にはじまった。モーリエンヌ地方の谷間から山脈に挑んだと思われる。ナポレオンの大陸軍を髣髴《ほうふつ》するハンニバル軍の通り道については諸説紛々《ふんぷん》で、約二〇の峠が名のりをあげているが。アルプス越えは、一五日続く悪夢であった。二万人の兵士、何千頭もの馬や驢馬、何十頭もの象が二〇―三〇キロの列を作って進んだ。はじめての難所に達すると、ハンニバルと和議を結ばなかったケルト系のアロブロゲス族が襲ってきた。高地にいたると、主要な敵は天候となり、霧、例年よりも早い降雪、凍った地面に悩まされた。ティトゥス＝リウィウスによると、通過をさまたげる岩を焚き火で熱してから酢を使ってくだいた。これはフィクションだろうが、よくできた話である。「彼らはこうして、火で熱せられた岩を鉄でくだくことができた。彼らは次に、動物のみならず象も通れるようにゆるやかな曲がり角をいくつか設けることで、下《くだ》りのきつさをやわらげた」

アンダルシア地方や北アフリカ出身の兵士たちは疲労困憊し、凍死した。千人ほどの死者が出る日もあった。大量死である。ある峠を登りきった地点――おそらくはクラピエ峠（二四七七メートル）――で、ハンニバルは兵士たちを鼓舞した。「われわれはイタリアの城壁をのりこえ、まもなくローマを屈服させる。一回もしくは二回の戦闘で、イタリアの首都はわれわれの支配下に置かれる。これからは下《くだ》るのみだ。征服がはじまる」。言うがやすし…。切り立った下りであり、「道をふみはずした者はすべり落ちて断崖で命を落とした」。おそれおののく動物を通すためには、岸壁を切りくずして通り道を広げねばならなかった。超人的な作業であった。馬は助かったが、多くの象は死んだ。選択肢はなかった。「おまえたちには、逃げるための船はない。前方にはポー川が（…）後方には、苦難のすえに越えたアルプスが障壁として立ちはだかっている（…）敵に出会ったら勝つか、その場で死ぬほかない」とハンニバルは言って聞かせた。

五か月の強行軍で一万五〇〇〇キロを走破し、深い森と沼沢地におおわれた広大なポー平原に出たとき、ハンニバルは歩兵と騎兵の半数を減らし、つれてきた三七頭の象もシュルスと名づけられた一頭――ほかとは異なり、これはアジア象であった――を除いて失っていた。同盟を結んだガリア人部族が援軍を出すはずだったが、約束は守られなかった。もっと悪いことに、彼らはローマに対して一斉蜂起することになっていたのに、こぜりあいでお茶を濁した。ハンニバルが司令官として孤独をかみしめている一方で、ローマは衝撃を受けていた。ローマが描いた最悪のシナリオでも、カルタゴ軍がアルプスを越えることが可能とは想定もしていなかった。しかしローマ人の力の源泉は、気力と粘りだった。彼らは、プブリウスとグナエウスのスキピオ兄弟の指揮下で結束した。この二人は、名門貴族の一つ、コルネリウス家に属していた。弟のプブリウスはハンニバルとの対決を望んでポー川を越えて西に向かい、兄のグナエウスは反対側からハンニバルを攻撃するために海路ヒスパニアに向かった。プブリウス・コルネリウスは「ローマの城壁の前で戦っているかのように戦い、敵を止めよう」と兵士たちを鼓舞した。カルタゴ人は「飢えと寒さと身の毛がよだつような不衛生ゆえに疲弊しきった幽鬼のような存在」にすぎないので、勝利はまちがいない。ところが前二一八年の一一月末、「幽鬼」の軍隊は、ポー川左岸を流れる支流のティキヌス川付近でローマ軍を敗走させた。この戦いでハンニバルはやがて彼のトレードマークとなる作戦、騎兵隊による包囲をはじめて実践した。これで敵は大いにゆすぶられた。プブリウス・コルネリウスは負傷し、一七歳の息子――やがてハンニバルをやぶる将来のスキピオ・アフリカヌス――の助けがなければ捕虜となるところだった。この勝利で、疲弊しきっていたカルタゴ軍は意気軒昂《いきけんこう》となり、これまで逡巡《しゅんじゅん》していたいくつかのガリア人部族が得心《とくしん》して勝者の側につくことになった。しかし、いつまでこの状態が続くのだろうか？　翌月にも前回にもまして激しい衝突が、ポー川の別の支流トレビア川付近で起こった。この戦いでローマ軍団は壊滅的損害をこうむり、四万人のうち二万八〇〇〇人が死んだ。カルタゴ側の死者は四分の一だった。しかし、冬は戦争に適した季節ではなかった。ハンニバルとその軍隊は次の攻勢を春まで延期することにし、メディオラヌム（現ミラノ）、ボノニア（現ボローニャ）、ムティナ（現モデナ）あたりで気候がよくなるのを待った。

ローマの鉄の意志

ローマは敗北したがあきらめなかった。ハンニバルは戦闘の準備となると注意深かったが、人間の心理にはさほど関心をよせず、敵の矜持《きょうじ》や粘り強さを過小評価した。前二一七年の春、彼は凍るような寒さのアペニン山脈を越えてローマへと向かった。彼が化膿性眼炎によって右目の視力を失ったのは、この山越えの間であった。ローマのプロパガンダは、隻眼《せきがん》の風貌をあげつらって、彼を残忍性と狡猾の権化と宣伝することになる。

ハンニバルは、道すがらエトルリア中部[15]を戦火と流血の地に変え――この地方を守りぬくはずだったローマの将軍フラミニウスに屈辱をあたえるためである――たのち、ウンブリアに宿営地を置いてトラシメヌス湖畔の戦いを準備した。彼は丘陵の上に陣地を設営し、もっとも勇猛な部隊を潜伏させ、湖岸に沿った丘陵斜面に軽装歩兵とバレアレス人のおそるべき投石兵をならばせた。狭い隘路《あいろ》の出口には、ヌミディア人歩兵隊を置いた。前二一七年六月二一日の早朝、勝てると思って油断していたフラミニウスは、配下の二万五〇〇〇人の将兵とともに隘路に突入した。すると攻撃を受けた前衛は倒され、部隊の大部分の歩みは止められた。ローマ兵は崖を転がり落ち、湖で溺れたり、敵兵に喉をかき切られたりで一万五〇〇〇人が死んだ。死者のうちには司令官のフラミニウスもふくまれていた。救援に駆けつけた四〇〇〇人の兵士も同じ運命をたどった。

ハンニバルとローマをへだてる距離は一五〇キロのみだった。しかし彼は自分の兵士たちに休息をとらせるためにアドリア海沿岸地方へと移動した。トラシメヌス湖畔以降も勝利が続いた。カンナエの勝利もむろん、その一つである。しかし、こうした連戦連勝はだまし絵のようなものだった。冷静沈着なハンニバルは、自軍が青息吐息であることをだれよりも知っていた。遠隔地で戦うカルタゴ軍にとって、勝利はかえって重荷となった。勝利をあげるたびに、新たな守備隊としてそれなりの人数の兵士をその場に残す必要があり、戦力はその分だけ減った。栄光あるベテラン兵士たちは疲労困憊していたし、カルタゴ本国は援軍を出ししぶった。それどころか、ハンニバルのたびたびの要請に耳をかそうともしなかった。本国は戦争に一度も積極的ではなかったし、この戦争を指揮しているハンニバルにはあからさまに敵意をいだいていた。負けた場合にハンニバルがアフリカに戻るための船もなかった。地中海を支配しているのはローマだった。ハンニバルはじつのところ、その後の一五年間を転戦することになる南イタリアから出ることもできない囚人であった。

　カルタゴでは彼に敵対するハンノが、ここぞとばかりに皮肉を述べた。ローマの桎梏《しっこく》から自由になるために侵略者と同盟を組むラテン人部族などいたのか?と。とはいえ、ハンニバルはカンパーニア地方とブルティィウム地方[16]、プーリア地方の一部と南イタリアの数多くの都市を支配下に置いていた。イタリア半島で二番目の都市、カプアは前二一六年にハンニバルとの同盟を受け入れた。比較的遅くローマに屈服したカプアは、かつての自主独立をとりもどすことを夢見ていた。ローマのプロパガンダに熱心なティトゥス＝リウィウスは嬉々《きき》とした筆致《ひっち》でカプアを悪徳の町として描き、カルタゴの兵士が淫蕩《いんとう》に溺れ、戦士としての覇気をすっかり失ってしまった、と述べている。ティトゥス＝リウィウスにとって、アフリカ出身者は肉欲にとりつかれた獣であった。詩人シリウス・イタリクスも負けておらず、カプアで「愛欲、あふれかえる葡萄酒、惰眠《だみん》」によって骨ぬきにされたカルタゴ軍は、「剣も炎も、怒り狂った軍神マルスでさえも倒すことができなかった軍隊」ではなくなった、と述べている。伝説によると、ハンニバルはカプア滞在によって敗北を運命づけられてしまった。真実は違う。彼は兵士たちとともにカプアで休息をとり、ローマ人が最高の価値を認めていた「行動」とは距離を置き、「無為のとき」をしばし楽しんだだけだ。

この間に、ローマの頭にあったのは復讐のみで、物理的にも精神的にも再軍備に励んだ。ローマでは将軍が払底《ふってい》していたのでは？　そんなことにめげるローマではなかった。あらゆる権限を付与されたスーパー執政官である「独裁官」が選ばれた。決してハンニバルに正面から立ち向かわず、じわじわと包囲して、執拗につきまとう戦略をとったためにCunctator（時間稼ぎをする人）とあだ名されることになるファビウス・マクシムスである。ローマ軍は壊滅したに等しいのでは？　ローマの男子には一七歳になると兵役につく義務が課せられていたうえ、奴隷を持ち主から買いとって兵士に仕立てることもできた。国庫は空になったのでは？　増税が実施され、国債が発行され、通貨が切り下げられた。戦争の犠牲となって官吏の数が減ったのでは？　婚姻の絆やローマ市民権付与や地位の提供によって、エトルリア、ウンブリア、サビニといった近隣の都市の貴族を引きよせ、穴を埋めてもらった。ハンニバルが足ぶみし、動くに動けずに耐えている間に、ローマは同化政策と積極策に邁進《まいしん》してフル回転していた。大規模な戦闘と機動性で本領を発揮するハンニバルとしたことが、奇襲攻撃を仕かけるほかなかった。スキピオ兄弟はヒスパニアで進軍を続けることで本国の努力を支え、イベリア人部族複数の信頼を得た。カルタゴとローマの戦いは、ヒスパニアとイタリアのほかにも拡がり、ガリア、シチリア、サルデニア、マケドニア、北アフリカと、いくつもの前線が開かれた。当時の地理の知識からいえば、これは世界大戦であった。

前二一一年には、不吉な前兆のような悪い知らせがあいついだ。天才的な数学者、アルキメデスの発明——城壁の上からクレーンを延ばして先端の鉤爪《かぎつめ》で敵船を引っかけて転覆させる装置、太陽光を鏡に反射させて船の帆を燃やす装置などだが、その多くは伝説の域を出ない——にもかかわらず、シチリアのシラクサ［ギリシア名はシュラクサイ］がローマ軍団の攻撃によって陥落した。身も蓋もない話だが、一人のイベリア人が裏切って城塞の門を開けて将軍マルケッルスが率いる軍団を入れてしまった。有名な逸話であるが、砂の上に図形を描いて幾何学の演習に没頭していたアルキメデスは、一人のローマ軍団兵によびかけられたのに応じなかった。それだけでも問題なのに、「わたしが描いた円をこわすな！」と無礼な態度をとったので軍団兵は怒り、天才を刺し殺してしまった。

次は、カプアの番だった。豊かだが城壁の守りが十分出なかったこの町もカルタゴの手から抜け落ちた。カプアが攻撃されているのに、兵力が足りないために駆けつけることができなかったハンニバルにとって、これは痛手だった。同盟都市を助けることができなかったのは、彼の信用を傷つけた。彼は、巧妙な牵制作戦としてローマに行軍することで、自分の体面を保つことができるのではと思った。ローマ軍は、自分たちの首都の防衛に駆けつけるためにカプアの攻囲を解くのでは、と思ったのだ。「ハンニバルがそこにまで来ている！」とローマはパニックにおちいった。ハンニバルがここまでローマに近づいたことはこれまで一度もなかった。しかし、ハンニバルがローマを攻略する手段をこれほど欠いていたこともはじめてだった。まなじりを決《けっ》してハンニバルを待つ一〇個のローマ軍団に対して、彼の貧弱な手勢にいったい何ができようか？　悪い知らせがあいついだ。カルタゴ艦隊の旗艦がタレントゥム〔現ターラント〕の手前で進行をさまたげられ、城塞を奪取することが不可能となってしまった。また、シチリア上陸を試みた部隊が完敗を喫し、ハンニバルが冬期をすごす場所の一つであったサラピア[17]もローマに服従した。

スキピオ・アフリカヌスの誕生

情勢が反転したこの前二一一年、将来のスキピオ・アフリカヌス[18]〔プブリウス・コルネリウス・スキピオの息子〕が、プロコンスル〔前執政官〕待遇で、ハンニバルを本拠地から孤立させるためのヒスパニア遠征軍の指揮官に任命された。彼は、マッサリア〔現マルセイユ〕と通商上の結びつきがあって、ローマとは友好関係にあるギリシア人植民都市エンポリオン[19]に上陸した。四万人の歩兵と四〇〇〇人の騎兵を従えた若き指揮官は、前年にここイベリアの地で名誉の戦死をとげた父と伯父の仇を討つつもりだった。

スキピオとハンニバルの運命は交錯していて、共通点も多い。スキピオはこのとき二五歳であったが、ハンニバルも同じ歳で兵士全員に推されて指導者となっている。八年前、彼は北イタリアのティキヌスの戦いで父親の命を救った。現存する彼の胸像によると、頭を剃り、Xの形の傷が二つある。顔つきはゴツゴツとして、額は四角く、顎はとがっている。

名門貴族の家に生まれたスキピオはハンニバルと同様にギリシアの公子にふさわしいような教育を受けた。ハンニバルほどの教養を積むことは決してなかったものの。敵ハンニバルへの憎しみをいだいて青年期をすごした彼はカルタゴ、ヒスパニア、イベリア人の歴史を学び、とくにハンニバルの勝利の研究に力を入れた。その結果として、「宿敵」の思考を読めるようになった。タッラコ（現タラゴナ[20]）でスキピオは五〇〇〇人のイベリア人兵士に、ともに戦ってカルタゴ人をヒスパニアから追い出す、と約束した。「すべての大きな戦いにおいてわれわれが最初に負け、次に勝つのは運命の掟《おきて》である」と強調し、まもなくイベリア人の敵であるカルタゴ人は「彼らの恥ずべき敗走の残骸で大地と海を満たすであろう」と予告した。第一の目標は、建設途上にあるバルカ家王国の首都、ハミルカルが築いたカルタゴ・ノウァ（カルタヘナ）の征服であり、象徴的意味あいが大きかった。この町が陥落（前二一〇年）したとき、スキピオは住民を捕えることなく、イベリア人捕虜を家族のもとに返した。「あなた方は、恐怖よりも善行によって人々をつなぎ止めること、他国民を厳しい奴隷制度で苦しめるよりも同盟と友愛の絆を結ぶことを好む民［ローマの民］の権力下に入ったのです」と語って。スキピオはハンニバルと同じように思考し、話し、行動した。ローマは自信をとりもどした。

前二〇八年。ハンニバルが第二次ポエニ戦争をはじめてから一〇年がたっていた。ヒスパニアに残っていた弟のハスドルバルはバエクラ[21]でスキピオと戦って敗れたのち、二年前から援軍を求めている兄に合流しようと自分もアルプス越えに挑んだ。アルプス越えで戦力を半数失ってしまったハンニバルと比べると、ハスドルバルの行軍のスピードは相対的に速く、道すがらイベリア人やガリア人を新兵として補充することができたこともあって順調だった。しかし、運命の輪はここでまた回転した。前二〇七年、アドリア海にそそぐメタウルス川で［北イタリア、現マルケ州］、ハスドルバルはクラウディウス・ネロが率いるローマ軍団に行く手をはばまれた。クラウディウス・ネロは、このとき一週間で五〇〇キロを走破という快挙をなしとげた将軍として軍事史に名を残している。軍団兵にとって、駐屯していたアプリア［現プーリア州］から一人あたり三〇キロの荷（装備一式、武器、食料、野営のための毛布や杭）を背負っての強行軍（Quam maximis itineribus）であった。

すさまじい衝突であった。ローマ軍の騎兵隊はハンニバルのお株を奪う包囲作戦をみごとに実践してカルタゴ軍を動揺させた。ハスドルバルは、自分たちに勝ち目がないことを悟った。彼は降伏よりも戦死するほうを選んだ。死に物狂いで敵にぶつかったハスドルバルは満身創痍となって死んだ。クラウディウス・ネロはハスドルバルの自己犠牲に敬意を表するどころか遺骸の首を切り落とし、夜中にハンニバルの陣地に投げこんだ。このときハンニバルは「カルタゴが不運だと認めざるをえない」とつぶやいた、といわれる。ローマは、カンナエの雪辱《せつじょく》を果たした。

バアル神はバルカ一族を見放したのだろうか？　次は、ハミルカルの三男マゴがヒスパニアで敗北を喫した。彼はガディラ［現カディス］に逃げこむほかなかった。カルタゴの脅威は日に日に薄れると確信したローマは大喜びした。こうなったら、アフリカ海岸のいたるところで、いまだにカルタゴに与《くみ》している部族に攻撃を仕かけねばならない。スキピオはヒスパニアの征服を完遂した。カンナエから一〇年たった前二〇六年、カルタゴ人はこぞってヒスパニアを去った。ヒスパニアでの戦闘は終了した。そしてシチリアでも。

裏切り

次の春、ローマからカルタゴ・ノウァ［現カルタヘナ］を奪還することに失敗したマゴは海路イタリアに向かい、ゲヌア［現ジェノヴァ］に上陸した。だがハンニバルにはもはや、マゴの軍勢を自軍に合流させる手段がなかった。彼は、イタリア南部のターラント湾に面したカタンザーロ、コゼンツァ、クロトーネの近辺から出ることができず、多くの時間をクロトーネ南のラキニア神殿［ゼウスの妻、ヘーラーに捧げられた神殿］ですごし、自身の武勲をフェニキア語とギリシア語できざませた。すでに自分の人生が終わったかのように。後世に自分の英雄譚を伝えることだけが重要であるかのように。

カルタゴが約束した援軍はいっこうに現れなかった。マケドニアのピリッポス五世は、先ごろローマと和約を結び、ハンニバル支援の約束を反故《ほご》にした。ハンニバルはまたも裏切られたのだ。そしてはじめての経験として、追いつめられていた。海岸はローマの船によって監視されており、海から補給が断たれた。前二〇五年、彼はロクリ[22]でまたも敗北を喫した。いまや戦いの主導権をにぎっているのはスキピオであることに疑いの余地はなかった。このときスキピオは三〇歳——ハンニバルがアルプスを越えたときの歳——であり、これまでにないほど自信にあふれていた。次の秋、彼は兵士たちに新たな指針を伝えた。「いままではカルタゴがローマに戦いを仕かけていた。これからはローマがカルタゴに戦いを仕かける。われわれはハンニバルをイタリアから引きはがし、戦いの場をアフリカに移し、そこで終わらせる」

スキピオは二万五〇〇〇人の歩兵と二五〇〇人の騎兵を四隻の戦艦に乗せ、食料と機材を積んだ四〇〇隻の船を従えてシチリアをあとにした。二日の航海ののち、ボン岬半島（地中海につき出たチュニジアの北東の端）に着いた。今度はカルタゴがパニックにおちいった。カルタゴ本国には軍隊らしい軍隊はもはや存在しなかった。くわえて、失策もしくは警戒の怠りによって、地元のアフリカ沿岸に敵を作ってしまった。ベルベル人のマシニッサ（前二三八―一四八頃）がローマと同盟を結んでしまったのだ。東ヌミディア国の王であった父親がカルタゴと同盟を組んでいたのでカルタゴ育ちであったマシニッサは、ヒスパニアでカルタゴ軍とともにローマと戦っていた。しかし、父親が死ぬと東ヌミディアは西ヌミディアのシュファクスによって併合されてしまった。カルタゴはこれを黙認した。国を奪われたマシニッサは雪辱を心に誓い、ローマにねがえった。

スキピオはまたもハンニバルを模倣した。彼にとってカルタゴ攻略は優先事項ではなく、カルタゴが降伏することを望んだ。冬期宿営地を丘の上に設けたスキピオにとって、時間は味方であった。カルタゴ市民は、交渉をはじめるためにスキピオの真意を探ろうとし、すべての責任をハンニバルと彼の野望、彼の一族に押しつけた。カルタゴはハンニバルを犠牲に捧げ、勝者に服従するつもりで「わたしたちに何なりと命じてください」と伝えた。スキピオは、自分は勝利と栄光のために来たのである、と答えた。目的は妥協ではなく、雪辱だった。

マゴは北イタリアでリグーリアの部族を使嗾《しそう》して反ローマの叛乱を起こそうとしたが徒労に終わった。南では、ハンニバルは兵士に俸給を支払うこともできなくなっていた。前二〇三年の春、スキピオはふたたび船出し、カルタゴとシュファクスの駐屯地をたたき、鮮やかな勝利をあげた。敗者側の死者は四万人で、捕虜は五〇〇〇人、一五〇〇頭以上の馬と六頭の象が奪われた。カルタゴ側に残ったのは二〇〇〇人の歩兵と五〇〇〇人の騎兵のみだった。軍隊はもはや存在しないも同然であった。周囲の都市はローマに恭順の意を表した。

四月、シュファクスは、ウティカから徒歩で五日のところにある「大平原」とよばれる場所で惨敗を喫した。[23]カルタゴは再度の攻囲を畏れ、城壁を補強し、新たな防衛設備を建造した。カルタゴは無節操にも、これまで冷淡に遇してきたハンニバルに助けを求めるため、特使を南イタリアのクロトーネに派遣した。しかしハンニバルはさめていた。ティトゥス＝リウィウスによると、彼は次のように述べた。「わたしが帰国せざるをえないように仕向けようと、わたしに援軍と資金が届くのを長年さまたげていた連中が、今回は姑息な手段によってではなく、正面を切ってわたしに戻るようによびかけている。このハンニバルを打ちのめしたのは、あれほど何度も敗北と壊走を経験したローマ人ではなく、ねたみ深いカルタゴの元老院だ。わたしのきわめて恥ずべき帰国を喜び、誇らしく思うのはスキピオというよりハンノであろう。ほかの手段をとることができず、カルタゴを破滅させることでわたしの一族を破滅させたハンノだ」

イタリアにおいて一五年間を戦いと彷徨《ほうこう》に明けくれたすえ、すでに伝説となっていた英雄はカラブリア人、イベリア人、ヌミディア人のベテラン兵士三万人をひきつれてアフリカに戻った。しかし、カンナエ以降、神々は彼を見すてていた。不本意ながら三四年前に故国を去ったハンニバルは、アフリカ上陸をためらった。そこで、敵が多いカルタゴではなく、バルカ一族の領地があるレプティス・ミノル[24]に上陸した。彼は意図的に隠棲生活に入った。しかし、前二〇三年の終わり、飢えたカルタゴ人が食料を積んだローマの船約一〇〇隻を襲ったことで、ローマとの休戦状態は終わりを告げた。ローマにとって、これは戦争再開の口実となった。恐怖に襲われたカルタゴはまたもハンニバルに助けを求めた。ハンニバルは以前のように尊大な将軍ではなかったが、人々はいまだに彼に対して畏敬の念をいだいていた。「人々は、もっとも勇敢な将軍であった父親［ハミルカル］のテントのなかで生まれ、武具に囲まれて育ち、まだ幼い頃に兵士となり、子どもから青年になったとたんに将軍となり、勝利に囲まれて歳を重ね、ヒスパニア、ガリア、イタリア、アルプスから海にいたるまでを、その武勲の記憶で満たしたこの将軍［ハンニバル］を畏れる。彼の軍隊は、堪えしのんだ苦しみによって鍛えられ、ローマ人の血を千回も浴び、ローマの兵士のみならず将軍たちの死体の山を築いた」とはティトゥス＝リウィウスの言葉である。ハンニバルは義務感につき動かされて腰をあげ、苦労しながらも兵をつのった。以前とは逆に、ハンニバルが、いまやローマ一の将軍となったスキピオの勝利を分析することになった。

最後の戦い

ハンニバルは最後のチャンスを探るべくスキピオと話しあいをもった。敗北を避けるためだ。ギリシア人歴史家ポリュビオスによると、ハンニバルは「ローマがイタリア以外の領土を少しも羨望せず、カルタゴがアフリカ以外の領土を少しも羨望しなければよかった、と思う。なぜなら両国とも自然が境界線を引いた立派な帝国をもっていたのだから」との気持ちを打ち明けた、といわれる。そして、次のようにつけくわえた、とも伝えられる。「しかし、われわれはシチリアの領有をめぐって戦争状態に入り、その後にヒスパニアをめぐってふたたび戦った。さらに、運命の警告に耳をかさなかったために、われわれはついに、われわれの祖国を危険におとしいれるにいたった。以前はあなたの祖国を、そしていまはわたしの祖国を。こうなった以上、われわれ二人だけで、［どちらが］神々の好意を勝ち得て争いに終止符を打てるのかを見きわめるしかない。わたしにはそうする用意ができている。なぜならわたしは経験により、運命がいかに気まぐれで、われわれを手玉にとるか知っているからだ」。軍職一筋で中年にいたったハンニバルはスキピオの若さをあやうく思う気持ちを吐露した。「あなたの矜持《きょうじ》が平和よりも勝利を好むことはありうる。わたしもかつて、そうした自尊心をもっていた」。自身の勝利、敗北、二人の弟の死を回想しつつ、彼は話を続けた。「あなたが勝っても、あなた個人の栄光やあなたの祖国の栄光はこれ以上高まることはないだろう。しかし、あなたが負けたら、あなたがこれまでなしとげた偉業はすべて水泡に帰すだろう。（…）今日、和平を求めるのはわたしである。なぜなら和平が有益であるとわたしは考え、和平を維持しようと努めるからだ」

スキピオは、協定をやぶり、攻撃を仕かけたのはつねにカルタゴ側であった、と答えた、といわれる。「あなたたちが自分たちと祖国をわたしたちに差し出して、わたしたちの裁量にまかせる。もしくは、わたしたちがあなたたちを戦場で負かす。どちらかです。あなたたち［カルタゴ人］は平和に耐えることができなかったのだから、戦いの準備をするがよい」。ポリュビオスによると、以上の会話が終わったところで、「カルタゴ人たちにとっては自分たちの救いとアフリカにもつ資産の死守のため、ローマ人たちにとっては世界の支配と普遍的帝国のために戦うほか、もはや道はなかった」

前二〇二年一〇月一九日、ハンニバルはザマ[25]が自分にとって最後の戦場となることを知っていた。彼は自軍の兵士たちに過去の勝利について語った。過去はともかく、彼自身はその日に勝てる可能性があると思っていたのだろうか？　百戦錬磨《ひゃくせんれんま》の忠実なベテラン兵一万人は頼りになるが、急いでかき集められた三万人の兵士は、勇猛なローマ軍団に直面したときにどのような行動に出るのだろうか？最初の衝突は幸先《さいさき》のよいものではなかった。八〇頭の戦象は敵が射かける矢で狂乱状態におちいって半回転し、カルタゴ部隊に襲いかかった。そうこうしているうちに、ローマ軍の騎兵隊たちに後方から囲まれてしまった。スキピオはハンニバルの包囲作戦を「盗み」、カルタゴからローマにねがえったマシニッサが指揮するヌミディア人騎兵を活用した。弟子が師匠を凌駕した。カルタゴ軍は壊滅した。死者は二万人で、ローマ側の三倍であった。捕虜の数も同じくらいだった。ハンニバルはなんとか逃げ延びることができた。

イタリア、シチリア、ヒスパニアに続き、アフリカもローマの支配下に置かれた。カルタゴが各地にもってた領土を征服することでローマは一大帝国を築いた。スキピオが力づくでカルタゴに受け入れさせた和議は、ローマの一方的な条件の押つけだった。カルタゴは主権を失い、またもや多額の賠償金を支払うこととなった。しかも支払いは五〇年間続く。ハンニバルは和議受け入れのために積極的に動いた。第一次ポエニ戦争のあとに父ハミルカルが行なったように。敗者は勝者が出す条件を受け入れるほかない、と彼は同国人たちに説いた。第二次ポエニ戦争は重い苦しみのうちに終わった。カルタゴ滅亡の萌芽を宿した終焉《しゅうえん》であった。

さまようハンニバル

軍の指揮官であったハンニバルは一転して、行政官となった。平民派の頭目として、彼は腐敗と貴族階級を相手に戦った。貴族階級はこれに黙っておらず、敗戦の責任はハンニバルにあると非難し、過去の戦役において戦利品を私物化した、と告発した。「平穏を長く享受できる都市国家は一つもない。外敵がいない場合は、国内に敵を見つけ出そうとする」とハンニバルは苦々しく述べ、昔から側《そば》近《ちか》く仕えていた兵士たちをつれて自領に隠棲し、彼らに農業を手ほどきした。しかし、カルタゴから離れての無為な暮らしは耐えられなくなったらしい。五年後、彼は政界に復帰し、カルタゴの最高官であるスーフェートに選ばれた。軍人であったころの熱意をとりもどした彼は、因縁の敵と戦う決意を固めた。妨害によって彼のたくらみを挫折させ、彼を見放した寡頭支配階級である。彼がくだした最初の決定は、寡頭支配階級の巣窟である元老院と一〇四人会議[26]の権限を縮小して、自分の支持者が多くいる平民会議の比重を高めることであった。おしすすめた政策――公金流用をやめさせ、財政を立てなおし、カルタゴの美化と拡大に取り組む――により、ハンニバルの声望はふたたび高まった。寡頭支配階級はこれを執念深く恨み、「ハンニバルはシリア王アンティオコスと内通している」とローマに注進するにいたった。歴史は浅いが、インダス川からヘレスポントス[27]まで、タウルス［トルコの山脈］からエジプト国境にいたるまでの拡がりを見せている大国シリアは、カルタゴをくだしたあとのローマにとって第一の敵国であった。アンティオコスとハンニバルの提携は、ローマにとって最悪のシナリオであろう。カルタゴの寡頭支配階級は、敗軍の将から優秀な行政官となったハンニバルを亡命に追いやり、彼の財産を没収することで、自分たちはあくまでもローマのいちばんの味方である、とアピールした。

カルタゴが輩出した最高の傑物であるハンニバルは不可触民さながらの扱いを受け、逃亡者となった。エフェソスに向けて発ち、前一九五年の秋にアンティオコス王と面会し、アレクサンドロス大王にならうことを夢見ていたこの王の宮廷に六年間とどまった。彼は国王の軍事顧問となり、やがて海軍大将となる。アンティオコス王に、軍隊の充実と、騎兵を使って敵を両翼から包囲する戦術を具申した。地中海のすべての港へのローマ人のアクセスを封じ、ローマの領土に同時に複数の攻撃を仕かけることも。しかし、ハンニバルの意見は聞き入れられなかった。それどころか、いつの時代も変わらぬ宮廷内の派閥争いにまきこまれ、国王から遠ざけられた。海戦で二回敗れる、という不運も重なる。

ハンニバルのその後の彷徨《ほうこう》については不明な点が多い。ありえないような話がいくつも伝わっている。エフェソスでスキピオとハンニバルが対面した、という伝説もその一つだ。それによると、二人のあいだで、歴史上もっとも偉大な武将はだれか、という話題が出た。ハンニバルの考えでは、一番はアレクサンドロス大王であり、二番目に来るのは熟達した都市攻囲術と外交手腕ゆえにピュロスである。「三番は？」とスキピオに問われたハンニバルは、「自分だ」と答えた。スキピオは「もしあなたがローマを攻略したとしたら、あなたは自分が何番目になったと思いますか？」とたずねた。ハンニバルはためらうことなく「一番だ」と答えた。すばらしい逸話であるが、作り話にすぎない。

大帝国を築く野望に燃えていたローマは、邪魔なアンティオコス王を放置できなかった。前一九二年、シリア軍がヘレスポントス海峡を越えてヨーロッパ側に渡り、テッサリアに達した。ローマ軍はすぐに反応し、テッサリアに進軍した。スパルタ王レオニダスが七〇〇〇人のギリシア連合軍を率いて約三〇万人のペルシア軍と戦い、壮絶な死をとげた事績（前四八〇年）で有名なテルモピュライの隘路で、アンティオコスはローマ軍団と対峙した（前一九一年）。「大王」とよばれたアンティオコスだが、レオニダスのような自己犠牲精神はもちあわせていなかった。敗北が明らかになると、戦場に九〇〇〇人の兵士の遺体を残し、たった五〇〇人をひきつれて小アジアに引き返した。この一回の戦闘でローマは、アレクサンドロス大王に仕えた将軍の一人が建国した強大なセレウコス朝シリアをギリシアの地から追いはらった。ローマは、ロードス島とエフェソスのあいだの海域で行なわれた海戦でもシリアをやぶった。それでもアンティオコスは負けを認めなかった。まだヘレスポントス海峡を支配していたからだ。前一九〇年の初め、王はふたたびハンニバルを重用し、フェニキアに艦船を結集する使命をたくした。

この年の夏、ローマと同盟を結んだロードスの軍船三〇隻ほどが、ハンニバルが編成したばかりの船団を攻撃した。ハンニバルはかろうじて二〇隻ほどの船を救うことができたが、アンティオコスの艦隊と合流することはかなわなかった。このために、アンティオコスは自分だけで、ローマとロードスの連合艦隊と新たな海戦にのぞむことを余儀なくされ、手痛い敗北を喫した。アンティオコスはついに講和を求めることを決心し、ローマ軍の戦費の半額を賠償する、ヨーロッパ［ギリシア］にもっている領土と、スミュルナ［現イズミル、トルコ］をふくむ三つの港の領有を放棄する、とローマ側に提案した。しかし、ローマ軍を指揮していたスキピオ兄弟［肩書きは参謀だが実質的に采配をふっていたスキピオと、執政官であった兄のルキウス」は中途半端な妥協など好まなかった。彼らにとって、敗者が屈辱を嘗めてこそ、勝利の美酒は旨《うま》くなるのだ。ローマは戦費全額の賠償と、シリアの小アジアからの全面撤退を求めた。とても受け入れることができない。ハンニバルはアンティオコス王に、プーリア地方、ローマ近郊、シチリアの三個所への上陸を進言した。しかし事を起こすには遅すぎた。前一八九年、ローマ軍団は小アジアになだれこみ、アンティオコス王の陸上戦力と海上戦力を打ち破った。五万人の兵士を失ったアンティオコスはふたたび講和を申し入れ、アパメイア[28]の和約が結ばれた。ローマがこのときにシリアにのませた条件の一つが、ハンニバルとその他の「ローマの敵」の引き渡しであった。

今回もまた、第六感の知らせがあったのか、危険を察知したハンニバルは逃げ出してクレタ島もしくはリビュアに渡った。だが彼にとって地中海はもはや安全ではなかった。プルタルコスによると、ハンニバルは、アララト山がそびえるアラス川流域の高地、アルタクシアス王が治めるアルメニアまで逃げ延びた。武運つたなき英雄は、戦場からも海からも遠いこの地で「都市計画家」となり、アルメニアの後世の諸都市のモデルとなる新首都アルタクサタの設計に協力した、と伝えられている。

孤独

最高司令官、元老院議員、スーフェート、艦隊司令官、建築家。ハンニバルは、自身が模範とあおいだアレクサンドロス大王と同じように、もてるすべての才能を発揮することができたのではないか。しかし、「建築家」という彼の新たな仕事がいかに平和的なものであろうと、彼に対して憎しみを燃やすローマはアルタクシアス王に圧力をかけた。ハンニバルはまたもや見すてられ、アルメニアを去った。次の亡命先は、ペルガモン[29]のエウメネス王との紛争をかかえていたビチュニア[30]国王プルシアスの宮廷だった。ハンニバルは傭兵として、マルマラ海の海戦でプルシアス王に勝利をもたらした、と伝えられている。久しぶりの勝ち戦のあと、ハンニバルは戦略家からまたも建築家へと衣替えし、勝者となったプルシアス王のために首都プルサの都市計画を練った。このプルサはやがてブルサと名前を変え、オスマントルコの最初の首都となる。

ハンニバルに平穏な日々が戻ったのだろうか？　否《いな》だ。「（ハンニバル）が行く先々では、ローマ人にとって決して平和が確保されない」といわれていたからだ。前一八三年、同盟国であるペルガモンの国王が派遣した使節団がローマ元老院を訪れ、プルシアス王がマケドニア王ピリッポスから兵士を派遣してもらい、戦力を強化している、と訴えた。事の真偽を確かめるために元老院の使者としてビチュニアを訪れた元老院議員クィンクティウス・フラミニヌスは、この小さな王国にハンニバルがいることを知り、ただちに引き渡しを求めた。このころハンニバルはマルマラ海沿岸のリビッサ[31]［トルコ、現ゲブゼ］に隠棲していた。天涯孤独のハンニバルは護衛に囲まれて暮らしていた。ビチュニア兵たちが彼の住まいに姿を現わしたとき、護衛たちは無抵抗だった。ハンニバルには、あらかじめ用意していた秘密の出口から抜け出そうと試みるだけの時間はかろうじてあった。だが、すべての戸口はふさがれていた。またも裏切られたのだ。もはやこれまで、と悟ったハンニバルは、トリカブトとドクニンジンを混ぜた毒薬をあおいだ。ティトゥス＝リウィウスによると、死のまぎわに次のような名台詞を吐いたそうだ。「ローマ人を不安から解放してやるとしよう。老人が死ぬのを待てないほど、彼らには忍耐心がないのなら。武装もしていない男に対するフラミニヌスの勝利は、偉大でも記憶に価するものでもないだろう」。こうしてハンニバルは六四歳で死んだ。ローマ人のように堂々と。

偶然だが、ほぼ同じころに彼の好敵手であったスキピオも亡くなった。二人の英雄には共通点が多かった。ほまれ高い名家に生まれ、最高の家庭教師から教育を受け、幼少期を終えるとすぐに軍事の手ほどきを受け、ごく若いころから戦場で才能を発揮した。二人の将軍は、頑迷《がんめい》なまでに人生を戦いに捧げた。二人は故国を遠く離れて日々を送った。アフリカ［カルタゴ］を倒したゆえにアフリカヌスの尊称をあたえられたスキピオと、イタリアを縦横無尽にかけめぐったハンニバルは、故国においてよりも遠国で多くの時間をすごした。そして、二人とも同国人に裏切られた。スキピオも、アンティオコス王から賄賂を受けとった、と告発されたのだ。彼のローマにおける最大の敵は大カトことカト・ケンソリウス（前二三四―一四九）であった。第二次ポエニ戦争で戦い、会計検査官をつとめたこともある大カトは、質実剛健であったローマがヘレニズムの文化と風習に染まりつつあることを憂慮していた。ゆえに、ギリシア文明に傾倒しているスキピオが許せなかった。救国の英雄に対する掌を返したような仕打ちにうんざりしたスキピオは、ローマを去ってカンパーニア地方のリテルヌムにある別荘に引きこもった。同じころ、小アジアに亡命していたハンニバルも、同国人の忘恩《ぼうおん》について思いをめぐらせていた。とはいえ、ハンニバルはいまにいたっても人々に強い印象をあたえているのに対して、スキピオの影は薄い。敗者の栄光というものがあるのだろうか？

ハンニバルは、祖国カルタゴの滅亡を知る苦痛だけはまぬがれた。前一四六年、三年の攻囲戦のすえにカルタゴは徹底的に破壊され、住民は虐殺され、生き残った五万人は奴隷として売られた。商売敵《がたき》として侮れないカルタゴを今度こそは滅亡させると決めたローマ側が仕かけた第三次ポエニ戦争の結末だった。どのような演説もかならず「カルタゴは破壊されねばならない」でしめくくっていた大カトも、自分の夢がかなうのを見ることはできなかった。その三年前に死んでいたからである。

原注

1 紀元後二世紀。
2 前五九—後一七。
3 ウルブス。都市を意味するラテン語。最初の文字を大文字で記す場合は「都市のなかの都市」、すなわちローマをさす。
4 シュリーフェンは、サドヴァでオーストリア軍を相手に戦い（一八六六）、次いでフランス軍と戦った（一八七〇—一八七一）のち、第一次世界大戦の初期（一九一四年）にドイツが部分的に採用することになる攻撃プラン［ロシアとフランスに対する作戦、シュリーフェンプラン］を完成させた。カンナエは戦闘の手本として、すべての陸軍士官学校で教えられることになる。
5 紀元後二五—一〇一年。
6 アペニン山脈南の、現モリーゼ地方。
7 現在のカラブリア、カンパーニア、バシリカータ、プーリア。

8　ポエニは、カルタゴ人をさすラテン語。ローマとカルタゴのあいだの第一次ポエニ戦争は前二六四年から前二四一年まで続いた。
9　この反乱から、フロベールは小説『サランボー』の着想を得た。
10　バルカは「雷光」を意味するハミルカルの家名。
11　カルタゴの政治・統治機構は明らかになっていない。アリストテレスによると、君主政（最初は王が、次にローマの執政官に相当するスーフェートがその役目を果たした、と思われる）、貴族制度（元老院）、民主制度（平民議会）の原則がバランスよく共存する政治体制であった。スーフェートは、大貴族の代表者からなる長老会議（ローマの元老院に相当）の補佐を受けていた。長老会議には、外交政策、宣戦布告、将軍の任命や処罰の権限があった。元老院議員のうちから選ばれた審判で構成される高等法院（一〇四人会議）も存在した。平民会議は、重要案件について話しあうために招集された。バルカ家の支配下では、平民会議がスーフェートと将軍を選んだ。
12　スペイン南西部のムルシア州にある、現カルタヘナ。
13　アンダルシア地方の現リナーレスの近辺。
14　現バレンシア州。
15　現キャンティ地方。
16　現カラブリア地方。
17　プーリア地方の町。
18　前二三六もしくは二三五—一八三。
19　カタルーニャ州、ジローナの近く。
20　カタルーニャ州南部。

21　ハエン県のバイレン（スペイン）。
22　カラブリア地方。
23　チュニジアの北部。
24　チュニジアの首都チュニスから南一四〇キロの都市スースの近く。
25　チュニジア北東部、シリアナの近く。
26　高等法院と国務会議をかねたような機関。
27　ダーダネルス海峡。
28　シリア北西部。
29　スミュルナ地方。
30　小アジア北部。
31　イスタンブールから約五〇キロ。

参考文献

Habib Boularès, *Hannibal*, Perrin, 2000.
Giovanni Brizzi, *Moi, Hannibal*, Nantes, Éditions Maison, 2007.
Zakia Daoud, *Hannibal*, Perrin, 2012.
Pierre Grimal, *Le Siècle des Scipions. Rome et l'hellénisme au temps des guerres puniques*, Aubier, 1975.
Serge Lancel, *Hannibal*, Fayard, 1995.
Yann le Bohec, *Histoire des guerres romaines*, Tallandier, 2012.

Basil H. Liddell Hart, *Scipion l'Africain*, Payot, 1934.
Jean Malye, *La Véritable Histoire d'Hannibal, l'homme qui fit trembler Rome*, Les Belles Lettres, 2011.
Khaled Melliti, *Carthage. Histoire d'une métropole méditerranéenne*, Perrin, 2016.
Claude Nicolet, *Rome et la conquête du monde méditerranéen*, t. II, PUF, 1978.
Colette et Gilbert Charles-Picard, *La Vie quotidienne à Carthage au temps d'Hannibal*, Hachette, 1958.
Paolo Rumiz, *L'Ombre d'Hannibal*, Hoëbecke, 2012; Gallimard, coll. « Folio », 2013.

第2章　ウェルキンゲトリクス　カエサルに「ノン」といった男

アルウェルニ［現フランスの中南部オーヴェルニュ地方に相当］の族長の息子として生まれ、青年時代をすごしたローマで軍事の才能を磨いたウェルキンゲトリクス。若くして族長となると、ローマから派遣された総督としてガリアを支配していたカエサルに対抗するため、ガリア各地に割拠《かっきょ》する何十もの族の結束にはじめて成功する。いくつかの勝利をあげ、英雄的に抵抗したにもかかわらず、アレシアの戦い（前五二年）で敗れる。この挫折はガリア独立の夢に終止符を打つが、その後にフランスとなる一帯に祖国愛の種をまいた。同時に、フランス国民の物語を形づくることになる一つの伝説が誕生した。

勝利、さもなくば餓死。ウェルキンゲトリクスが、援軍をつのるために、残っていた最後の騎兵をガリアの辺境に送り出してから一か月以上がたっていた。彼は援軍の可能性に、ローマによるアレシア攻囲を解く最後の望みをたくしていた。カエサルのローマ軍団にとり囲まれながらも、一歩も引かぬと決意した八万人のガリア人がたてこもっているアレシアでは、三〇日前にたくわえた食料と水がつきようとしていた。前五二年九月中旬のこの朝、毎日開催している参謀会議の席でウェルキンゲトリクスは、女や子ども、そして年寄りにアレシアを去るように命じる、と決めた。無用な人員に食料をあたえる余裕はもうなかった。しかし、何人かの口からは「これだけでは不十分だ」という不満がもれた。自身が説く持久戦略への抵抗を抑えるために、ウェルキンゲトリクスは弁論家としての才能を駆使するほかなかった。「わたしは、降伏しようと考えている者たちについて語ろうとは思わない。参謀会議に彼らの居場所はないからだ。わたしは、戦う意志がある者たちに語りかける。彼らは自分が勇敢だと思っている。しかし、彼らはある意味で卑怯者だ。餓死することをおそれ、自殺行為「である攻撃」のほうがましだと考えているからだ」

ウェルキンゲトリクスに言わせると、アレシアを攻囲している敵軍と正面から対決するなど正気の沙汰《さた》ではない。辛抱せねばならない。辛抱は、二年前までガリア人にとって無縁だったが、若き指揮官ウェルキンゲトリクスに率《ひき》いられて戦役で勝利を重ねるにつれてついに学びとり、習得ぶりを示すことができた「徳」であった。ウェルキンゲトリクスは三〇歳にして、六年前から「ガリア戦争」に従事しているローマ軍のベテラン百人隊長たちよりも自分が優秀であることを証明していた。

ウェルキンゲトリクスは、待つべきだ、と説いた。ローマが掌握していない唯一のルート、すなわち北西の道から二〇万人以上の歩兵が援軍としてやってくることを期待していたからだ。新たな戦力が到着すれば、自分たちが逃げこんでいるアレシアをとり囲む平野に冠状にならんだ八つのローマ軍陣地［陣地と陣地のあいだには堡塁が築かれていた］に襲いかかることができる、と考えていた。数か月前のゲルゴウィアにおけるのと同様に、ガリア連合軍を攻囲しているカエサルを撤退に追いこめるのではないか。そうすれば、一年以上前に連携、結集、一体化して自分をリーダーに選んだガリア諸部族の地からローマは去り、二度と戻ってこないにちがいない。世界のすみずみで反響をよぶであろうこうした勝利のためであれば、部下たちが飢えのあまりに共食いすることもウェルキンゲトリクスは受け入れるつもりだった。後味《あとあじ》が苦くとも――たとえ人肉の味がしようとも。ガリアの自由にはそれだけの価値がある。

　数日後、もしかしたら数時間後に、ガリアの運命は大転換するだろう。アルウェルニ族[1]の若き指導者ウェルキンゲトリクスがここで新たな勝利をあげれば、なにものも止めることができないように思われたカエサルの台頭はおそらく頓挫《とんざ》し、ガリアの騒擾《そうじょう》を平らげてみせるとの約束を果たせずにローマに戻れば元老院はカエサルをもはや信頼しなくなるだろう。ローマによる占領から解放されたガリアはおそらく統一された独立国家となり、やがてはローマにとって新たな脅威となろう。しかしウェルキンゲトリクスが敗れるとしたら、彼が掲げる幟旗《のぼりはた》のもとに結集した四〇のケルト氏族からなる独立国家の夢は決定的についえるだろう。ガリア全土は、その文化、宗教、伝統、文明もろともローマに服従するだろう。

　勝者となればウェルキンゲトリクスは胎動をはじめた統一国家にとってはじめての英雄となろう。

　しかし敗者となれば、彼を信じたガリア人たちはおそらく永遠に支配されるだろう。奴隷の身分に落とされることも大いにありうる。

だから援軍の到着はどうしても必要だ。

しかし、援軍だけで十分だろうか？　配下の者たちには明かさなかったが、ウェルキンゲトリクス自身は懐疑的だった。ローマ軍団に対抗するには、数の上で敵を上まわっているだけでは十分でないことは、近年の歴史が示しているとおりだ。ローマの固い決意と組織力がものをいうのだ。ウェルキンゲトリクスは子どもの頃に、圧倒的に数多い軍勢を率いていたのにローマ軍に大敗した、ある偉大なガリア人指導者の話を聞かされていた。この指導者もアルウェルニの大部族の出身だったことは、不思議でもなんでもない。一五〇〇年前より、アルウェルニ族はもっとも強力な部族であった。ガリアの地理的な中心はカルヌテス族が住む森林地帯[2]とその周辺であったが、精神的な中心は中央山地《マシーフ・サントラル》であった。ルテティア（パリ）とマッサリア（マルセイユ）のあいだにあるすべての首邑《しゅゆう》［一帯の中心地、都市］を潤《うるお》す河川は、アルウェルニの山々や谷を源としていたからだ。高度約二〇〇〇メートルのピュイ・ド・サンシー山をふくむガリア中央部屈指の高山帯だけでなく、もっとも肥沃で人口ももっとも多い土地も擁しているこの高地は、アクセスがむずかしいために昔から蛮族の侵略や略奪をまぬがれていた。通商のルートからはずれていたために、注目を浴びることなく発展して力をつけることができた。こうして派手にめだつことも、危険にさらされることもなく、アルウェルニ族は約五〇の氏族をまとめて小さな王国をうち立てることに成功し、自分たちは一つの共同体を形成しているとの意識を多かれ少なかれいだくようになった。

前一二一年、力をためたアルウェルニ族の王ビトゥイトゥスはガリア中央部のすべての部族の結束を固めることで、セヴェンヌ山脈の南（アルプス、ローヌ河、ピレネーにはさまれた一帯）を属州としたばかりのローマに抵抗しようと決意した。ローマのガリア侵略を可能としたのは、モルヴァン地方［ブルゴーニュ地方の丘陵地帯］やブルゴーニュ南部に定着していたハエドゥイ族の協力があったからだ。ハエドゥイ族とアルウェルニ族は長い国境を共有している隣人同士であっただけに、長年ライバル関係にあった。前者は、後者よりも先に強大なローマに最初になびいて恭順の意を示せば、見返りを得られると考えたのだ。勇猛なビトゥイトゥスはイゼール川［アルプス山中に発してグルノーブルをへてローヌ河にそそぐ川］のほとりで、アロブロゲス族[3]とともに二〇万人の兵力をもって戦ったが、自分たちの五分の一の兵力でのぞんだローマ軍団と戦象に打ち負かされた。執政官クイントゥス・ファビウス・マクシムスの手柄であった。敗戦後、ビトゥイトゥスはローマにつれていかれ、ローマ属州ガリア・ナルボネンシス［ガリア・トランサルピナともよばれる。現フランスの南部］が誕生し、アルウェルニ族の力は弱められ、王政は廃止されて高官会議に置き換えられた。だが、ローマの元老院は、ガリアをローマ法に従わせようとしたファビウスの野心に待ったをかけ、ガリアの数多くの部族（ウォルカエ族[4]、サルウィイ族[5]、アロブロゲス族、ヘルウィイ族[6]など）が忠実な封臣となることのみを要求した。ガリア人たちはこれを受け入れた。

前八〇年ごろ、アルウェルニ族の政治および軍事の指導者（ウェルゴブレトゥス[7]、独裁頭領）であったケルティルスが全ガリアの統一を試み、自分が王になることを前提に王政の復活を提案するという大胆な手に出た。しかし、彼はガリア人の足なみがいかに乱れているかをわかっていなかった。一部の部族は王政復活には原則的に反感をいだいていたし、財政的にも商取引のうえでもローマに依存している部族もおり、自分たちの自治権と政治的自由に固執している部族もあった。こうした部族の首邑《しゅゆう》を支配する有力者たちが反ケルティルスで立ち上がり、彼を逮捕し、有罪判決をくだしてゲルゴウィアの公共広場で火刑に処した。柱にしばりつけられたケルティルスは、自分の体を焦がす炎の向こう側へとよびかけた。「全員が団結すれば、われわれはローマに進軍することができただろうに！全員が団結してローマに！」

伝説によると、この日、ケルティルスの叫び声はガリア全土に響きわたった。この騒動のあと、ローマの元老院はガリアを四つの地方（アルモリカ、ベルガエ、アルウェルニ、ハエドゥイ）に分割することを命じた。ローマは称賛に値する温情を示し――ビトゥイトゥスの息子が父親とともにローマに連行されたのとは対照的だ――、ケルティルスの幼い息子は命を脅かされることなく、自由の身のままでガリアにとどまることを許された。奇跡的に命を助けられたものの復讐心に燃えるこの少年こそが、ウェルキンゲトリクスであった。

族長の幼少時代

ウェルキンゲトリクスは前八〇年ごろにゲルゴウィアで生まれた。ちょうど父ケルティルスがローマに歯向かう新たな反乱を指揮していたころである。父親の死後、彼は田舎に住む叔父たちに引きとられ、ガリア貴族の子弟の大半が受けるような教育を授けられた。幼い頃から乗馬、武器の扱い、狩りの技術を学んだ。教える者たちは、この少年の身体能力に舌を巻いた。知的訓練もないがしろにされなかった。修辞学教師が毎日、彼にギリシア語とラテン語を教えた。弁論術も、村の吟遊詩人が歌う叙事詩も習った。ドルイド［ケルト人社会の祭司］からは、神学や歴史、力以外の価値について学んだ。少年は、自分には魂があり、死後の世界が存在し、すべてのケルト人は唯一の神の子孫である…といったことも教わった。しかし、なによりも勉強になったのは旅であった。北、西、南と、あらゆるところに足を運んだ。二〇歳を迎えるころには、「長髪のガリア［当時、まだローマ化していなかった北方のガリア人は長髪だったためにこのようによばれた］」の有力部族すべて（ハエドゥイ族、セクァニー族[8]、ベロウァキ族[9]、カルヌテス族）の土地をすでに訪れていた。彼はアルプスの向こう側にも足を伸ばした。「人質」として、だれあろうカエサルのもとに送られたからである。ローマが征服した土地の責任者たちがローマの利益にかなう協力者となるよう目を光らすため、カエサルはガリア諸部族の支配階級の子弟になかば留学生、なかば捕虜といういっぷう変わった身分で一定期間をローマですごすことを義務づけていた。ウェルキンゲトリクスは成年になるまでのちょうど三年間、やがて自分の敵となるカエサルにつきしたがって戦場をかけめぐり、現場で戦争術を学ぶことができた[10]。彼はこの経験から、戦いにおいてなによりも大切なのは決断のスピード、組織力、そして秘密の扱い方である、と理解した。くわえて、ガリア人には決定的に欠けている規律の重要性も。

前五三年、ウェルキンゲトリクスは毎日のように馬でゲルゴウィア近辺を行き来した。すらりと背が高く、りゅうとした青年は、馬上で背筋をぴんと伸ばしていた。豊かな髪が脇からのぞいている兜には高さがあるため、彼をいっそう大柄に見せる効果があった。貧しい農民、ドルイド、村長《むらおさ》、商人…彼と出会った者は全員、強い印象を受けた。ウェルキンゲトリクスは同国人の心と意識にインパクトをあたえることを狙っていたが、なによりも望んでいたのは指導者の風格をもつ人物として自分を覚えてもらうことだった。指導者になる、と決心していたからだ。だれにとってもますます耐えがたいものとなってきた占領をやめさせるため、彼は、組織だっていて、指揮系統が整い、規律正しい軍隊を作り上げ、自分の軍人としての能力を生かしてガリアの国境の外にローマ人を追いはらうことをもくろんでいた。しかし、この目標を達成するには、アルウェルニ族を中心としてケルト人たちを団結させるほかない。その前段階としてまずは、自分を中心としてアルウェルニ族の結束を固めねばならない。

ガリア戦争は五年前の前五八年にはじまっていた。その二年前にポンペイウス、クラッスス、カエサルの三者のあいだで決まった三頭政治が功を奏して、カエサルは、彼の野心に不信感をいだいていた——いだく理由があったのは確かだ——元老院の影響力を弱めることに成功し、執政官の肩書きを得た。執政官の任期が終わると、彼は前執政官としてローマ辺境の複数の属州を統治する総督に就任（前五八年）したが、そのなかにはガリア・トランサルピナ［すでにローマ属州であった現フランス南部］がふくまれていた。二五年前にケルティルスによる蜂起の試みが失敗したのち、ガリアは騒擾《そうじょう》とは無縁であった。複数の部族がローマと協定を結び、アルプスとアルモリカ［ロワール川とセーヌ川にはさまれた、フランス北西部］のあいだに新たなブレンヌス[11]が出現してローマを脅かす兆《きざ》しなど一つもなかった。しかし、カエサルは自身の政治的威信をたかめるために戦勝を必要としていた。彼は、自分とポンペイウスのライバル関係が炸裂する日が遅かれ早かれ訪れる、とわかっていた。そうなれば、ヒスパニア遠征で勝利し、剣闘士スパルタクスを首謀者とする奴隷の叛乱鎮圧で戦功をあげ、海賊を退治し、オリエントを征服したポンペイウスの華々しい戦歴と比べると、自分の官界における優秀な経歴も不服従のヒスパニア人に対するちょっとした勝利もいちじるしく重みを欠くことになる、とも理解していた。くわえて、カエサルは金離れのよい生活スタイルをつらぬいていたし、政界の出世の階段をのぼるには必要だと考えて金をばらまき、気前の良さで伝説ともなっていたので、このあたりで借金を減らす手段を見つける必要もあった。以上の理由で、カエサルは平和なガリアを軍事作戦の舞台に変える必要があった。まずは、口実を見つけねばならない。

口実は見つかった。ガリア・キサルピナ［現在の北イタリア］とドイツの森林地帯のあいだ［現スイスに相当する地域］に住んでいたヘルウェティイ族の民族移動である。ゲルマン人の圧迫を受けていたヘルウェティイ族は、侵略や征服の危険をのがれて現フランスのサントンジュ地方［フランス西部］をめざしていた。彼らはオルゲトリクス王を先頭にして、自分たちの村々を焼きはらい、前五八年の冬の終わりに移動をはじめた。カエサルは、これは絶対に認められない、と判断した。ガリア・トランサルピナを二〇万人の人間が通過すると考えるだけでも、カエサルの不安はこれ以上ないくらいに高まった。くわえて、ガリア・キサルピナの北に空白地帯が生まれることは、好戦的で行動が予測不能のゲルマン民族がすぐ近くに住んでいるだけに憂慮すべき事態であった。

カエサルは、ヘルウェティイ族を正気に立ち返らせ、同時に故郷に戻すために、ローマ軍団を六個も動員した。最初の戦闘は、ゲナウァ［ジュネーヴ］でヘルウェティイ族の後衛部隊とのあいだで起こり、ローマ軍が勝利した。数週間後、ローマの歩兵たちはソーヌ川を渡り終えていなかった不運なヘルウェティイ族に襲いかかった。またしてもローマの勝利。そして前五八年六月にカエサルの兵士四万人が、ハエドゥイ族の土地であるビブラクテ[12]で、九万人のヘルウェティイ族戦闘員を打ちやぶった。カエサルはヘルウェティイ族の降伏を受け入れ、ゲルマン民族の脅威から彼らを守ることを約束して、早く故郷に戻るように命じた。彼はこの約束を守り、ヴォージュ地方、次いでアルザス地方に軍を率い、アリオウィストゥスという名の族長の指揮下で連合を組んでいた複数のゲルマン系スエビ族[13]をライン川左岸から追いはらった。この新たな勝利の勢いを駆って、カエサルは北方に進軍を続け、ベルガエ族、ネルウィイ族[14]、ベロウァキ族を服従させ、アルモリカ[15]に達すると、この地方のケルト人たち(とくに、モルビアン湾のウェネティ族)の英雄的な抵抗を抑えて平定した。前五五年には、ドーヴァー海峡の向こう側にある未知の土地、ブリタンニア［グレートブリテン島］への侵入を行ない、さらにはライン川を越えてゲルマン民族のテリトリーに急襲をかけた。ポンペイウスと対決するときが来れば、この二つの鮮やかな軍事作戦は自分の政治的オーラを強化してくれるにちがいない、とカエサルは考えた。

しかしながらガリアの歴史的国境の内側の状況は、カエサルが元老院に送った報告書のなかで主張するほど平穏ではなかった。徴税官に対する間歇的《かんけつてき》な反抗、街道を行くローマ商人への攻撃、不穏な東部における限定的だが激しい武力蜂起(たとえば、現代のフランス北部におけるエブロネス族[16]の反乱)、何年も前から故郷を遠く離れて戦いに明け暮るローマ兵士の不平不満…。ガリアには怒りが渦巻いていて、一触即発で、アゲディンクム［ブルゴーニュ地方、現サンス］やハエドゥイ族の首邑に駐留している一〇個のローマ軍団(六万人)に対して住民が蜂起する危険があった。

前五三年三月、サマロブリウァ［フランス北部、現アミアン］で、カエサル自身が主催する全ガリア部族長会議が開催された。しかし、いくつかの部族は招集を無視して代表を送らなかった。ガリア東部に住むなかばゲルマン系のトレウェリ族もその一つだが、それ以上に憂《うれ》うべきは、カエサルが強制した王政を自分たちの領内で廃止したばかりの二つの強力な部族――セノネス族[17]とカルヌテス族――の欠席であった。部族長会議無視にくわえの王政廃止は、反乱に等しかった。これを重く見たカエサルは会議開催を延期し、反乱鎮圧のために軍を進めた。すると、二族はたちまち恭順の意を表した。ガリア族長会議はその後、険悪な雰囲気がただようなか、ルテティア［現パリ］で再開された。カエサルはこの機をとらえて、セノネス族とカルヌテス族の降伏条件を定めた。非常に厳しい条件であり、カエサルは数百人もの人質提供を要求し、新税を課すと決めた。これが終わると、カエサルはカルヌテス族とセノネス族に対する最終処分を決定するために次の族長会議を秋にドゥロコルトルム（現ランス）で開催すると告げると、すぐさまトレウェリ族とエブロネス族の追討に出発した。ドゥロコルトルムでの会議は、セノネス族の指導者で、他部族からも尊敬されていたアッコの処刑をもってお開きとなった。

カエサルは次に、ガリア・キサルピナ［現在の北イタリア］のラウェンナ［ラヴェンナ］におもむいた。情勢変化のスピードが早まっていると思われるローマに近いところで、戦役で気の休まるまもなかった一年の疲れを癒《い》やすためであった。「ガリアは静穏で平和である」と報告書に書いた自分の言葉をカエサルは信じていた。たしかに、ガリアは、いまだかってなかったほど息をひそめていた。ローマ軍団が実質的に占領しているのは領土の十分の一だけというガリアの多くの住民にとって、カエサルがもたらしたのは結局のところ貧困、服従、不幸、略奪のみであった。地元の年長者会議は廃止されて、ローマの手下となった少数の有力者に権力が集中し、もっとも優秀な騎兵たちはローマに徴集されて遠い前線に送られ、何千人もの勇猛なガリアの若者たちはカエサルの軍隊に組み入れられてローマ歩兵を守るために第一線に立たされていた。五年前に赴任した当時、カエサルはガリアを蛮人の危険から解放する、と約束していたが、実際におこなったことはただ一つ、ガリアの隷属化であった。

ガリア人のあいだで団結の気風が芽生えたことは、これまで一度もなかった。だが、主要な部族の指導者たちは、情報交換のためにカルヌテス族の森で開催された会合において意見の一致を見た。カエサルは軍団をガリアに残して遠いラウェンナ［ラヴェンナ］に滞在しているうえ、彼の代理としてローマ政界で活躍していた旧友クロディウスが殺されたために彼の立場が弱くなっているいまこそが、行動に出る好機である。ガリアの謀反を鎮圧する手段をカエサルがもっていたとしても、春まで待たざるをえないだろう。イタリアから見てアルプスのこちら側のガリア［ガリア・キサルピナ］と向こう側のガリア［ガリア・トランサルピナ］を結ぶルートは雪融《ゆきど》けまで閉ざされているからだ。各部族の旗がより集まり、束《たば》となった。厳粛な宣誓が行なわれた。カルヌテス族が蜂起を先導し、最初に行動を起こす、と決まった。アルウェルニ族の代表として出席したウェルキンゲトリクスは、戦闘をはじめたいと逸《はや》る心を抑えつつゲルゴウィアに戻った。

序幕

一月下旬のある日の朝、カルヌテス族の指導者であるグトルアトゥスとコンコンネトドゥムヌスの命令によって、ローマ人商人たちがケナブム（現オルレアン）で殺された。これこそ、長いあいだガリア人が待っていた合図であった。ガリア各地で、人々が武器を手にとった。ゲルゴウィアにいたウェルキンゲトリクスは、自由を求めて蜂起する大軍にくわわろう、と住民たちを鼓舞した。しかし、彼は実の叔父によって町から追い出されてしまった。そんなことにひるむウェルキンゲトリクスではなかった。彼は馬にまたがり、何か月も前から駆けまわっていた田園におもむき、すぐさま農民たちを動員して征服部隊を結成し、彼らをひきつれてゲルゴウィアの城壁の前まで戻ってきた。ローマに自尊心を傷つけられ、侮辱されたガリアの貧民たちは、ウェルキンゲトリクスの出自――彼はなんといってもケルティルスの息子である――の威光、彼の目に宿る決意の色、その説得力のある弁舌（「われわれは、全ガリアの自由を守るために戦う」）、彼からほとばしり出るエネルギーに魅せられ、ひきつけられ、何百人もの集団を形成していた。彼とならんで歩く者、彼をとりまく者、彼につき従う者、彼の前を進む者、とさまざまだった。ゲルゴウィアはたいした抵抗もみせずに陥落し、叔父ゴバンニティオは追放され、人々はウェルキンゲトリクスの名を歓呼した。ウェルキンゲトリクスに魅了されたゲルゴウィア市民は彼を新たな指導者どころか君主に選んだ。やがて、全アルウェルニ族がこれにならうことになる。

この最初の勝利は規模の小さなものであったが、起爆剤として機能することになる。この武勲がもたらした威光をただちに活用せねばならない。自分の力、カリスマ性、軍人としての知識に自信をもっていたウェルキンゲトリクスはガリア全土に使者を送り、蜂起した族長たちにゲルゴウィアに集まるようよびかけた。皆は彼のよびかけに応じた。アルウェルニ族の都ゲルゴウィアには、二〇の部族（セノネス族、パリシイ族、ピクトネス族[18]、カドゥルキ族[19]、トゥロニ族[20]、アンディ族[21]、アウレルキ族[22]、レモウィケス族[23]など）の代表たちが武器を手に、続々と到着した。全員が連合軍を結成するという原則に賛成した。これは、総司令官が必要となることを意味する。ウェルキンゲトリクスは初戦に勝っていたし、なんといっても、かつてガリア部族連合を率いてローマに対抗しようと試みたケルティルスの息子である。彼以上の適任者はいるだろうか？　結成されようとしている軍の総司令官に全員一致で選ばれたウェルキンゲトリクスは、自分は独裁者にはならない、同盟を組んだ部族の政治的自律性を尊重する、と約束した。各ガリア部族の指揮官と緊密に連絡をとることと、可能なかぎりひんぱんに参謀会議を開催して軍事作戦について報告することも約束した。彼はこうした約束を守ることになる。

しかし、世界最強のローマ軍を攻撃するにはどうしたらよいだろう？　ローマ軍のメソッドと組織を参考にすればよい。ウェルキンゲトリクスは、自分が指揮することになった軍隊の弱点を知っていた。凡庸《ぼんよう》な将軍たち。何十万人もの歩兵は、潜在能力は高いが規律を欠いているうえ、頑張りがきかず、戦争経験がほぼゼロ、装備は貧弱、戦略の概念を少しももちあわせていない。距離をおいての戦闘の場合、ローマ兵が投げる槍に対抗できる投石兵や弓兵はごくわずかしかいない。

しかし、ウェルキンゲトリクスは自軍の長所も知っていた。エリート騎兵と、難攻不落の砦《とりで》複数の存在である。
　ウェルキンゲトリクスは、直近の数年間にカエサルが参加した戦闘を詳細に分析した。たとえば、前五四年のブリタンニア（その後のイングランド）遠征。ブリタンニア人の主要な指導者であったカッシウェラウヌスは、きわめて明確な戦略に従うことでカエサルの進撃を妨害して成果をあげた。彼の指揮下にあった四〇〇〇人の騎兵は、正面からぶつかりあう戦闘に応じようとせず、隊列を組んだローマ軍歩兵にたえず遊撃を仕かけた。彼らは、ローマ軍団が侵略しようとする土地を徹底的に荒廃させ、敵の斥候《せっこう》や落伍者を殺し、狭い道や隘路《あいろ》で敵に襲いかかってはたちまち退散し、ローマ歩兵に有利となる平原で姿を見せることは避けた。ウェルキンゲトリクスは、その後の七か月にわたって展開されるカエサルとの全面戦争において、きわめてまれな例外を除き、このゲリラ戦術をつらぬくことになる。雌雄を決する一回の決戦で敵を排斥するのではなく、傷を負わせて一滴また一滴と敵の血をしぼりとる、弱者が強者に対抗するための戦術である。

　ウェルキンゲトリクスは前五二年二月、ガリアの騎兵大隊が結成された時点で攻撃に出ることを決めた。彼は三個所を攻撃地点に選んだ。まずはガリア中部。アルウェルニ族と北ガリアの同盟部族たちのあいだに割りこむかたちで土地を領有しているビトゥリゲス族[24]を、ウェルキンゲトリクス自身が指揮する部隊で攻撃する。北西では、アルモリカを中心として駐留しているローマ軍団に対して前哨戦を仕かける。そして南西部では、ローマ属州のガリア・ナルボネンシス［現フランス南部］近辺に牽制攻撃に出る。南東に部隊を派遣するのは無用だ。この季節、セヴェンヌ山脈は数メートルの積雪におおわれ、踏破が不可能な天然の要害、氷の砦を形成しているからだ。

ビトゥリゲス族への攻撃は成功した。ビトゥリゲス族は、ハエドゥイ族からの支援――ウェルキンゲトリクスはこれをなによりもおそれていた――を得られなかっただけでなく、短時間で抵抗をあきらめてウェルキンゲトリクスと同盟を組むことを決めた。このことは大きな意味をもっていた。広大なテリトリーをもつビトゥリゲスはガリアでもっとも古い部族であり、その首都であるアウァリクム（現ブールジュ）は、ガリアでもっとも美しい都とみなされていた！ ゆえに、これは軍事的のみならず象徴的な意味も大きい勝利であった。

ウェルキンゲトリクスの喜びは長く続かなかった。フランス南部のローマ属州において彼の補佐官ルクテリウス［カドゥルキ族］が展開した軍事作戦が計画どおりに進まなかったからだ。ナルボー［現ナルボンヌ］の入り口まで到達したところで、敵の見事な防衛態勢に跳ね返されて撤退したのだ。この防衛体制を組織したのは、ラウェンナ［ラヴェンナ］から強行軍で駆けつけたカエサルその人であった。ウェルキンゲトリクスがガリア全土で攻撃を仕かけていると知ったカエサルは、ただちに戦闘に入り、ガリア蜂起の芽を初期のうちにつむ必要があると理解した。

スピード、急襲、決断。この時代のいちばんすぐれた指揮官であったカエサルの資質がみごとに発揮された。ウェルキンゲトリクスの進軍をくいとめ、彼の軍隊が増強されるのを防ぐには、一刻もむだにしてはならず、春を待たずに反撃する必要があった。カエサルは、彼が通ることはあるまいと皆が思っていたルート、すなわちセヴェンヌ山脈を抜けてガリアに姿を現わした。冬にこのルートを踏破するのは狂気の沙汰である。ヴレ地方［フランス中央山地の東部］に抜けるのに商人たちが夏に通る道を、カエサルは部隊を従えて通った。セヴェンヌ山脈の切り立った山腹のあいだをぬって走る、何キロにもわたってアイスバーンでおおわれた道である。精力的な土木工兵たちが氷や雪の壁を切りくずして道をつけたにせよ、この行軍は偉業であった。真夜中に、寒さ、風、霧のなか、馬から下りた騎兵、歩兵、荷車がモンペザを後にして、ル・パル峠の坂（標高差七〇〇メートル）を登りはじめた。多くの死傷者が出たが、部隊はセヴェンヌ山脈を通りぬけ、アルウェルニ族のテリトリーのただなか、ル・ピュイ［中央山地の東部］盆地に到達した。北西に展開する軍隊にくわわるために男たちが去った村々は無防備であった。軍団兵たちが道すがらル・ピュイ地方を徹底的に略奪するのを許しながら、カエサルは反撃のための行軍を続けた。めざすは、ローマに忠実な数少ないガリア族が住むラングル高原［ブルゴーニュ地方］である。そこに着けば、ハエドゥイ族にも睨《にら》みをきかすことができる。カエサルはハエドゥイ族を信用していなかったし、彼らがウェルキンゲトリクス側にねがえれば大打撃となるからだ。掌握できているあのガリア北東部でならば、彼が率いる軍団の食料補給も可能となろう。周辺に野宿しているゲルマン人を補助兵として雇い入れることも考えられる。巧みな馬の乗り手であるゲルマン人は、ウェルキンゲトリクスの騎兵隊に対抗するのに大いに役立つにちがいない。

カエサルはカストゥルム・ディウィオネンセ［現ディジョン］に到達すると、冬の終わりに全軍団を集めてアゲディンクム［現サンス］に腰をおちつけた。ほんの数週間で、意表をつく天才的な作戦によって——しかもほぼ戦闘ぬきで——彼はガリアの勢いをくじき、敵を驚愕させ、ちらばっていた軍団の戦闘態勢を整え、自身の伝説に新たな栄光のページをくわえた。意志と頭脳的戦術の勝利であった。そしていまや、厚かましくもローマにたてついたガリアの総大将との決闘をはじめる準備が整った。武力は対等だ。いや、ほぼ対等というべきかもしれない。この時点でウェルキンゲトリクスは二倍の武装兵力（一〇万人）と七〇〇〇人の騎兵を擁していた。

最初の対決

二人のあいだのはじめての大規模な直接対決の舞台はノウィオドゥヌム［フランス中部、現ナン＝シュール＝ブーヴロンもしくは現ヌヴィー＝シュール＝バランジョン］であった。抵抗にあうことなくウェラウノドゥヌム［現モンタルジ］とケナブム［現オルレアン］を占拠した――ケナブムには、ガリア蜂起揺籃《ようらん》の地であったことを理由に過酷きわまりない罰があたえられた――のち、カエサルはビトゥリゲス族のテリトリーに属するノウィオドゥヌムの手前に到達した。ウェルキンゲトリクスは、自身は乗り気ではなかったが、気が逸《はや》る有力参謀らの熱意に負けてローマ軍との戦闘を開始した。惨敗であった。ガリアの騎兵隊がローマ人騎兵隊に対して優勢に立ったところで、ゲルマン人騎兵の分隊が姿を現わし、ガリア騎兵は大混乱のなかで撤退を余儀なくされた。ローマ軍は、降伏したノウィオドゥヌムを徹底的に劫掠し、その後にビトゥリゲス族の首府アウァリクム［現ブールジュ］に向けて出発した。カエサルはアウァリクム奪取を決意していた。四万の人口を擁するこの都市は、カエサルによると、「ガリアでいちばん美しい町、彼らの国の誉《ほま》れ、首都」であった。

ウェルキンゲトリクスは、ノウィオドゥヌムでの敗北にさほど落胆してはいなかった。軍事的な視点から見てさほど重要性はないうえ、彼の戦略ヴィジョンが正しいことを証明した敗北だったからだ。ローマ軍団を負かすには、あらゆる会戦を避け、ゲリラ作戦を多用し、彼らが難攻不落の城市を攻囲するよう仕向けるのが必須だ。これこそ、ノウィオドゥヌム陥落の数日後、参謀会議でガリアの族長たちに訓示したことである。「われわれが実践したのとは異なるやりかたで戦いを進め、ローマ人たちが秣《まぐさ》と食料を入手できないようにせねばならない。われわれにとってこれほどたやすいことはない。いまは、秣を刈りとる時期ではない。だから敵は分隊を派遣して農家から強奪せざるをえない。われわれの騎兵たちは毎日、こうした孤立した分隊を壊滅することができるだろう。しかし、それ以上に重要なことがある。われわれの一人一人が、自分の部族の利害を忘れる、ということだ。ローマ人の秣の入手先となるかもしれない場所すべてに先まわりして、防御態勢のない村々はすべてわれわれの手で燃やそうではないか、われわれの農家に火をつけようではないか。城壁が強固なために攻略が不可能な都市を除き、城塞都市も燃やそうではないか。あなたたちが城塞都市をそのままにしておいたら、あなたたちの兵力はぼろぼろと抜け落ちるだろう。だれもが自分の城塞都市の壁の後ろに逃げこんで、われわれの軍に同行することを拒否するからだ。また、ローマ人がこうした都市を奪取すれば、必要とする食料や狙っている戦利品を入手することになる。こうしたことは、重すぎる犠牲だとあなたたちは思うかもしれない。しかし、あなたたちの妻や子どもたちが奴隷とされ、あなたたちが殺されるとしたら、それはそれでおそろしい苦痛ではないか。これこそ、敗者となったあなたがたを待っている運命だ」

一同は得心《とくしん》し、ウェルキンゲトリクスが提案した戦略を採用した。だが、一つの疑問が残った。自分たちの手で破壊すべき「城塞都市」と、破壊せずに残す「攻略不能の城壁」で守られた都市をどうやって区別するのか？　ローマ軍の次のターゲットであるアウァリクム［現ブールジュ］をどちらと判定すべきかが、焦眉の急となった。ウェルキンゲトリクスの考えでは、アウァリクムが難攻不落とはまちがってもいえない。しかし、ビトゥリゲス族はそのように考えず、またしてもウェルキンゲトリクスは譲歩した。これはまちがいだと確信していたが、強権を発動することができないウェルキンゲトリクスは、エリート部隊が近辺の町――カエサルの通り道になるにちがいない、と判断された――を焼きはらってからアウァリクムの防御態勢を固めるのを了承した。彼自身はアウァリクムの北東約二〇キロの、広い沼沢地の反対側にとどまった。ここを拠点として、彼は毎日のように騎兵による攻撃をかけ、ボイイ族の土地[25]やビトゥリゲス族の土地に食料を探しに来るローマ軍分隊をうるさく攻めたてた。

　カエサルはアウァリクムの南五〇〇メートルのところに陣地をかまえた。三週間をついやし、彼は自分の軍団八個を使い、城壁と同じ高さで、二つの塔を左右に配した長方形のテラス［攻城のための構造物］を作らせた。二六日におよぶ攻囲のすえ、すさまじい嵐が襲いかかり、アウァリクムの防衛隊の多くがもち場を離れて雨風をしのいでいる間に、カエサルは攻撃を命じた。テラスのおかげで、城壁のてっぺんをのりこえることはたやすかった。アウァリクムは数時間で敵の手に落ち、何千人ものビトゥリゲス族が虐殺された。カエサルの勝利だ。アゲディンクム［ブルゴーニュ地方、現サンス］以降、彼の進軍は勝利を重ねていた。ローマと同盟を組むガリア部族のうちから、彼を裏切る者は一人も出なかった。別の戦線が開かれることもいっさいなかった。いずこでも、だれからも、彼の天才的な戦術はたたえられた。

セヴェンヌ山脈踏破に続き、彼はまたしても天候を逆手にとることができた。ガリア人たちはまたしても、規律の乱れと、自分たちの総司令官の判断にたいする信頼の欠如によって惨敗を喫した。前五二年四月、ローマ軍に残っている仕事はゲルゴヴィア征服のみであった。ウェルキンゲトリクスの生まれ故郷である。

勝利の女神の最後のほほえみ

偉大な指導者の資質は、勝利のあとの行動によっても、敗北の後になにをするかによっても明らかになる。ウェルキンゲトリクスは、アウァリクムの陥落を嘆いたり、「あの町は自分が言ったとおり、難攻不落ではなかった」と言いつのったりするかわりに、敗北の数日後に開催された参謀会議の席で勇ましく楽観的な演説をぶった。「あなたがたの耳にとどいているだろうか、ガリア全土にわき起こる希望の風の音を？　あなた方の目に映っているだろうか、一つまた一つと、すべての首邑が戦闘員を送りこんで、われわれの軍隊を増強しているのが？」ただし、彼はガリアの戦士たちに、質量ともにこれまで以上の働きを求めた。カエサルを打ち破るには、ガリア連合軍はローマ軍を手本にせねばならない。ウェルキンゲトリクスは、血気に逸《はや》るばかりで注意散漫なガリア兵士にローマ流の規律と合理性をこれまで以上にたたきこもうと臍《ほぞ》を固めた。たとえば、新たな志願兵を確保する使命をあたえられてガリア各地をかけめぐる密使たちに、確保すべき新兵の数、帰還の日程を細かに指示した。

ウェルキンゲトリクスはハエドゥイ族に目を配ることを忘れなかった。ハエドゥイ族が自分たちの側につけば敵との力関係が決定的に傾いてガリアが優位に立つ。彼は蜂起のはじめからこれをあてこんでいた。初春となったいま、ハエドゥイ族は自分たちの新たなウェルゴブレトゥス［独裁頭領］を選ばねばならなかった。しかし二派に分裂して対立がおさまらなかったために、彼らはカエサルに仲裁を求めた。アウァリクムを後にしたカエサルは、デケティア［ブルゴーニュ地方、現ドゥシーズ］[26]におもむいてハエドゥイ族の新頭領指名の仕事をかたづけると、ウェルキンゲトリクスの軍隊の追走をはじめた。やがてローマ軍は追いついたが、敵軍はアリエ川の反対側の岸を進んでいた。両軍は岸辺の数キロを、川をはさんで並走した。カエサルが工兵にようやく架橋を作らせたころには、ウェルキンゲトリクスは距離をかせいでゲルゴウィアに入城していた。高度七〇〇メートル、七五ヘクタールの高原の高みに築かれたアルウェルニ族の首府は、天然の要害であった。北面と東面は登攀がほぼ不可能な大きな岩石で守られ、西面には深い森があった。アウァリクムのときと同じまちがいを犯さぬため、ウェルキンゲトリクスは自軍の部隊を町の外（南側）に集め、陣地の周囲に数メートルの高さの石壁を築かせた。毎朝、ここから騎兵と弓兵の分隊が出発して、ゲルゴウィアの北にローマ軍がかまえた陣地の周辺を徘徊した。

　ゲルゴウィア攻囲開始直後に、カエサルのもとに信じがたい知らせがとどいた。ローマ軍団への合流を命じられたハエドゥイ族が離反したのだ。もっと悪いことに、カエサルの力ぞえで数日前にハエドゥイのウェルゴブレトゥスに就任したコンウィクトリタウィスが――あろうことかハエドゥイ族の内政に干渉したとカエサルを非難して――、彼を裏切ったのだ。ハエドゥイ族は、カエサルが自分たちに一万人の兵力を求めたのは、ゲルゴウィア攻撃の最前線に送りこんで捨て石とするためでは、とも疑っていた。カエサルは察した。自分に対するこうした非難の裏には、ウェルキンゲトリクスの働きかけがあると。ウェルキンゲトリクスは金銭を約束して、かつて敵であったハエドゥイ族を自陣に引きこんだのだろうと。しかし、ハエドゥイ族がこぞってガリア連合になびいたわけではなかった。一部の有力者は、コンウィクトリタウィスによる新たな同盟関係の押しつけをこばみ、自分たちの意向を伝えるためにカエサルのもとを訪れた。いつものように、カエサルは迅速かつ力強く反応した。小規模の部隊をひきつれて、全速力で二五ローママイル[27]を走破して北に向かい、ウェルキンゲトリクスに忠誠を誓うつもりだった何千人ものハエドゥイ族の意表をついた。ガリア連合軍参加の計画はただちに放棄された。数時間の短い休息をとったあと、カエサルは安心してゲルゴウィアに戻ることができた。しかし、もう一つの悪い知らせが彼を待っていた。カエサルが陣地を留守にしたと知ったウェルキンゲトリクスは好機を逃さず、ファビウスの指揮下にあった二個のローマ軍団に襲いかかったのだ。数多くの負傷者が出た。

　破滅の瀬戸際という状況だった。いまやカエサルの手駒は、四八時間の強行軍で、もしくは敵の激しい攻撃で疲労困憊した兵士たちのみだった。瀬戸際で支持をつなぎとめることができたハエドゥイ族をローマ兵のかわりに、血気さかんなうえにはじめての勝利で士気も高まっているガリア連合軍相手の戦闘に送りこむことは考えられなかった。撤退するほかない。戦わずして？　それはありえない。撤退は逃走と解釈されるだろう。おとり作戦を実行したあと、カエサルはエリート集団である第十軍団をみずから率いて大胆な攻撃に出た。攻めるのが不可能とみなされていた防壁の一つから攻撃に出たのだ。不意をついたこの作戦は幸先《さいさき》よいスタートを切った。数分間で、ローマ軍団兵は防衛にあたっていたガリア兵士をなぎ倒してゲルゴウィアの入り口に達した。しかし、カエサルの武運はここでつきた。ゲルゴウィアの兵士たちが大勢でおしよせることを懸念したカエサルは撤退を命じた。しかし、この攻撃がうまくいっていると考えて気分が高揚していたローマ軍団兵たちはガリア人さながらに規律を忘れ、自分たちの最高司令官の命令を無視した。彼らはゲルゴウィアの砦の頂上をめざして登りつづけた。その間に、ウェルキンゲトリクスは状況を把握し、戦闘がもっとも激しい地点に自軍のエリート兵士を送りこんだ。防壁をよじ登る努力で息を切らしたローマ軍団兵たちは、ガリア兵に襲いかかられてちりぢりになって敗走した。ファビウスと、一六〇人いた百人隊長のうちの四六名が殺された。第八軍団は何百人もの兵士を失い、壊滅的な打撃を受けた。今回ばかりは、カエサルも撤退するほかなかった。自分が使っている武器——忍耐、規律、固い決意——を採用した敵に敗れたのだ。ウェルキンゲトリクスの名声は一気に高まり、カエサルの星はまたも輝きを失った。

カエサルがゲルゴウィアでの敗北後に北東に向けて発ったことで、ウェルキンゲトリクスは大いに安堵した。カエサルが次に荒らしまわるのは、自分が愛するアルウェルニ族の地から遠いところになるからだ。自軍の兵士たちは休息を必要としていたし、彼自身は権力を固めねばならない。勝利の女神は勝者にほほえむものだから、ガリアの全部族（例外はレミ族[28]とリンゴネス族[29]）がウェルキンゲトリクスの連合軍にくわわったことは、兵力増強の観点から歓迎すべき知らせであった。しかし、新加入兵士たちの受け入れ態勢を整えねばならない。そして、彼らの指導者たちの席を参謀会議に用意せねばならない。問題は、参謀の数が多くなればなるほど、ウェルキンゲトリクスに対する嫉妬や恨みが増大するおそれがあることだ。もう一つの問題は、新たに同盟にくわわったヘルウェティイ族、セクァニー族、ハエドゥイ族の忠誠度がはたしてどれほどかわからない、という点だった。

　とくにやっかいなのがハエドゥイ族であった。前五二年の初夏、ハエドゥイ族は、ウェルキンゲトリクスが自分たちの城塞都市であるビブラクテに足を運んで参謀会議の長の座を自分たちに引き渡すことを要求した！　むろんのこと、ウェルキンゲトリクスは自分の地位をハエドゥイ族にゆずることは拒否したが、「ガリア連合軍司令本部に新たな同盟者がくわわったことで大がかりな構造改革が必要になった」と公式に認めた。そして、新たに選挙を行なうことを提案した…。これ以上に巧みな戦術はありえなかったろう。選挙は信任投票の様相を呈して、ハエドゥイ族をうろたえさせた。「全ガリア参事会」が、ウェルキンゲトリクスをガリア連合軍総総司令官としてあらためて承認した。彼の権威はまたしても強化された。彼はこれを好機ととらえ、新たに一万五〇〇〇人の騎兵を要求した。というのも、カストゥルム・ディウィオネンセ［現ディジョン］の近くで、アロブロゲス族［ローヌ川上流に住んでいた部族］の土地に向かって突進するカエサルとローマ軍が目撃され、カエサルが突然方向転換したことがわかったのだ。この情報を得たウェルキンゲトリクスは、敵をおびきよせて決定的にたたきつぶすための場所を探しはじめた。第二のゲルゴウィアとして選ばれたのはアレシアであった。

真綿で首を絞められるように

　アレシアは谷に囲まれた広い台地だ。谷間の周辺にも大小の丘がぐるりとならんでいる。台地の足元には二筋の川（オズ川とオズラン川）が流れ、沼沢地が広がっている。台地の斜面は岩だらけの切り立った崖であり、天然の城壁である。東側では細長い土地がつき出ていて、アレシアからペンヌヴェル山へと通じる峠道を形成している。

天然の要害としての利点にくわえ、ここには象徴や歴史の重みもあった。ギリシア人たちもアレシアの存在を知っていて、その重要性を認めていたらしく、ヘラクレス伝説のエピソードの一つはここを舞台としている。それよりもなによりも、アレシアはガリアの祭司たちによって「全ケルティカ［セーヌ川とガロンヌ川のあいだの地域］の中心、母なる町」とみなされていた。ゆえに、アレシアで勝利するとしたら、軍事的な意味あいだけでなく政治的な意味あいも同じように大きいことになる。

この二重の勝利を得るという夢にウェルキンゲトリクスは浮き足だったのだろうか？　春にゲルゴウィアで戦術家としての才能を発揮した男が、夏の到来とともに野卑で血の気が多いガリアの一族長に成り下がったのだろうか？　合点がゆかぬことだが、何か月も前から直接対決を避けるという原則をつらぬいていたウェルキンゲトリクスが、まだ敵軍が城市の足元に到着していないというのに、これまでの焦土作戦とローマ軍に対する一貫した遊撃作戦を放棄し、真っ向勝負をかけた。城市内にはすでに、攻囲戦にそなえて一か月分の武器と食料をたっぷりと備蓄していた。自分の驚くべき決定を受け入れさせるため、彼は参謀会議で、決意がにじむ高揚した演説をぶった。「ローマ人が退却しても、カエサルは彼らをひきつれて戻ってくるだろう。あの男は、とり返しがつかぬほどの屈辱をあたえてやらないかぎり、決して戦いから手を引かないだろう。ローマ軍団兵の多くを殺すのではなく、彼らと決着をつけねばならない」

ウェルキンゲトリクスはそこで、最良の兵士を送りこんでアレシアに近づくローマ軍の隊伍の先頭を攻撃させた。彼はまた騎兵隊（その主体はハエドゥイ族であった）に対して、複数地点でローマ軍の隊伍に襲いかかるよう求めた。たくさんの荷物を運んでいるうえ、行軍で疲れている敵はあまり抵抗しないだろう、と彼は確信していた。しかしカエサルはすべてを見越していた。彼は、三個所でローマ軍を攻撃した一万五〇〇〇人のガリア騎兵に対して、彼らが相手として想定していた重装歩兵隊ではなく、ゲルマン人騎兵隊を三分してぶつけた。数時間でローマ軍の規律正しさが、雑然としたガリア兵の猛々しさより優位に立った。軍事的にも、心理的にも。

カエサルは時間をむだにすることなく、軍団に対して徒歩で二日の距離にあるアレシアの高地に向かうように命じた。すぐさまオーソワ山の西側の斜面に歩兵を配置するのが目的だった。こうしてカエサルは迅速に行動を起こしたものの、アレシアに着いたときは時すでに遅し、ガリア兵はすでにアレシアの丘の側面に配置されていた。カエサルは、ガリア部隊が結集している地点が防衛上のいちばんの弱点である、と気づいた。あらゆる攻撃は不毛だとわかった。長さ二キロ、幅八〇〇メートル、面積一〇〇ヘクタールの要塞は難攻不落と思われた。攻囲するほかない。ローマ軍の歴史に燦然と輝く勝利をもたらしたアグリゲントゥム[30]の戦い（前二六二年）やヌマンティア[31]戦争（前一三三年）のときと同じように。

ウェルキンゲトリクスが援軍を求めてガリア各地に騎兵を送り出してからもう三〇日がすぎていた。この三〇日間、彼はなすすべもなく、鉄壁の攻囲網を築く敵軍の土木工事を内心感心しながら眺めていた。ローマ兵士四万人は剣や槍のかわりにシャベルや鶴嘴《つるはし》を手にして、アレシアをぐるりととり囲むように陣地、壕《ほり》、堡塁を築いた。ウェルキンゲトリクスは毎日、小規模な攻撃を仕かけたが、成果はなかった。

いまや、城市内では小麦と肉が不足していた。ついには、なにかをかじって飢えをしのぐために、革ひもや馬具を火で炙《あぶ》るようになった。肉の脂身一きれ、パン一片をめぐってのけんかがはじまった。怒りが蓄積していた。もともとの住民（マンドゥビイ族）のなかからは、ローマ軍に征服されたら理不尽なまでの制裁をくわえられるのではとおそれて脱走する者が出てきた。兵士たちのあいだに不満が鬱積していると将官たちから告げられたウェルキンゲトリクスは、「降伏も、出撃も否《いな》だ。カエサルは一人も容赦《ようしゃ》しないだろうから。彼の戦列の付近にはわなが数多くしこまれている」と言い返した。そして、援軍がいまにも到着するのだから、と強調した。

そのとおり、援軍は九月のある朝に到着した。二五万人のガリア人が数一〇キロもの長さの隊伍を作っていた。ウェルキンゲトリクスのよびかけにこたえて、あらゆる部族が援軍をよこしたのだ。遠いアルモリカからやってきたオシスミー族、アジュネ地方［フランス南西部］のニティオブロゲス族、フランドル地方のモリニ族、ヘルウェティイ族、ベロウァキ族、セクァニー族、モーゼル地方［フランス北東部］のメディオマトリキ族のほか、ポワトゥー地方やジロンド地方、ノルマンディ地方、アンジュー地方からもさまざまな部族が結集した。それなりに武装している大軍だが雑多な集団であり、どちらかといえば経験不足だったが、カエサルを追いはらい、アレシアを救うという決意は固かった。彼らに抵抗するのは不可能かと思われた。彼らを出迎えたのは、隊列を組んだたった一〇個のローマ軍団、兵員数では五万をほんの少し越えるほどだった。

ウェルキンゲトリクスは、援軍が全員アレシアの周辺に展開するまで、攻撃を仕かけるのを待つべきだはなかったろうか？　おそらくはそうだろう。しかし、援軍が攻撃のために配置につくにはすくなくとも一週間はかかる。攻囲で消耗していたウェルキンゲトリクスたちはあと一週間待つことができたのだろうか？　いずれにせよ、カエサルはそのような猶予をあたえなかったろう。前五二年九月二五日、戦闘がはじまってから数時間で、「騎兵でおおわれた（カエサル）」ローム平野では、状況がガリア側にとって有利な展開をたどっていないことが明らかになった。猛り狂ったように勇猛だが組織だっていないガリア人歩兵の攻撃は、ローマの防衛線にはじき返された。ガリアの騎兵たちはまたしても、ゲルマン人騎兵――数日前から配備されていたレア山の坂から猛烈な勢いで飛び出してきた――に蹴ちらされた。

　この敗退のあと、ウェルキンゲトリクスはいちかばちかの勝負とばかりに夜襲を命じた。この暗闇のなかの戦闘でも、有利にことを進めたのはローマ軍の側であった。この攻撃について事前に情報をつかんでいたと思われるローマ軍団兵たちは、投石器、矛《ほこ》、大型投石器《カタプルタ》、槍で夜襲に対抗する用意を調えていた。ローマ軍の防衛線までたどり着くことができたガリア兵たちは壕に落下し、底に埋めこまれた先端のとがった杭《くい》で串刺しとなった。戦闘は明け方まで続いた。ゲルマン人騎兵の反撃をおそれたガリア人たちは退却した。彼らは敗者ではなかったが、勝者でもなかったことは確かだ。

　三度目の最後の攻撃は翌日に行なわれた。参謀会議の結果、カエサルの司令本部が置かれているフラヴィニー山とレア山を優先ターゲットとすべき、との認識で意見が一致した。健康な男は全員動員され、アレシアをとり囲むように設営されたローマ軍陣地の塁壁《るいへき》に波状攻撃を仕かけた。このすさまじい圧力にローマ軍団兵が押され気味となったそのとき、鮮やかな紅色のマントをまとったカエサルが剣を手に戦闘のただなかに飛びこんだ。総司令官のこのような勇姿は、ローマ軍兵士たちをエネルギーと誇りで満たした。これが決定的な効果を上げた。アレシアの高みに残って戦闘の流れを追っていたウェルキンゲトリクスはなすすべもなく、自分の夢がついえるのを目撃していた。彼のもとに逐次とどけられる知らせはすべて惨憺《さんたん》たるものだった。忠実で勇敢なウェルカッシウェラウヌス［ウェルキンゲトリクスと同じアルウェルニ族］は生け捕りにされた。レモウィケス族を指揮したセドゥルスは戦死した。何十もの隊旗が敵の手にわたった。歩兵隊も騎兵隊も大損害を受けた。なによりも絶望的だったのは、ローム平野の西、ミュシー山の斜面で待機していた救援部隊がいなくなったことだった。「幽霊か夢のように」（プルタルコス）姿を消したのだ。前五二年九月二七日のこの日、戦闘が終了するのを待たず、何万人ものガリア人が帰り仕度をはじめて、やってきた道を引き返したのである。負け戦になる、と悟ったからだ。彼らは自分たちの村に戻り、アレシアの勝者はカエサルだ、とのニュースを広めた。ウェルキンゲトリクスが敗者である、とも。ガリアはローマに組み入れられることが決まった。決定的に。

敗北、屈辱、処刑

Eo duces producuntur : Vercingetorix deditur, arma projiciuntur（［敵の］指導者たちがつれてこられた。ウェルキンゲトリクスは引き渡され、武器は彼の足元に投げ出された）。カエサルのが、以上のようにきわめて簡潔にウェルキンゲトリクスの降伏を描写していることは、カエサルが一貫して自分のことを三人称［彼］で記していることとならび、昔も今も『ガリア戦記』の読者にとって驚きである。やがてローマの支配者となるカエサルはおそらく、ガリアの蜂起は重大事態であったと印象をあたえたくなかったのだろう。さらっと語ることで、敵の力と脅威の度合のみならず、彼自身がおちいった窮地をも希釈して伝えることができる。こうして『ガリア戦記』でカエサルは謙虚をよそおって自制した筆致をつらぬいたが、おべっか使いたちがウェルキンゲトリクス降伏のシーンを誇張して伝え、カエサルの軍功をたたえた。いわく、ラッパが鳴りひびくなか、ウェルキンゲトリクスをとりまく三〇人のガリア騎兵が馬から下りてカエサルの足もとに武器を儀式ばって投げすてると、彼らの指導者［ウェルキンゲトリクス］はカエサルに対して「わたしは勇敢だが、あなたは私以上に勇敢であり、あなたはわたしに勝った！」との名台詞《めいせりふ》を述べた。

事実は異なる。救援軍が立ちさったのちの朝に最後の参謀会議を招集し、自身の戦いの意味（「わたしは、この戦いを個人的な利益のためにではなく、皆の自由のためにはじめた」）をあらためて述べたあとに、ウェルキンゲトリクスは自分の運命を皆の投票にゆだねた。死か降伏である（降伏も死を意味するが、時間差がある）。一同は後者を選び、軍使がカエサルの陣地に派遣された。カエサルは無条件降伏を要求した。コンミウス［ベルガエ族の王］のように逃走に成功した族長もいたが——おそらくは、ウェルキンゲトリクスも逃走しようと思ったらできたであろう——、ウェルキンゲトリクスは徒歩で武器ももたず、城塞都市アレシアのローム平原に面した門から姿を現わした。彼と、ガリアのその他の指導者たちはただちに逮捕されて鎖につながれた。彼らの後ろには、敗者が勝者に引き渡す武器類を満載した荷車複数が続いていた。捕虜たちは、ローマ軍陣地の中央に設けられた壇の上で椅子に腰かけたカエサルの前につれていかれた。カエサルはウェルキンゲトリクスを間近にしても沈黙を守った。一瞥《いちべつ》をくれただけだった。計算づくの無関心である。こうした貴族的なよそよそしさの下には、ウェルキンゲトリクスに対するある種の尊敬や称賛の気持ちが隠されていたのではないだろうか？

征服された者に呪いあれ！［前四世紀にローマを劫掠したガリア人族長、ブレンヌスの言葉］ウェルキンゲトリクスの苦しみは、カエサルが凱旋を行なう六年先まで続くことになる。まずは、ライバルであったポンペイウスを追いまわして地中海周辺を戦場から戦場へと移動するカエサルがつれまわす荷物として、次にカピトリヌス［ローマの政治の中心地］に隣接した暗くじめじめした地下牢の囚人として。光も射さぬ牢のなか、昼も夜も壁に鎖でつながれ、シラミや蜘蛛にさいなまれ、髪や髭も伸び放題で、ときには拷問を受け、食べ物もあたえらないこともあった。唯一の訪問者は牢獄の責任者であった。たとえば、前五〇年の初めには、「沼沢地によってアクセスすることが不可能となった土地（フランドル）を除き」、ピレネー山脈からライン川および海にいたるガリア全土がローマに服従したことを告げるためにやってきた。もしくは、カエサルの戦勝に次ぐ戦勝――おもなところをあげるならファルサルス（テッサリア）、エジプト、タプスス（アフリカ）での勝利――を話して聞かせるために。「来た、見た、勝った！」の言葉どおりに、向かうところ敵なしのカエサルであった。

前四六年八月、アフリカから戻ったカエサルは自分の戦利品をお披露目してローマと世界を感服させたいと思った。そのなかには、敵から奪った財宝だけでなく、生け捕った敵将もいた――クレオパトラのライバルであったアルシノエ[32]、自殺したヌミディア王の遺児であるユバ二世…そしてウェルキンゲトリクス。ウィア・サクラ（聖なる道）［古代ローマ市の大通り］に沿って集まったローマ市民にとって、穴蔵からはじめて引き出されたウェルキンゲトリクスは、凱旋式の目玉の一つであった。冬から夏にかけての短い期間、アルプスの反対側でカエサルに脅威をあたえたガリア人として。鎖につながれて歩みもままならず、背を丸めて足をひきずり、疲労困憊して、七〇か月も目にしなかった太陽光に目を射られ、顔がひげと蓬髪《ほうはつ》におおわれたウェルキンゲトリクスは、インペラトル［最高指揮官］を名のるカエサルがフォルムに向かうために乗る、四頭の白馬に牽《ひ》かせた金色の戦車の後をついていった。彼らの後ろには、武器や金塊を満載した何十台もの戦車、四頭の象、美々しい正装姿のローマ軍団が続いた。突然、道が二股に分かれる地点に達した。左の道は、ローマの宗教的権威および軍事力を象徴するユピテルとユノーの神殿がそびえるカピトリヌスの丘に続いている。カエサルはこの道を進んだ。右の道は曲がりくねりながら下り、トゥリアヌム［マメルティヌスの牢獄[33]］に到達する。リクトル［要人の警護を担当する役人］たちはウェルキンゲトリクスを押して、右の道を歩ませた。しかし、今回ウェルキンゲトリクスが牢獄に向かうのは、ふたたび幽閉されるためではなく、死ぬためであった。建物のなかに入るやいなや、だだっ広くじめじめした部屋につれていかれた。そこでは、死刑執行人が待っていた。死刑執行人はウェルキンゲトリクスを床に座らせると、彼の首にひもを巻き、ゆっくりと締めた、非常にゆっくりと…

一時間後、ウェルキンゲトリクスの遺体は肉屋が使う鉤《かぎ》でひきずられ、牢獄とコンコルディア神殿をへだてるゲモニアエの階段に放置された。遺体は数日間、ローマ市民の見世物となったのち、そばを流れるテヴェレ川に投げすてられた。
ウェルキンゲトリクスは死に、彼の伝説が生まれた。

原注

1　ウェルキンゲトリクスが属していたアルウェルニ族は、ガリアに割拠していた約五〇の部族の一つである。ガリア自体は三つの大きな地方に分かれていた。ベルガエ人が住むセーヌ川の北、アクィタニア人が支配するガロンヌ河の南、ケルト人が暮らす中央部である。アルウェルニ（現在のオーヴェルニュの地名はこの言葉に由来する）族のテリトリーは、現在の四つの県（アリエ、ピュイ＝ド＝ドーム、カンタル、オート＝ロワール）にほぼ一致する。
2　イブリーヌ県の大部分、ウール＝エ＝ロワール県、ロワール＝エ＝シェール県、ロワレ県をあわせた一帯に相当する。
3　ヴィエンヌとジュネーヴのあいだ、北アルプス山脈の麓に定着したガリア人。ハンニバルによるアルプス越えを語るローマの文書のなかではじめて言及されている。ローマが前一二〇年よりこの地方に進出すると、アロブロゲス族は激しい抵抗を試み、アルウェルニ族と連携をはかるようになった。
4　ラングドック地方に定着していたケルト系イベリア人の部族。
5　ヴァール川、リュベロン山地、ローヌ河にはさまれたプロヴァンス地方全域に暮らしていたケルト系リグーリア人部族の同盟組織。
6　ヴィヴァレ山地の南にいたガリア部族。

7　ウェルゴブレトゥスは、ガリア諸部族における一年任期の独裁頭領。
8　ガリアの東部、ジュラ山脈の西斜面［現ブザンソン付近］に住んでいた部族。
9　ルテティア［現パリ］の北と北東、オワーズ河西岸に住んでいたベルガエ族。
10　歴史研究者ジャン＝ルイ・ブリュノーは、権威あるウェルキンゲトリクス伝と目される自著のなかで、この時期にカエサルとウェルキンゲトリクスのどちらも、友情が混じった尊敬の念を相手にいだいていた、とさえみなしている。
11　アルプスの向こうからやってきて、前四世紀にローマを劫掠したガリア人の頭領。
12　現在のブヴレイ山（モルヴァン県）に相当する。
13　バルト海沿岸を起源とする、ゲルマン系の放浪の民。
14　ガリアの北東（現ベルギーのエノー州およびブラバント州）に定着していたゲルマン系のベルガエ族。
15　ほぼ現ブルターニュ地方に相当する、ロワール川とセーヌ川にはさまれた地方。
16　現在のリンブルフ州とリエージュ州（ベルギー）をテリトリーとするゲルマン系ベルガエ族。
17　ルテティア［パリ］の南東にある地域（現在のセーヌ＝エ＝マルヌ県とイヨンヌ県に相当）に定着していたガリア部族。
18　フランス西部のポワトゥー地方内陸―ヴァンデ地方南部に住んでいた部族。
19　フランス南西部のケルシー（カオール地方）に住んでいた部族。
20　フランス中部のトゥレーヌ地方に住んでいた部族。
21　フランス西部のアンジュー地方に住んでいた部族。
22　ウィンドゥヌム（ル・マン）近辺に住んでいた部族。
23　フランス中央山地北西部のリムーザン地方に住んでいた部族。

24 パリ盆地と中央山地のあいだにあるベリー地方に住んでいた部族。
25 フランス中部、ブルボネ地方。
26 アウァリクム［現ブールジュ］の東一〇〇キロに位置する、ハエドゥイ族の首邑（現ニヴェルネ地方）。
27 約四〇キロ弱。一ローママイルは一六〇〇メートルに相当。
28 シャンパーニュ地方に住んでいた部族。
29 モルヴァン山地とヴォージュ山脈のあいだに住んでいた部族。
30 ローマは、七か月の攻囲戦のすえに、カルタゴが支配していたアグリゲントゥム［シチリア、現アグリジェント］を陥落させた。
31 スキピオ・アエミリアヌスによって一五か月にわたって攻囲されたこの町（イベリア半島）は、食料がつきて陥落した。
32 次章を参照のこと。
33 カピトリヌスの丘の麓に作られた地下牢。ウェルキンゲトリクス以降も、キリストの使徒であるペトロやパウロといった有名な囚人がここにつながれた。

参考文献

Jean-Louis Brunaux, *Vercingétorix*, Gallimard, 2018.
—, *Alésia*, Gallimard, 2012.
—, *Les Gaulois*, Les Belles Lettres, 2005.
—, *Guerre et religion en Gaule. Essai d'anthropologie celtique*, Errance, 2004.

Luciano Canfora, *César, ou le Dictateur démocrate*, Flammarion, 2001.

Jérôme Carcopino, *Alésia et les ruses de César*, Flammarion, 1958.

—, *Jules César*, Bartillat, 2013.

César, La *Guerre des Gaules*, Les Belles Lettres, 1923. ユリウス・カエサル『ガリア戦記』（近山金次訳、岩波文庫、一九四一年）

Dion Cassius, *Histoire romaine*, Les Belles Lettres, 1994.

Alain Deyber, *Les Gaulois en guerre. Stratégies, tactiques et techniques*, Errance, 2009.

Robert Étienne, *Jules César*, Fayard, 1997.

Christian Goudineau, *Le Dossier Vercingétorix*, Arles, Actes Sud/Errance, 2001.

Jacques Harmand, *Vercingétorix*, Fayard, 1996.

Camille Jullian, *Vercingétorix*, Tallandier, coll. « Texto », 2012.

Yann le Bohec, *Alésia*, Tallandier, 2012.

—, *César, chef de guerre*, Le Rocher, 2001.

Serge Lewuillon, *Vercingétorix ou le mirage d'Alésia*, Complexe, 1999.

Jean Markale, *Vercingétorix*, Hachette, 1982.

Paul M. Martin, *La Guerre des Gaules. La Guerre civile*, Ellipses, 2000.

—, *Vercingétorix : le politique, le stratège*, Perrin, 2009.

Laurent Olivier, *Le Pays des Celtes*, Seuil, 2018.

Plutarque, *Vies parallèles*, t. III, Gallimard, coll. « Quarto », 2002. プルタルコス『プルターク英雄伝』（河野与一訳、岩波文庫、二〇〇一年）

Danielle Porte, *Vercingétorix, celui qui fit trembler César*, Ellipses, 2013.
Michel Reddé, *L'Armée romaine en Gaule*, Errance, 1996.
Philippe Richardot, *Les Erreurs stratégiques des Gaulois face à César*, Economica, 2006.
Suétone, *Vie des douze Césars*, t. I, Bartillat, 2010. スエトニウス『ローマ皇帝伝』上巻（國原吉之助訳、岩波文庫、一九八六年）
Jean-Michel Thibaux, *Vercingétorix*, Plon, 1994.
Jean-Louis Voisin, *Alésia*, Perrin, « Tempus », 2014.

第3章　クレオパトラ　失われた幻想

自国エジプトを救い、過去の偉大なファラオの時代の栄光をとりもどすため、彼女は当時の強国ローマと連携することを考えた。ユリウス・カエサル次いでマルクス・アントニウスの愛人となった彼女は、三世紀前に自分と同じギリシア人の君子――アレクサンドロス大王――がなしとげたように、東方と西方を統一できるのでは、という幻想をいだいた。魅力、固い信念、資金力を武器に、彼女はあと一歩で夢を実現できるところだった。この夢を打ちくだいたのは、のちに皇帝アウグストゥスとなるオクタウィアヌスである。彼は彼女を自殺に追いやったのち、巧妙で効果たっぷりのプロパガンダによって彼女のイメージ毀損に努めることになる。こうして作られたイメージは、女性そして女王としてのクレオパトラにとって不当なものであった。

このような日々が続くはずがない。前四七年の春の夕べ、クレオパトラは不安だった。数日前よりナイルに浮かぶ船の上で味わっている幸福はあまりにも大きく、あまりにも心地よく、前代未聞だから、持続するとは思われない。ましてや、永続などありえない。

周囲を見渡すと、彼女の目に映る景色は夢のようだった。数十もの櫂で航行する王家のガレー船はアレクサンドリアを発ったのち、第一一王朝と第一八王朝のファラオが黄金のミイラとなって眠っている旧都テーベをすぎ、いまやスフィンクス、クフ王やカフラー王やメンカウラー王のピラミッドが近くにならぶ川岸に沿って進んでいる。もうすぐ、メンフィスの白い城壁、カルナック神殿、ルクソール神殿、そして最初の滝――アスワンの滝――が姿を見せるだろう。行幸《ぎょうこう》用の大型船に随行する四〇〇隻の船が少し離れると、パピルスや蓮《はす》の茂りをとおして、河馬《かば》、鰐《わに》、鷺《さぎ》、コウノトリが、緑がかった水をたたえるナイル川でそれなりに仲よく共存しているようすが見える。川の向こうには、麦畑が大洋のように拡がり、畑を区切るように杏子《あんず》の木、ダーツヤシ、バナナの木がならんでいる。この雄大で楽園のような自然の景観に負けずおとらず豪壮なのが、彼女が乗っている「水に浮かぶ宮殿」である。長さは一〇〇メートルを超し、象牙製の船首には高さ六メートルの金箔にきらめく彫像が飾られていた。二層作りであり、円柱に囲まれた中庭、祝祭や舞踏のための広間、何十もの寝室、神殿、温室、宴会場がそなわっていた。ほぼ三世紀前、アレクサンドロス大王の死後にエジプトの支配者となったプトレマイオス[1]の子孫であるクレオパトラの富と権力を誇示するためなら、ぜいたくに限度をもうけることなど論外であるかのようだった。しかも、今回の船旅はいつも以上に贅をつくしてしかるべきだった。同伴者――クレオパトラのお腹の子どもの父親でもあった――が、世界の支配者カエサルであるゆえに。

ローマのインペラトル［最高指揮官］[2]であるカエサルは、彼女がやがて産み落とすことになる息子の父親であるだけではなかった。彼女が王位に復帰することを可能にしてくれた恩人であった。

一年より少し前の前四八年九月（クレオパトラはこのとき二一歳であった）、彼女の夫かつ弟（七歳年下）であるプトレマイオス一三世が、彼女に反感をいだく顧問たちの圧力に押されて、クレオパトラを文字どおり故国から追放した。彼女は亡命先――シリアの砂漠地帯――から、弟のまずい判断がエジプトの政治と外交を危なっかしくゆさぶるさまを注視していた。プトレマイオス一三世は、一か月前にファルサルスの戦いに敗れてからカエサルの軍勢に追われているローマの執政官ポンペイウスを歓迎するふりをした。[3]エジプトに到着するやいなやポンペイウスは卑劣にも殺され、斬り落とされたその頭部はカエサルに献上された。ポンペイウスを先まわりして殺しておけば、カエサルがアレクサンドリアに上陸することはあるまい、と期待してのことだった。稚拙な胸算用であった。政敵ながら尊敬していたポンペイウスに対するエジプトの野蛮な仕打ちをおぞましく思ったカエサルは、これを機にとばかりに、その美しさと壮麗さで彼の心をとらえたアレクサンドリアに逗留することにした。プトレマイオス一三世にとってもっと悪いことに、カエサルは彼に、姉との関係を修復すべきだとの考えを伝えた。世界の覇者として権力を固めるためにはエジプトの経済的な豊かさを利用することが必須と考えるカエサルは、ローマに戻る前に、揉《も》めごとがなく安定していてローマに忠実な政治体制――すなわちローマに従順な政治体制――をこの国に築くつもりであった。

征服された征服者

クレオパトラは、カエサルの「望み」が何であるかを伝え聞いた。政治的な勘がすぐれていた彼女はただちに、うまく立ちまわれば王権に返り咲くことができると理解した。

弟の手下が自分の命を狙っている――骨肉の争いはプトレマイオス家の伝統芸であり、クレオパトラたちの姉であったベレニケは父親に処刑されている！――と知っていたクレオパトラは、「神々しい禿頭男《とくとう》「カエサル」」に接近をはかるために大胆な計略を練った。彼女はこっそりとアレクサンドリアに戻ると、巻いた絨毯のなかにすべりこんだ。もっとも忠実な腹心の一人、アポロドロスがこれを担《かつ》いで贈り物としてカエサルのもとに届けた。衛兵たちはだれひとり、絨毯のなかを調べようとしなかった。アポロドロスがカエサルの目の前でこれを広げると、二〇歳の若い女が姿を現わしてクレオパトラだと名のった。カエサルはびっくりすると同時に面白がった。驕慢な美貌、悪戯っぽい笑顔、知的で挑むような瞳。失墜した若い女王の大胆なふるまいに魅了されたカエサルはこの夜、新たなルビコン川を越えた。オリエントのルビコンである。何十もの戦勝を誇る戦士カエサルは、マケドニア系ギリシア人の血を引き、カエサルが模範とするアレクサンドロス大王の実妹と同じ名前をもつ姫君の美しさに降伏する運命にあったのだ。軍神マルスは美と愛の女神ウェヌスに降参する、と決められていたのだ。

虜《とりこ》となったカエサルはエジプトに残り、これまで経験したことのない甘い休息の日々を楽しむことにした。理屈にあわぬ、非合理的な愚行ではないか？　ほぼ一年間もローマから離れていたのに、さらに不在期間を延ばすとは。ローマでは内戦が残した深い傷がぽっかりと口を開けているというのに。「侵略者カエサルと女王を詐称しているクレオパトラを追い出せ」と声をあげるプトレマイオス一三世支持派が圧倒的多数を占め、不穏な空気がただようアレクサンドリアで、わずかな兵力に守られて王宮にとじこもるとは、自殺行為ではないだろうか？　現に、カエサルの艦隊を焼き打ちしようする事件が起きた。だが神々はカエサルの味方となった。強風にあおられて火は港に停泊していたエジプト艦船を次々とのみこんでアレクサンドリア図書館にも達して市民を恐慌におとしいれた。カエサルは混乱に乗じて大燈台があるファロス島を占拠し、援軍の到着を待って防衛戦に徹した。数週間後にシリアからは同盟者であるポントスの勇将ミトリダテスの軍勢が、そしてパレスティナからは三〇〇〇人のユダヤ人歩兵が到着したので、カエサルは攻勢に転じてプトレマイオス一三世の無気力な軍勢を敗退させた［アレクサンドリア戦役］。若い王は敗走のさいちゅうに、身につけていた黄金の鎧《よろい》が重すぎたためにナイル川で溺死した。アレクサンドリア市民は驚愕し、カエサルの優位を認識した。そして、自分たちの女王の虜《とりこ》となってエジプトの栄光と国威の回復につくしてくれることを期待した。彼らの期待は裏切られなかった。

クレオパトラは、アレクサンドリア戦役が終結するまでの高揚した日々を回想しながら、ある種のノスタルジーやメランコリーをおぼえずにはいられなかった。権力を獲得したからといって、これを守りとおせるとはかぎらない。男についても同じことがいえる。魅了することに成功した男は数日後にエジプトを後にする。カピトリヌスの丘［ローマの政治中枢］と妻のカルプルニアが彼を待っている。ガリア、ギリシア、ヒスパニア、アジアを歴戦したローマ軍団のベテラン兵たちは約束された報奨金と土地がもらえずに焦《じ》れている。彼らの不満はくすぶって拡がりをみせている。去る者日々に疎《うと》しで、カエサルはわたしのことを忘れるにちがいない、とクレオパトラは懊悩《おうのう》した。彼がいなければ、正統性はともかく、わたしは権力を失うだろう。[4] わたしが得た政治と恋の勝利はまちがいなく、敗北へと変質するだろう。

ただし、彼がわたしぬきの人生を考えられなくなるように、必要な手をうてば話は別だ。たとえば、女児ではなく、後継者となりうる男児を産んだら。もしくは、血管や精神に少しずつ注入された毒のように作用する、強烈な記憶をあたえたら。

夢の終わり

一年後、クレオパトラは運命の人と再会できることになった。望んでいたとおりに、ユリウス・カエサルによばれてローマに旅立つことになったのだ。帰路の途中で小アジアにより、ゼラの戦いでポントス王ファルナケス二世に圧勝（この電撃戦での勝利を元老院に報告するときに述べたのが、有名な「来た、見た、勝った」である）、忠実なミトリダテスを王位につけたのちに故国に戻ったカエサルは、不平不満が反乱レベルの怒りに転じるおそれがあったローマ市内の秩序回復にまずは力をつくし、次に自身の権限を強めることでローマの共和政を有名無実化した。そして、アフリカのヌミディアに逃げこんだポンペイウス派を退治すると、カエサルはクレオパトラをよびよせても問題ないだろうと考えた。むろんのこと、二人のあいだに生まれた息子、カエサリオン＝プトレマイオスも一緒である。

　こうしてクレオパトラは約二年間、テヴェレ川右岸にカエサルが所有していた別荘で暮らすことになる。カエサルがアレクサンドリアに滞在していた頃、二人の愛を育んだロキアス岬の豪奢な宮殿とは比ぶべくもなかったが、ローマ市内を見下ろす高台に位置していたのでテラスからの眺めはすばらしく申し分がなかった。おまけに、カエサルは優雅だが退屈な正妻カルプルニアよりも、クレオパトラのかたわらで多くの時間をすごしていた。とくに、ヒスパニアで抵抗を続けていたポンペイウス派の最後の残党を一掃した前四五年の秋以降は。

　クレオパトラがローマの第一人者であるカエサルにおよぼす影響はとるにたらぬものではなかった。カエサルがくだしたいくつかの決断に自分の影響力の大きさを感じとってクレオパトラは満足することができた。たとえば、アレクサンドリアにならったローマの都市改造がはじまったし、エジプトの天文学者の計算にもとづいた一年三六五日の太陽暦（ユリウス暦）の採用もしかりである。それだけではない。カエサルが「自分は寛容の徳を具現化している」とさかんにアピールしはじめたのは、エジプトのファラオにならって自分を神格化しようとしているのではないだろうか？　王政を復活させてみずからが君臨し、オリエントではあたりまえの神権政治をはじめるための布石として。カエサルにとって共和制は制約が多すぎるのではないか？　一部のローマ市民が頼まれもしないのに彼を神のごとく崇める動きを示すと、カエサルはとんでもないと憤慨したが、これは本心だろうか？　最近の例をあげると、カエサルの黄金の立像の頭に、王権を象徴する白いリボンを巻いた者がいた。また、祝祭フェリアエ・ラティナエ[5]から戻ったカエサルが白馬にまたがってローマ市内に足をふみいれたところ、「王」とよびかける声が上がった(前四四年一月)。その一か月後、ルペルカリア祭6(二月一五日)の主宰者として壇上にいたカエサルに、彼の第一の腹心でこの年の執政官であったマルクス・アントニウスが王権を象徴する白いリボンを巻いた月桂冠を捧げようとした。カエサルは近々、ついに現実を認めるのではないだろうか? ローマは終身独裁官をいただくことだけでは満足していないことを(カエサルはこの二月に、任期を無期限とする終身独裁官に就任していた)。長期間にわたって秩序の維持を保証できるのは、神権をおびた王のみではないか。ローマのファラオだ。カエサルがクレオパトラと手をたずさえれば、西方と東方の合体というアレクサンドロス大王が果たそうとして果たせなかった夢が実現するのではないか。そうしたら、二人は世界の支配者となる。

しかし、イドゥス・マルティエ[三月一五日、すなわちカエサル暗殺の日]がクレオパトラの希望と夢を打ちくだいた。共和主義の雄弁家キケロの言説を理論的よりどころとして、カエサルが専制君主となるのではとおそれる元老院議員たちがブルトゥスに率いられ、カピトリヌスの入り口でよってたかってカエサルを刺し殺したからだ。このことを知らされたクレオパトラは絶望に襲われた。彼女は屋敷にこもり、面会をいっさい断わった。愛する人を亡くした苦しみだろうか? それとも誇りを傷つけられた——ローマ皇后になる野望を断たれた——からだろうか? そのどちらが自分の感じている悲しみのなかで大きな比重を占めているか自問自答する時間は彼女に残されていなかった。自分が後継者であることは自明の理であるかのようにふるまうアントニウスが追悼演説をおこなったカエサル葬儀の当日、自室にいた彼女の耳に、屋敷の前に集まった怒れる群衆が「ナイル川の蛇に死を!」「外国女に死を!」と叫ぶ声がとどいた。ローマを去らねばならない。

カエサルの死から一か月もたたないうちに、クレオパトラはガレー船に乗りこみ、アレクサンドリアに向けて発ち、「わたしは女王［クレオパトラ］が大嫌いだ」と言ってはばからないキケロを大いに喜ばせた。不幸の影が彼女の顔を曇らせていた。ローマで二年間暮らしたすえに、カエサルの死で彼女は鼻を少々へし折られただけでなく、幻想と、最高権力者の愛人というステータスを完全に失った。さらには、自分の息子がカエサルの後継者としてローマの支配者となる、という希望も。カエサルは遺言書のなかで、姪の息子である一八歳のオクタウィアヌスを養子および後継者に指名していた。カエサルは前年、ポンペイウス派残党に対する最後の戦いであるヒスパニア遠征にオクタウィアヌスを帯同していた。カエサルは彼に財産の四分の三を贈る、とも決めていた。クレオパトラはオクタウィアヌスと会ったことがなかったが、カエサルの後継者となりうるカエサリオンを産んだ自分をよく思っているはずがない、と察した。たった一つの慰めは、指導者として未熟なオクタウィアヌスを支えることになる人物が、彼女が好感をいだくアントニウスであることだった。アントニウスはカエサル追悼演説で、故人が生前に受けていた「女にかまけてエジプトに長逗留した」との非難を一蹴《いっしゅう》していたではないか。ローマの新たな支配者たちがエジプトの富と王権に触手を伸ばそうとしても、アントニウスと気脈を通じれば対抗することも可能ではないだろうか？　自分の悲運を嘆いたり、失敗や敗北をくよくよ反芻《はんすう》したりするかわりに、運命の賽子《さいころ》をふたたび投げて今度こそ自分に有利な目が出ることに賭ける、それがクレオパトラの生き方であった。

模索の日々

前四四年の春、クレオパトラを迎えたエジプトは平和で富み栄えていた。女王不在のあいだ、有能な官吏が国の財務を管理していたためである。対処すべき騒擾《そうじょう》など一つもなかった。ただ一つの不安材料は、姉の位《くらい》を奪うチャンスをうかがう妹アルシノエ四世の存在だった。カエサルがエジプトにやってきた当時、彼女は弟のプトレマイオス一三世と組んでクレオパトラと対立し、姉に替わって弟と結婚した。したがって、プトレマイオス一三世の敗北はアルシノエの敗北でもあった。寡婦となったアルシノエは、捕虜としてローマに護送され、カエサルの凱旋式で鎖につながれて見世物にされるという屈辱を味わったのちに小アジアのエフェソスで幽閉された。流刑の地にいながらにして、彼女は権力への返り咲きを狙っているようだった。しかも、共謀者がいるようだ。その共謀者とは…姉であるクレオパトラと結婚したが、彼女のカエサルとの恋愛ざたや横暴に嫌気がさしたプトレマイオス一四世にほかならない。クレオパトラは迅速に動いた。新たな骨肉の争いに足をとられるのを避けるべく、プトレマイオス一四世を毒殺した。そして、息子のカエサリオンを共同統治者、次いでファラオとすることで、権力独占と伝統的統治手法からの逸脱に対する非難の声をかわした。それだけでなく、彼女は息子を「プトレマイオス王・父と母を愛する者・カエサル」とよばせた「カエサリオンはアレクサンドリア市民がつけたあだ名であり、「小カエサル」を意味する」。エジプトがローマから受けた恩をクレオパトラは忘れていないが、ローマもエジプトに負うところがある、との意味がこめられた名前だ。同時に、カエサリオンはエジプト人であると同時にローマ人であり、神格化されたファラオであると同時にカエサルの息子である、との主張がこめられている。これほど立派な肩書きをもらったら母親を排除して思うがままに統治しようと考えてもおかしくないが、なにしろ当人はまだ三歳だったからクレオパトラにはなんの心配もなかった。

クレオパトラは女神イシス（敵に殺されて遺体をバラバラにされた夫オシリスを復活させた）さながらに、偉大なエジプトの栄光をよみがえらせようと奔走した。大がかりな都市計画を実行に移し、エジプトではじめての哲学を教える学校を設立し、医学の教育と実践にも力を入れた。国力と国富の強化を目的としたこうした精力的な活動には、カエサルが殺された前四四年三月一五日からまとわりついている孤独感を克服しようとの思いが隠されていたのかもしれない。

前四三年の夏、久しぶりにローマ人がクレオパトラの扉をたたいた。かつて優秀な将軍としてポンペイウスに忠実に仕え、カエサル暗殺の首謀者の一人ともなったカッシウスである。マルクス・アントニウスとオクタウィアヌス――同年の最初の数か月間、ローマの主導権をめぐって争った二人は、カエサル暗殺者たちを討伐するために共闘を組むこととなった[7]――から追われる身となったカッシウスは、ずうずうしくもクレオパトラに支援を求めた。クレオパトラは自分の愛人を殺した男に、可能なかぎり外交辞令をつくして「いまは都合が悪い」と答えたが、この返答には真実がふくまれていた。この年のエジプトは、ナイルの氾濫不足がたたって春の収穫量が減り、飢饉がはじまっていたところに、ペストの蔓延が追い打ちをかけるという惨状にみまわれていた。カッシウスはクレオパトラの言葉を信じず、支配下に置いていたシリアから自分の軍団とおそるべき騎馬弓兵部隊を出撃させてエジプトを攻める準備を整えたが、計画を断念した。元老院の承認を得て、オクタウィアヌスとマルクス・アントニウスがアドリア海を渡って東方、正確にいえば、カエサル暗殺の首謀者ブルトゥスが根城とするギリシアに向かっていた。カッシウスにとって、友人ブルトゥスの支援のほうが重要であった。

　またもや幸運の女神はクレオパトラにほほえむのだろうか？　形勢がよいほうに味方するならスピードが大切とばかりに、彼女は旗艦と四角い帆を張った戦艦数十隻に武器を積みこみ、自分の愛人の仇を討とうとしている二人のローマ人に手を貸そうとした。もくろみははずれた。エジプト艦船はこの世の終わりかと思えるほどの嵐に襲われ、クレオパトラは難破船の群れさながらの一団をひきつれてすごすごとアレクサンドリアに戻った。その間に、マルクス・アントニウスとオクタウィアヌスは東マケドニアのフィリッピで敵を打ち負かした（前四二年一〇月）。クレオパトラは好機を逃してしまった。そしてすでに、エジプト女王はご褒美をもらうために艦船を送るふりをしただけだ、とのうわさ話が聞こえてきた。ローマは使者をアレクサンドリアに派遣してクレオパトラを召喚し、彼女を責める、すくなくとも謝罪を求めることになるだろう。その日を境に、これまでのようにローマ内部の権力争いに対して立場をはっきりとさせずにあいまいな態度をとりつづけることは不可能となる。女王の努力でエジプトが二年以上前から享受していた主権と自律があやうくなるからだ。その日、彼女はふたたび海を渡り、ローマの支配圏を三分割するとり決め（現ボローニャ[8]近くのラウィニウスで前四三年一〇月に決定された三頭政治）により、アフリカをレピドゥスに、西方をオクタウィアヌスにまかせ、自身はもっとも豊かな東方を手中に収めた男に会いに行くことになる。クレオパトラとマルクス・アントニウスの出会いである。

魅了されたマルクス・アントニウス

クレオパトラが籠絡《ろうらく》しようと決めた男は、「カエサルを小物にした男」というイメージ——アウグストゥス帝となるオクタウィアヌスによるプロパガンダの成果にほかならない——とは大違いで、すぐれた資質の持ち主であった。当時は四〇歳を少し越えていたが、カエサルのもっとも優秀な部下の一人としてローマ軍騎兵隊を率い、カエサル晩年の戦い（ガリア戦、ポンペイウスを相手とした戦い）でもめざましい活躍を見せたことで知られる。師と仰ぐカエサルが暗殺されたのちに後継者を自任したが、青白い顔をした金髪の巻き毛のぎこちない青年——カエサルが自分の相続人として選んだオクタウィアヌス——の登場で出鼻をくじかれてしまった。先にふれたように、二人のライバルは敵愾心《てきがいしん》を封印し、恩あるカエサルの仇を討つべく共闘を組み、フィリッピの戦いでカッシウスとブルトゥスを打ち負かした。アントニウスはこの勝利により、服喪の意味で伸ばしていた髭を剃り落とした。

病気知らずの健康体と見る者を圧倒する風貌（見上げるような長身、広い肩幅、鑿《のみ》で削ったような顔立ち、角張って意志が強そうな顎《あご》）の持ち主であるマルクス・アントニウスは、部下の兵士たちから慕われ、支配下においた東方の都市住民たちからは神のように崇められていた。勇猛な戦士だが、享楽的で大酒飲みでもあった彼は、アテナイやエフェソスをはじめとして、オリエントのいたるところで大歓迎されたが、司令本部を置いたキリキア［現トルコ南部］のタルソス［現タルスス］ではとくにもてはやされた。彼はまさにこのタルソスに、自分よりも一五歳年下のエジプト女王をよびだしたのである。自分に対して正式に臣従の誓いをたてなくては帰途につかせるものか、と固く決意していた。思惑をはずれた展開になるとは、とは夢にも知らず……

クレオパトラは召喚に応じる前に、カエサルがアントニウスについて何を語っていたかを思い出そうと努めた。カエサルはアントニウスを高くかっていた。勇敢で気持ちがまっすぐな男だ、ただし気分が変わりやすく唐突にふさぎこむこともあり、外見を非常に気にかけていて、派手な演出をこらすことにもこだわっている、と聞いた。見栄っ張りで、華やかさ、称賛、ぜいたくが好き、とも聞いたことがある。よろしい、彼のお望みどおりにふるまってあげよう、とクレオパトラは考えた。

文才で知られるプルタルコスでさえ、トロス山脈の支脈の麓《ふもと》、キプロスとアンティオキアに面したタルソス港へのクレオパトラの登場を描写するのにふさわしい言葉を見つけるのに苦労した、と告白している。彼女を運んだガレー船は巨大な紫の帆を張り、舳先は黄金作りの巨大な象の頭で飾られていた。竪琴、笛、長太鼓が演奏され、心をとろかす香りを放つ香が焚《た》かれるなか、金糸で縫いとりされた天蓋が姿を現わすと、その下にはクレオパトラが横たわっていた。彼女をとり囲み、駝鳥の大きな羽で風を送っているのは、水のニンフ、海の女神ネレイデス、キューピッドに扮したおおぜいの侍女や童子であった。アントニウスは船上での宴会に招かれた。半メートルもの厚さの、薔薇の花びらをつめたマットレスに横たわってすごす、忘れがたいひとときであった。ディオニュソスとアフロディーテの再会かと思われた。その後も、夏らしい趣向をこらした饗宴は続いたが、いずれの回もエジプト女王にとって、繊細な音曲、甘美な酒、頭をくらくらさせるような香りが作り出す雰囲気のなかで、政治と恋の駒を相手の陣地に向けて進める機会であった。

二週間におよぶ滞在が終わるころ、勝負はついた。クレオパトラはアントニウスを恋の虜《とりこ》にし、「カルラエの戦い（前五三年）でローマ軍を完膚なきまでにやぶったパルティア[9]［古代イランの王朝］に勝利すればあなたの栄光は決定的なものとなる」とアントニウスを説得することに成功した。エジプトにとって恒常的な脅威であるパルティアが敗北すれば、クレオパトラにとっても都合がよかった…。このとき（前四一年八月）クレオパトラは同時に、アントニウスに自分がもつ富の一端を見せつけることで、最高権力を手に入れるためには避けられぬオクタウィアヌスとの決戦にのぞむときにはエジプト女王の協力は欠かせない、とアントニウスにわからせた。ローマの国庫は空であったし、東方は長年にわたって人々が信じていたほどは豊かではなかった。そうなると残るのはエジプトだけだ。クレオパトラの支援があればアントニウスは新たなカエサルになれるはずだ。

クレオパトラはほどなくして、計画は期待した以上に成功した、と理解した。次の冬、アントニウスは自軍を冬期宿営地に送り出したのち、クレオパトラと合流するためにアレクサンドリアに向かった——これに驚いたのは兵士たちだけではなかった。彼は最小限の護衛をともない、ほぼおしのびのような形でやってきた。自分の次の遠征にエジプトがどれほど資金援助できるのかを見定める心づもりであったと思われるが、それよりもなによりも、二五年も戦いに明けくれたこの強者《つわもの》は骨休みしたいと望んでいた。仮装で参加する宴会、豪華な食事、ゆったりと時間が流れる釣り、競技、賭け事…遊び、くつろぎ、美食、恋の四か月をアントニウスは満喫した。当地の住民から受け入れられたので、街中を自由に闊歩《かっぽ》することもできた。ローマ風のトガを脱ぎすて、クラミュス［ギリシア風のマント］を肩にかけ、白いコチュルン［編み上げ半長靴］を履いたことが、ギリシア文化に染まったアレクサンドリアにおけるアントニウスの人気を高めた。知識人や哲学者たちのもとをたずね、現地の伝統的宗教にも関心を示した。エジプトの神官たちは、クレオパトラとアントニウスの仲を祝福さえした。二人の絆は翌年、双子（アレクサンドロス・ヘリオスとクレオパトラ・セレネ）の誕生で固められることになる。

マルクス・アントニウスはカエサルのエレガンスと洗練を欠いていたが、クレオパトラはこの点で高望みなどしなかった。クレオパトラにとってアントニウスは女王の座にとどまるための「保険」なのだから、多少がさつでも目をつぶるほかない。ただし、アントニウスが自分の責任を過度に軽視するのは困ると思った。ナイルのほとりでくつろぎすぎて、自分の権力、権勢、評判をなくしてしまうおそれがあった。ゆえに前四〇年の春、シリアで高まっているパルティアの脅威——アントニウスが任命したシリア総督が暗殺された——をはねのけるためにアレクサンドリアを発って本来の仕事に戻るよううながした。

ところが、事態は思わぬ方向に進んだ。マルクス・アントニウスの気が強い正妻フルウィア[10]が、オクタウィアヌスに対抗してイタリアで義弟ルキウス［アントニウスの弟］と挙兵したからだ。いっときはローマを占拠したルキウスだったが、最終的にオクタウィアヌスの兵力に敗れた（前四〇年二月の、現ペルージャでの戦い）。フルウィアはギリシアにのがれた。妻と弟を介してオクタウィアヌスと争った形となったアントニウスであったが、すべての責任をフルウィアに負わせ、オクタウィアヌスと手打ちをしてブルンディシウム［現ブリンディジ］で新たな協定を結んだ。カエサルの養子であるゆえにカエサリオンのライバルであるオクタウィアヌスをアントニウスが排除することを期待していたクレオパトラの夢は遠のいた。フルウィアが亡命先のギリシアで死んだ[11]と聞いてクレオパトラが喜んだのもつかのま、アントニウスはオクタウィアヌスとの同盟関係を固めるために、オクタウィアヌスの実姉であるオクタウィア[12]と結婚した、との一報がエジプトにとどいた。オクタウィアが自分よりも若いと知って、クレオパトラの怒りは増したことだろう。もっと悪いことに、以前にもまして享楽的な生活を再開したと噂に聞くアントニウスからなんの音沙汰もないまま、四年近くの歳月がすぎることになる。アントニウスはエジプト女王のことをすっかり忘れたようだった。だれもが、クレオパトラはアントニウスに魔法をかけた、と信じていたのに。彼女は誘惑の力までも失ってしまったのだろうか？　運命は彼女を見放したのだろうか？

女王がつきつけた条件

前三七年一月、帳尻合せで参加をよびかけられただけで影が薄いレピドゥス、野心満々なオクタウィアヌス、思わぬ行動に出るマルクス・アントニウスのあいだで合意が成立し、三頭政治体制が五年間延長されることになった。これにあたり、じつにバランスが悪く、不可解な交換が行なわれた。東方の支配者であるアントニウスが自身の艦隊から一二〇隻をオクタウィアヌスに提供し、そのかわりにオクタウィアヌスの軍団兵をたった二万人ゆずり受けることになったのだ。手もちの海軍力ではアドリア海とガリアやシチリア沿岸しか掌握できていなかったオクタウィアヌスが、地中海を支配する可能性が生まれた。アントニウスはさらに、これに輪をかけて不可解な動きを見せる。アテナイでともに暮らしていたオクタウィアを突然離縁したのだ。夫婦間の情愛の問題というよりも、政治的な理由にもとづく縁切りであり、オクタウィアヌスとのあいだの同盟関係を終わらせることを意味した。アントニウスは、自分はローマに戻らない――そもそも、このところローマに滞在することはまれであった――と宣言した。自分とオクタウィアヌスが共存するにはローマは小さすぎる、ローマに戻るとしたら自分一人で統治するためだ、と通告したに等しかった。

マルクス・アントニウスの右腕であるガイウス・フォンテイウス・カピトがとどけたメッセージを読んだクレオパトラは複雑な思いをいだいた。あの人はわたしを忘れていなかったということなのだろうか？ それにしても、来ない人を待ち、涙をこぼし、嘆いていた日々の代償としてわたしが冷たくあたるかもしれないと、あの人は一瞬も考えなかったのかしら？ あれこれ考えたが、クレオパトラはアントニウスに会いに行くことにした。しかし、二度と自分のもとを去らないと約束させねばならない。

アンティオキアにおけるクレオパトラとアントニウスの再会には、アンティオキアから遠くないタルソスでのはじめての出会いのような高揚感はなかった。誇り高い女王は自分を抱きしめるたくましい腕をふりほどき、巻いたパピルスを差し出した。内容は協定であり、これを承諾しないかぎり自分はすぐにアレクサンドリアに戻る、とクレオパトラは宣言した。この「アンティオキア盟約」は、エジプトの慣習にしたがって二人が結婚すること、カエサリオンをローマの影響下にあるエジプトの共同統治者および正統な後継者と認めること、エジプトの栄光が頂点をきわめた一四世紀前の第一八王朝時代の領土[13]の奪還を助けると約束することなどをアントニウスに求めていた。これらの条件をのんでくれるなら、エジプトの資金と戦力を提供して「夫」に全面的に協力する、とクレオパトラは約束した。

アントニウスは少しも迷わずにこの無理難題を承諾した。「ナイルの蛇［クレオパトラ］」にこれほど肩入れすれば、オクタウィアヌスとの決戦は避けられなくなるし、ローマ市民から批判されるとわかっていたが。クレオパトラに納得してもらうための代償は高いのだ、とアントニウスは考えた。たしかに、非常に高いものにつくことになる…

前三六年の冬の終わり、クレオパトラのかたわらで四か月をすごしてすっかり意気軒昂《いきけんこう》となったアントニウスは、パルティアと対決してオクサス川［現アムダリヤ川、アラル海にそそぐ中央アジア最大の川］の向こう側に追いやるために出陣した。この遠征の勝利を確信し、すぐに戻るとクレオパトラに約束した。まずは、同盟国のアルメニアとポントスの王の軍隊に合流してもらう必要がある。ところが、そうは問屋が卸さなかった。両国の軍隊は、メディア王国軍[14]による攻撃を受けてちりぢりとなってしまったのだ。にもかかわらず、アントニウスは北へと行軍を続けた。キリストの十字架の道行きのような苦難のはじまりだった。それから六か月のあいだに、四万人の歩兵と二万人の騎兵が食糧難、寒さ、疲労、病い、パルティア王プラアテス四世の勇猛な戦士による攻撃で死んだ。みじめな撤退を余儀なくされた軍団がベリュトス［現ベイルート］にたどり着くと、幻想や栄光のみならずカフカス山中で鎧《よろい》まで失ったアントニウスをクレオパトラが出迎えた。絶望にくれるアントニウスをクレオパトラは慰め、励まし、新たなモチベーションをあたえた。パルティア征服にこだわる必要があるのですか？　運命はあなたをむしろローマによびよせているのでは？　オクタウィアヌスこそが、あなたにふさわしい唯一の敵ではないでしょうか？とクレオパトラはささやいた。アントニウスはもう少しのところで説得されるところだったが、メディアがパルティアに反旗をひるがえしたことで、もう一度アジア遠征を試みようという気になった。そして曲がりなりにも勝利をおさめ「パルティアではなく、アルメニアを討った」、名誉を回復した。前三四年の秋、アントニウスは、いよいよ、あの青二才——オクタウィアヌス——との勝負にかかれる、と考えた。

曲がり角となったアクティウムの海戦

アントニウスは「堕落しきった人間、葡萄酒でふくれあがった革袋」、クレオパトラは「あらゆる悪徳に身をゆだねる醜悪な娼婦」。こうした中傷文書の文言が示すように、ローマ市民は怒り心頭に発していた。二人は二年前より、気の向くまま、酔狂にまかせてアレクサンドリア、エフェソス、アテナイのあいだを行ったり来たりする暮らしを送り、ローマの権威に敢然と挑み、数百万セステルティウスもの費用をかけた宴会——クレオパトラはアントニウスと美食のぜいたくを競い、はかりしれない価値をもつ真珠を酢で溶かして飲み干した、と伝えられる——を催していた。アントニウスが貞淑な正妻、オクタウィアをすててもう二年がたつ。アントニウスがローマからアレクサンドリアへの遷都を考えているという噂が流れているのに本人は否定していない。恥ずべきアンティオキア盟約についても、アルメニア遠征勝利を祝う凱旋式を首都ローマではなくアレクサンドリアで遂行したことについても、なんの釈明もおこなっていない。ここのところアントニウスが部隊を結集しているのは、イタリアに向けて進軍するためではないだろうか？　地中海中部で、メディア人、アルメニア人、ユダヤ人、ギリシア人、シリア人、トラキア人、アラブ人の兵士を乗せた何百隻ものガレー船が演習をくりかえしているのはどういうことか。ローマの英雄はオリエントの太守に成り下がり、いまやハンニバルをまねてローマに攻め入ろうとしているようだ…

前三二年、ローマの元老院議員四〇〇人が、アントニウスがいるエフェソスにやってきた。以上の奇妙な示威行為について説明を求めるのが目的だ。一行が結論を出すまでには一週間もかからなかった。朝から夕方まで、夜から明け方まで飲んだくれ、何につけても投げやりなアントニウスはもはや指導者の体《たい》をなしておらず、なにも掌握していなかった。すべてをあやつっているのはエジプト女王であり、彼女はローマの大将軍を、自身のあくなき野望に奉仕する傀儡《かいらい》としていた。またしても内戦に突入するよりはと、議員たちはアントニウスを説得してクレオパトラから引き離し、正気と元老院の信頼をとりもどさせようと考えた。しかし、この計画が形をとってアントニウスの耳に入るよりも先に、クレオパトラは動きを察した。クレオパトラに働きかけられたアントニウスは、無礼かつ乱暴な文言の離縁状を送ってオクタウィアと正式に離婚し、自軍に自分たちとともにアテナイに向かうよう命じた。このことは、アントニウスがローマとの絆を完全に断ちきり、戦争を欲していることを意味した。Alea jacta est（賽《さい》は投げられた）。

オクタウィアヌスの反応は早かった。彼はアントニウスを訪ねていた元老院議員たちに戻るように命じ、「自分の代役を女につとめさせている」以上、アントニウスは「すべての任務と職務から罷免された」と宣言した。この宣言の内容を知ったとき、クレオパトラは誇りと恐怖で打ち震えた。アントニウスはオクタウィアヌスの軍事的挑戦に張りあえるのだろうか？　彼はカエサルと同じ資質をもっているのだろうか？　自分が賭けた馬は競走に勝てるのだろうか？　彼が負けたら、自分も敗北の波にのまれ、豊かで力強く誇り高いエジプトはローマ属領となる危険があるのでは？　このおそろしい懸念が現実となるのを避ける唯一の手段は、アントニウスを支え、アドバイスをあたえて行くべき方角を示してあげることだ。すでに事実上エジプトのファラオであった彼がファラオの名にふさわしい指導者となるように。

アントニウスは威勢よくも一対一の決闘をオクタウィアヌスに申しこんだ（「イタリア半島の外なら、何処でもよい、彼に選択をまかせる」）のに続き、それぞれが自軍をひきつれて以前にカエサル軍とポンペイウス軍が対決したファルサルス［ギリシアのテッサリア地方］で戦うことを申し入れた。オクタウィアヌスはどちらの提案も蹴った[15]。二人は結局、前三一年の夏にイピロス地方［ギリシア］のアクティウムで対決した。イオニア海へと通じるアンヴラキコス湾の入り口をはさんで二人の艦隊が対峙《たいじ》した［アントニウス側が湾内、オクタウィアヌス側が湾の外］。海戦が切迫しているとき、もう一つの対決——こちらは内輪もめだった——がことのなりゆきに大きな影響をあたえた。オクタウィアヌスの艦隊を動けなくしてからローマに向かって権力を奪取する、という自分のプランをアントニウスが採用しなかったので、クレオパトラがつむじを曲げたのだ。同衾《どうきん》をこばみ、話しかけることもなくなった。この大事なときに、自分たちの大将が妻に機嫌を直してもらうにはどうしたらよいかと思い悩んでうろたえているのを見て、麾下《きか》の将軍複数はアントニウスを見かぎり、オクタウィアヌス側にねがえった。そのいずれもが、偉大な軍人であったアントニウスが恋ゆえに盲目となり、高慢で執念深い女の気まぐれにふりまわされているのを見て絶望的になった、と述べた。この絶望感は、二人の男というよりも東方と西方が対決する世紀の戦いが迎えるみじめな顛末《てんまつ》の前兆であった。

　大型なだけに操舵が容易でないアントニウスの戦艦と、迅速で軽いオクタウィアヌスの艦船とのあいだの海戦は、開始直後から結末が見えていた。戦術を早急に変更すれば話は違ったろう。しかし、アントニウスにその力量はなかった。彼は、クレオパトラが乗るガレー船『アントニア号』が南をさして遠ざかる幻影にとりつかれていた。誇り高い女王は実際、戦場を去る決意を固めていた。あの人はまわりの人間から、わたしはやっかい者だとさんざん吹きこまれた。第一、あの人はわたしの野心的なプランを採用するのではなく、凡庸なローマ人将官たちの意見を聞き入れたではないか。海戦は最初から負けと決まっている以上、救えるものを救うべきではないか？　さようならアクティウム、さようならローマ。だれもがカエサルになれるわけではない。息子がわたしを待っている。彼の血管には本物のカエサルの血が流れている。

　その後に起きた混沌とした状況については、二つの対立した解釈が存在する。クレオパトラが乗る旗艦がエジプト艦隊を従えて、敵の艦隊のすきをついてイオニア海に脱出すると、アントニウスも戦闘を放棄し、同時に歴史を投げ出した。オクタウィアヌスに勝つ希望を失うよりも、名誉や評判や過去の栄光をふみにじることになろうともエジプト女王の愛を失うほうが耐えがたかったからだろうか？　それとも、じっくり練られた計画にしたがって戦場を移すために、クレオパトラの艦隊に続いて数十隻の艦船とともにアクティウムを脱しようとしたのだろうか？　だが、この場合、どこに戦場を移すつもりだったのだろう？　いずれにせよ、オクタウィアヌスの艦隊の包囲網の目をすりぬけて、エジプト艦隊の旗艦を追うことができたのは、アントニウスが二人の将官とともに乗った高速ガレー船のみだった。大将から置きざりにされた部隊は総くずれとなった。オクタウィアヌスの艦隊を指揮していたアグリッパも、これほどの大勝利になるとは予測していなかったろう。死者は五〇〇〇―一万〇〇〇〇人、生き残ったアントニウスの戦力は捕虜となるか、進んで降伏した。帰り着いたアレクサンドリアでクレオパトラがアントニウスに見せた冷たさは、「綿密な計画にもとづいた戦場脱出」という説の信頼性をひどくそこなうものだ。彼女は貴人ならではのよそよそしい態度で、自分の思い――悔しさ、軽蔑、怒り――をアントニウスに理解させた。彼女にとって、エジプトとローマを合体させた大帝国の夢はアクティウムで決定的についえた。もっと悪いことに、地中海の支配者となったオクタウィアヌスはこれから先、エジプト上陸をたえずたくらむにちがいない。その目的は、エジプトが独立した王国でありつづけることを阻止することだ。それもこれもあの男のせいだ。クレオパトラは船室から、屈辱感の塊となって意気消沈して自分のガレー船の一隅《いちぐう》にへたりこんでいるアントニウスを一瞥《いちべつ》した。あの男が、わたしをカピトリヌスの丘までつれていってくれるものと思っていたのはとんだ誤算だった「カピトリヌスはローマにおける政治の中心地」。それどころ、いまやクレオパトラの脳裏に浮かんでいるのは、タルペーイアの岩のおぞましいシルエットであった「カピトリヌスの丘の南端にある崖。かつては処刑場として使われ、罪人はここからつき落とされて殺された」。

圧力と鬱

終わりが近づいてきた。クレオパトラはこのことを察し、わかっていた。アクティウムでの敗北は、その後に次々と続く敗北の予告だった。だが、彼女が滅びるのは、戦いに全力を投じた後だ。彼女の気質と、ギリシアの血を引くエジプト女王の肩書きが、そうしないことを許さなかった。

アレクサンドリアに帰り着くやいなや、彼女は国内の政敵に自分を批判する時間をあたえないために彼らを処刑した。そして、彼らの財産を没収し、メディアの王と、ユダヤのヘロデ王を味方につける買収資金とした。しかし前者はいっこうに耳をかさなかったし、後者はオクタウィアヌスの陣営にくわわることを選んだ。軍事戦略面では、彼女は途方もない試みに着手した。エジプト艦隊のうち、アクティウムから逃げのびることができた船を陸地伝いに紅海まで運ぼうとしたのだ。「戦いや奴隷の身分」からのがれるため、ほぼ確実に自分を待っている悲劇的運命を避けるために、インドに向かおうとしたこの試みも失敗に終わった。地中海と紅海をへだてるスエズ地峡には、プトレマイオス朝エジプトの天敵である遊牧民ナバテア人が跋扈《ばっこ》していた。彼らは小規模な急襲をくりかえし、陸揚げされてコロを使って運搬されていた船をすべて焼きはらった。クレオパトラはエジプト国境内に閉じこめられた。

マルクス・アントニウスは？　数週間、アレクサンドリアから遠い地をさまよい、これまで自分に忠実であった最後のローマ軍団までもが敵にねがえったと知って自殺まで考えたが、結局はアレクサンドリアに戻り、灯台の足元の簡素な住まいに引きこもった。アテナイのティモノス［前四世紀の伝説的な人間嫌い］さながらの隠者暮らしは、王宮に女王を訪ねる権利を回復するまで続いた。クレオパトラはじっくり考えたすえ、オクタウィアヌスの勝利は避けがたいものである以上、それまでに残された時間をアントニウスとともにすごすほうが楽しい、と考えた。ぜいたくきわまりない饗宴、酒の神ディオニュソスの祭りかと思われる乱痴《らんち》気騒《き》ぎ、法外な宴《うたげ》が再開された。その間も、オクタウィアヌスと外交交渉をはかったが、痛々しい試みはいずれも実を結ばなかった。クレオパトラは、オクタウィアヌスに王笏、王冠、黄金の玉座（すべて、彼女がまだ所有していた莫大な財産のシンボルである）を送り、自分の退位を申し出た。アントニウスは、自分がアテナイで一介の市民として暮らすことを認めてくれないか、とオクタウィアヌスに打診した。アントニウスは恭順《きょうじゅん》の意を示すために、カエサル暗殺者の最後の生き残りであるトゥルリウス「フィリッピの戦いの後、アントニウスの軍門にくだって仕えていた」を殺して、その首をオクタウィアヌスに送った。女王に対するオクタウィアヌスの返答はおどしだった。落ちるところまで落ちたアントニウスに対しては、もっとも侮蔑的な返答、すなわち沈黙でこたえた。二人は理解した。自分たちの運命は定まった、と。オクタウィアヌスに向けて新たな使者をさしむけることはもはや無意味となった。第一、使者の役目を果たす手駒はすでに払底《ふってい》していた。一人また一人と、顧問も副将も友人も去ってしまった。残っていたのは、少数の忠臣や友にくわえ、それぞれの息子であった。どちらも成人であると宣言されていた、アントニウスが三番目の妻フルウィアとのあいだにもうけたアンチュッルス（一六歳）と、クレオパトラが産んだカエサリオン（一七歳）である。[16] アントニウスとクレオパトラのあいだに生まれた三人の幼い子どももいた。双子のアレクサンドロス・ヘリオスとクレオパトラ・セレネ（一一歳）とプトレマイオス・ピラデルポス（五歳）である。

　冬が終わり、前三〇年の春もすぎさった。クレオパトラは暗澹《あんたん》たる思いをかかえていた。アントニウスを物理的に排除すれば命を助けるとのオクタウィアヌスの内密の提案を無視し、毒物の実験にとりかかっていた。感覚を麻痺させて、苦しまずに死ぬことができる毒薬を完成させることが望みだった。そして、アントニウスとともに設立した社交結社の名称を変更した。かくして、楽しげな「比類なき暮らしの会」は不吉な「死の友の会」となった…。また、宮殿の敷地の一角、海辺のイシス神殿の近くに三階建ての霊廟を自分のために建設し、ここに大量の宝物と燃料を運びこませた。

来るべきときを待つほかなかった。

ナイルに死す

オクタウィアヌスの軍勢は初夏（前三〇年）にエジプトに侵入した。クレオパトラは自分の支持勢力に対して、歯向かうことをひかえるよう命じた。彼女のなかで、抵抗精神があきらめに置き換えられていた。しかしアントニウスは違った。数か月の鬱状態をへて、クレオパトラの腕に抱かれて慰めを得た彼は、元気をとりもどしたようだった。小規模な騎兵隊を率い、ローマ軍の前衛に攻撃を仕かけ、楽勝した。この望外の勝利に気をよくすると、八月一日の朝に、残っていたわずかな陸上および海上の戦力に対して新たな攻撃を命じた。本人は、戦闘を眺めるためにアレクサンドリア東の高台に陣どった。だが戦闘は起こらなかった。オクタウィアヌスの艦隊が近づくと、アントニウスの船団の櫂《かい》がいっせいに高くもちあがった。降伏の意思表示である。騎兵隊も同様であった。オクタウィアヌスの資金力と、比べものにならぬ戦力ゆえに、戦闘ぬきで勝負が決まった。アントニウスにとっては、恥辱と滑稽がせめぎあう展開だった。

クレオパトラが降伏を命じたにちがいない、と信じこんだアントニウスは怒りでわれを忘れ、彼女をなじるために王宮に駆けつけた。しかし女王の姿はなかった。明け方に侍女二人と、高い落とし格子を閉じた霊廟にこもっていたからだ。アントニウスは、クレオパトラは覚悟を決めて自害した、と思った。自分も後を追うほかない。彼女のいない人生は無意味だし、自分を殺す喜びをオクタウィアヌスにあたえたくなかった。忠実な部下のエロスに自分を殺すよう命じたが、エロスは生涯ではじめてアントニウスの命令に従わず、剣を自身の体につき刺した。ゆえにアントニウスは自害せざるをえなくなった。だが、心臓ではなく腹部を刺してしまった。気を失ったが、やがて目覚め、介錯《かいしゃく》してくれ、と叫んだ。霊廟の最上階にいたクレオパトラは、血の海に横たわっているがまだ生きているアントニウスの声を聞き、召使いたちに命じて彼を霊廟の下まで運ばせ、石を上に運ぶためのロープや鎖［霊廟はまだ工事中であった］を使って彼の体を引き上げた。エジプト女王が最期の別れのためにアントニウスの血まみれの体を霊廟のなかから女の細腕で引き上げているようすは悲壮かつグロテスクな見世物だった。数分後、アントニウスは、自分が一〇年のあいだ熱烈に愛した女、自分の破滅をまねいた女の腕のなかで息を引きとった。いまわの際《きわ》で、葡萄酒一杯を求め、オクタウィアヌスと交渉して命を助けてもらうように、ただし名誉を汚すことは避けるように、とクレオパトラに忠告した。

長いこと泣き、うめき声をあげ、叫び、アントニウスの血を自分の顔にぬりたくったあと、クレオパトラはオクタウィアヌスが送りこんだガッルスとプロクレイウスと交渉することを受諾した。彼女が出した条件は明白だった。自分の命を保証し、自分が退位して三人の子どもたちが王国の後継者となることを認めてほしい。この条件を認めてくれないのであれば、すべての宝物がつめこまれた霊廟に火をつける。交渉が続いている間に、プロクレイウスは霊廟のなかに侵入することに成功し、不意打ちによって女王をとり押さえた。彼女には脇にさげていた短刀を自分の胸につき刺す時間もなかった。女王は生け捕りにされた。

捕虜となったクレオパトラは、アントニウスの葬儀を行なうことを認められた。ただし、その間も自分の命を絶つ方法を探っていた。顔や体をかきむしった跡が傷となって感染を起こし発熱したときは、思いがかなったと思った。しかし、これは長続きしなかった。戦術転換を考えたクレオパトラは、「ローマの宿敵かつ裏切り者［アントニウス］を何十年も厚遇していたからといってアレクサンドリアを罰することはしない」と約束して役人たちを安心させたばかりのオクタウィアヌスとの面会を求めた。カエサルの心を射止めてから約二〇年間たったいま、ローマの第一人者を三度《みたび》誘惑しようと思ったのだろうか？　その可能性はなきにしもあらずだが、時間の経過は残酷で、彼女の魅力は色褪せていた。残った武器は彼女の財産であった。一五年前にカエサルの愛人として下にも置かぬもてなしを受けたローマで凱旋式の見世物にされるという屈辱を免除してくれるなら差し上げましょう、と約束した。オクタウィアヌスは話を聞くだけで、なにも約束しなかった。

八月九日、自分に熱を上げている若いローマ貴族からの耳打ちで、クレオパトラはオクタウィアヌスが三日後にアレクサンドリアを発つ準備を進めている、と知った。捕虜であるエジプト女王と子どもたちをつれての帰国だ。彼女が最後の望みをかけた交渉は失敗だったのだ。自国がローマに占拠されるという恥に、捕虜として死ぬという屈辱がくわわるのを避けたいのであれば、とるべき道はただ一つしか残っていなかった。

アントニウスの墓に詣でて、これを最後と悲嘆にくれたのち、クレオパトラは宮殿に戻ってぜいたくな食事を用意させた。食事が終わると、看守役をつとめている護衛に、オクタウィアヌスに至急届けてほしいと言って手紙を手渡した。邪魔者がいなくなると、彼女は侍女のイラスとカルミオンを除いたすべての召使いに下がるように申しつけ、二人の手を借りて盛装し、エジプト女王の冠をつけた。その後、三人の女は自害して果てた。毒蛇にわが身を咬ませた、と伝えられているが、毒薬をあおったというのが真実と思われる。

クレオパトラはオクタウィアヌスに届けさせた手紙のなかで、自分をアントニウスのかたわらに葬ってほしい、と求めていた。オクタウィアヌスは彼女の願えをかなえただけでなく、二二年間エジプトを統治した女王にふさわしい立派な葬儀をとりおこなった。それでもオクタウィアヌスには十分にお釣りが来た。前三〇年八月三一日、エジプトは正式にローマ属州となり、西方と東方を合体した世界帝国が誕生した。クレオパトラが果たせなかった夢を実現したオクタウィアヌスは、ローマ初代皇帝アウグストゥスとなる。青年オクタウィアヌスの資質を見ぬいて自分の後継者に指名したカエサルの慧眼《けいがん》をたたえるほかない。

死したエジプト女王については、伝説が史実をしのぐことになる。あれから今日にいたるまで、彼女は女性がもちうるあらゆる側面の体現として扱われることになる。こうと決めたら一歩もしりぞかない女性、野心家、官能的な女、恋する女、しどけない女、男を虜にする女、高飛車な女、人を手玉にとる女、焼き餅焼き、服従を拒否する女、妥協しない女。彼女について人々は想像をたくましくし、誇張し、短絡的な結論を引き出してきた。彼女は画家、作家、映画制作者たちを触発してきた。だが、もっとも厳正な歴史研究者もふくめ、だれひとりとして、敗北を受け入れることができなかったこの女王の謎を全面的に解き明かすことはできていない。

原注

1　マケドニア人の将軍であったプトレマイオスは、アレクサンドロス大王がうちたてた帝国が前三二三年に分割されたときにエジプト太守となり、プトレマイオス朝をひらいた（プトレマイオス一世）。彼の息子であるプトレマイオス二世は前二八三年に父の跡を継ぎ、エジプトの神官たちに働きかけて王のみならずファラオの称号も手に入れた。

2　ユリウス・カエサルの称号としてのインペラトルには「皇帝」という政治的な意味はなく（当時のローマはまだ共和制であった）、軍の最高指揮官を意味する。

3　第一回三頭政治（前五九―五〇年）においてクラッススとともに権力を分けあったポンペイウスとカエサルであったが、前四九年一月に二人のあいだに紛争が起きる。数々の戦勝で勢いのあるカエサルは、終了していたガリア総督の任期の延長を求めたが、元老院に支持されて単独執政官の地位にあったポンペイウスはこれを却下し、カエサルに対して自軍を解散するように命じた。カエサルはこれに従わず、武装した軍団をひきつれて、ガリアとイタリアの境界線であったルビコン川を渡った（これは、共和国ローマに対する反逆とみなされる不法行為だった）。こうして、カエサルの軍勢とポンペイウスの軍勢が対決する内戦がはじまった。決定的だったのは、前四八年八月のファルサルス（テッサリア）の戦いであり、兵員の数ではおとっていたにもかかわらずカエサルが鮮やかな勝利をあげ、敗走したポンペイウスは東地中海の島々を伝って逃げ、エジプトにたどり着いた。

4　クレオパトラは弟のプトレマイオス一四世と結婚することで、近親婚の伝統を重んじるエジプト国民の信頼をとりもどし、共同統治の女王としての正統性を確保していた。

5　毎年、ローマから二〇キロ離れたアルバヌス山で行なわれた祝祭。現役の執政官が主宰し、ラティウムのラテン同盟都市の守護神であるユピテル・ラティアリスに犠牲を捧げた。

6　毎年、新年（三月一日）の数日前にパラティヌスの丘の麓で行なわれていた、狼（ルプス）に狙われる家畜の守護神であるファウヌス神の祭り。

7　「自分はカエサルの後継者である」とのオクタウィアヌスの主張に異議を唱えたマルクス・アントニウスは、複数の地方で自分の支配下にある軍団を動かしてオクタウィアヌスの軍団と戦ったが、いったん矛をおさめて共闘することとなった。ポンペイウス派残党（ポンペイウスの息子セクストゥス・ポンペイウスを首領としていた）とカエサルを暗殺した共和制信奉者たちと対抗するためである。カエサル暗殺首謀者のブルトゥスとカッシウスはそれぞれマケドニアとシリアにいたが、やがてギリシアで合流する（前四二年初め）。

8　優秀な将軍としてカエサルからかわいがられたレピドゥスはそれまでオクタウィアヌスとマルクス・アントニウスの争いから距離を置いていた。最終的にマルクス・アントニウス側についてオクタウィアヌス打倒に立ち上がったが失敗し、政治および軍事の権力から遠ざけられて隠棲する（前三六年）。

9　前三世紀に、現在のイラン北東部に相当する地域に興ったパルティア王国は、アレクサンドロス大王の死後に誕生したセレウコス朝シリアを滅ぼすと、北はカフカスまで、西は現イラクおよびシリアまで、南はペルシア湾にもいたる広大な領土を支配するようになった。アントニウスがレヴァント［東部地中海沿岸地方」にやってきたころ、カルラエの戦い（前五三年）でクラッススが率いたローマ軍がパルティア軍に大敗を喫して以来、ローマは雪辱を果たせずにいた。

10　スキピオ・アフリカヌスの子孫にあたるフルウィアは裕福なローマの貴婦人であり、政治活動にも精を出していた。マルクス・アントニウスと結婚する以前に、二回結婚して二回とも寡婦となっていた。

11　亡命先のギリシアで死んだ。享年三七歳。

12　九か月後、オクタウィアはアントニアを出産する。皇帝ネロは、このアントニアの孫である。

13　シナイ半島、アラビアのローマ属領、死海の東沿岸地方、ヨルダン川流域の大部分、ティルスとサイダを除いたフェニキア沿岸、レバノン、シリア南部、タルススとキプロスをふくむキリキアのほぼ全域、クレタ島東部。

14　メディア人は、現イランに相当する地域に定着した部族。このころはパルティアと同盟関係を結んでいた。

15　オクタウィアヌスは、自分の陸上戦力はアントニウスのそれと比べておとっているが、海将としては当時随一だったアグリッパが率いる自分の艦隊には大いに勝算がある、とわかっていた。

16　クレオパトラは、殺されることが確実なカエサリオンの命を助けるために、エジプトを去らせようとした。だが、カエサリオンは紅海沿岸のベレニケでオクタウィアヌス軍に捕まってただちに絞め殺された。アンチュッルスがアレクサンドリアで首を斬り落とされてから数日後のことであった。

参考文献

Mary Beard, *SPQR, histoire de l'ancienne Rome*, Perrin, 2016.

Jacques Benoist-Méchin, *Cléopâtre*, dans *Le Rêve le plus long de l'histoire*, vol. 2, Perrin, coll. « Tempus », 2010.

Michel Chauveau, *Cléopâtre. Au-delà du mythe*, Liana Levi, 1998.

Pierre Cosme, *Auguste, maître du monde. Actium, 2 septembre 31 avant Jésus-Christ*, Tallandier, 2014.

—, *Auguste*, Perrin, coll. « Tempus », 2009.

Michael Grant, *Cleopatra*, Edison, Castle Books, 2004.

Lucien Jerphagnon, *Les Divins Césars : idéologie et pouvoir dans la Rome impériale*, Fayard, coll. « Pluriel », 2011.

Emil Ludwig, *Cléopâtre*, Plon, 1956.

Paul M. Martin, *Antoine et Cléopâtre*, Bruxelles, Complexe, 1995.

Régis F. Martin, *Les Douze Césars*, Perrin, coll. « Tempus », 2007.

Plutarque, *Vie d'Antoine*, Les Belles Lettres, 2015. プルタルコス『プルターク英雄伝』（河野与一訳、岩波文庫、二〇〇一年）

Pierre Renucci, *Marc Antoine. Un destin inachevé entre César et Cléopâtre*, Perrin, 2015.

—, « Le rêve brisé, Cléopâtre, Alexandrie, août 30 avant J.-C. », dans *Les Derniers Jours des reines*, Perrin, 2015; Pocket, 2017. ピエール・レヌッチ「破れた夢　クレオパトラ」（『王妃たちの最期の日々・上』所収、神田順子ほか訳、原書房、二〇一七年）

Stacy Schiff, *Cléopâtre*, Flammarion, 2012. ステイシー・シフ『クレオパトラ』（近藤二郎監修、仁木めぐみ訳、早川書房、二〇一一年）

Joël Schmidt, *Cléopâtre*, Gallimard, coll. « Folio », 2008.

Christian-Georges Schwentzel, *Cléopâtre, la déesse-reine*, Payot, 2014.

映画

Joseph Mankiewicz, *Cléopâtre*, 1963 (avec Elizabeth Taylor dans le rôle-titre). ジョーゼフ・マンキーウィッツ監督「クレオパトラ」（エリザベス・テーラー主演）

第4章 ジャンヌ・ダルク 死をへての勝利

ロレーヌ生まれの若い娘、神と一人の国王――シャルル七世――のみに仕えた英雄、しかも平民の娘。これに以上に輝かしい伝説にいろどられた歴史上の人物がいるだろうか？　彼女はシャルル七世が権威と正統性をとりもどすのを助け、同時に百年戦争で疲弊《ひへい》したフランスを救った。だが、である。歴史家ジュール・ミシュレ［一八九八―一九七四］が弁護役をかって出て、彼女の事績をたたえて「政教分離派の聖女」にまつりあげなかったとしたら、これに負けじとデュパンルー猊下《げいか》［一八〇二―一八七八、オルレアン司教かつアカデミーフランセーズ会員］が、宗教裁判で異端者の烙印《らくいん》を押された彼女がカトリック教会の聖女と認定されるように奔走《ほんそう》しなかったとしたら、この娘のことをだれが覚えていただろうか？　神秘的なまでに純粋な信念をいだく人物よりも強固な組織を必要としていた王政によって、レアルポリティーク（現実政治）の祭壇に生け贄として捧げられたこの娘のことを。

ジュール・ミシュレは、一八三三年から刊行がはじまった『フランス史』のなかで彼女をとりあげ、「聖女」および「生ける伝説」にまつりあげた。ミシュレにとって、王国辺境の富農の娘であったジャンヌは、民衆と愛国心の象徴であった。「フランス国民よ、つねに心にとめておくがよい。あなたたちの祖国は、一人の女性の心、彼女の愛と涙、彼女があなたたちのために流した血から生まれた、ということを」。それから四〇年後、社会主義からカトリック信仰に回帰した作家シャルル・ペギーは、彼女の「召命《しょうめい》」[神からのお召し]は、悪を凝視してやまない彼女の思い、彼女の内面に芽生えた悪への反発に根ざしている、と考えた。社会主義者ジャン・ジョレスは、著作『新しい軍隊』(一九一〇)のなかで、鎧《よろい》をまとった彼女に崇敬の念を捧げている。ジャンヌ・ダルク賛美は、社会主義者から極右にいたるまで、政治的立場の違いを超える現象となった。なお、極右は——エドゥアール・ドリュモンからヴィシー政権をへてジャン・マリ・ルペンにいたるまで——、ジャンヌ・ダルクを自分たちのヒロインにしようと試み、彼女をユダヤ人もしくは「反フランス勢力」の対極に位置づけた。一九二〇年、ヴァティカンは、異端裁判が有罪判決をくだして火刑に処した彼女を聖女と認定した[列聖]。ジャンヌは、フランスの国民的英雄の象徴としてぬきんでている。比類なきヒロインとして、彼女はいまや越えられぬ存在だ。不可侵である。アンドレ・マルローは、彼女が殉教した町、ルーアンで行なった熱烈な演説の最後を「あなたの顔がどのようなものであったかは知られていない。しかし、フランスが愛される理由となったすべてには、あなたの顔がきざまれている」としめくくったそうだ。

だが、「偉大な敗者たち」の肖像がならぶ当ギャラリーに、わたしたちがこの比類なき処女の肖像をくわえた理由とは？　ひとことでいえば、伝説がぬった金ぴかの絵の具をはがし、彼女の絶大な勇気だけでなく、彼女の人間性、迷い、弱さ、失敗にも光をあてるためである。自分は天上の王［神］の命じるところのみに従うと明言していたジャンヌは、政治については素人であった。そして、彼女が「気高き王太子」とよんだシャルル七世が実践していたレアルポリティークの、理想やイデオロギーを二の次とする手法が彼女の破滅をまねいた。

六年間。これが、ドンレミの村に暮らしていたジャンヌに聖ミカエルがはじめて出現した一四二五年の夏から、ルーアンのヴィユ＝マルシェ広場で彼女が亡くなる一四三一年五月三〇日までをへだてる期間である。三幕仕立てのこのドラマ——召命、戦い、殉死——において、ジャンヌは存命中に栄光に浴したが、それは一四二九年のたった数か月のことであった。当時のフランスは、「恥ずべき」トロワ条約（一四二〇年五月二一日）[1]が、フランス王シャルル六世の後継者は王太子シャルル・ド・ヴァロワではなくイングランド王ヘンリー五世［ランカスター朝］である、と決めていらい、三つに分割されていた。第一は、一方的に成立が宣言された英仏「二重王国」が、欧州大陸において統治するランカスター朝フランス[2]である。その中心はノルマンディ公国であり、それ以外にも、ボルドーを首府とするギュイエンヌ地方とカレーを二つの重要拠点としていた。散在するこれらの領土を起点として、この「イングランド領フランス」は勢力を拡げ、南はアンジュー地方の境界線までせまり、次に、北はシャトーダン、ランス、コンピエーニュを通ってアルバートル海岸にいたるまでの、半円形を描く地域を西から東まで支配してパリをのみこむにいたった。

二つ目のフランスは、時勢に応じてイングランドとくっついたり離れたりするゆえに、王族であるがフランス王家にとって油断ならないブルゴーニュ公が支配するフランスである。同公は、ディジョン、オーセール、ヌヴェールといった町をふくむソーヌ川からロワール川までの地域にくわえシャンパーニュ地方、ピカルディ地方、ブリュージュ［ブルッヘ］以北にいたるまでのフランドル地方を領有していた。それだけでなく、ブルゴーニュ公はパリもイングランドと共有していた。残りが、やがてシャルル七世となるシャルル・ド・ヴァロワが治める「王太子のフランス」である。ベリー地方、ポワトゥー地方、オーヴェルニュ地方、アルマニャック地方、ドーフィネ地方、ラングドック地方をふくみ、面積はいちばん大きいが、国のそなえは万全とはほど遠かった。軍事面でも、心理面でも。首都であるブールジュに、諮問会議、大法官府、会計法院が置かれていた。ただし、高等法院はポワティエに置かれていた。シャルルはときとしてシノンに宮廷をかまえた。フランスの辺境──ムーズ川左岸の、フランスと神聖ローマ帝国にはさまれた地方──を出身地とするジャンヌがシャルルと会ったのも、このシノンにおいてであった。彼女の生まれ故郷であるドンレミは、イングランドおよびブルゴーニュ公と同盟を組むロレーヌ公に狙われていた。同公は、一世紀前より先祖が実践してきた襲撃を踏襲していた。家畜の強奪、村々の略奪、溺れ死にさせる行為をふくむ農民の虐殺である。一四二五年と一四二八年の二回、ジャンヌとその家族は、フランス王家に忠実な近隣のヴォークルールにある城塞に避難している。一三歳になるかならないうちにジャンヌはすでに、地元にくわえられる掠奪《りゃくだつ》と百年戦争がもたらす荒廃を肌で感じていたことになる。こうした暴力は、芽生えつつあった「国境近辺のナショナリズム」の肥やしとなった。百合の花［フランス王家の象徴］への帰属意識の高まりは、イングランド寄りのフランドル地方にありながらフランス王家に忠誠を誓っているトゥルネーでも、王家に敵対するブルターニュから数里しか離れていないモンテギューでもみられた。ジャンヌはこのナショナリズムを、ヴァロワ朝王家へのゆるぎない忠誠心という形で高らかに表明することになる。

オルレアン攻囲戦

ヴァロワ朝フランスがパリとイル＝ド＝フランス地方を失って[3]以来、カペー朝のころからフランス王国第二の都市であったオルレアンは、王太子シャルル・ド・ヴァロワが逼塞《ひっそく》している「ブールジュ王国」（シャルルの支配がおよぶ領地を揶揄《やゆ》したよび名）の北の境界線上にある重要都市であった。シャルルは、幅広い壕に囲まれた高さ八メートルのオルレアンの城壁を強化し、三一の円塔と約三〇メートルの主塔を建てた。この城塞は、橋によって対岸（ロワール川左岸）と結ばれ、盛り土と壕によって守られているトゥルネル要塞へと通じていた。オルレアン防衛の最大の切り札は火器だった。熟達した「スナイパー」であったジャン・ド・モンテクレール――通り名はル・ロラン――が愛用するカリヴァン小銃（軍用銃の先祖）にはじまり、大小さまざまな口径の大砲にいたるまで、七〇もの火器がそろっていた。一四二八年秋、ベアルンやガスコーニュやスコットランドからやってきた傭兵をふくむ約五〇〇〇人のフランス王国軍兵士とオルレアン市民たちは眦《まなじり》を決して、イングランド人とその同盟者であるブルゴーニュ派、ピカルディ人、フランドル人からなる四〇〇〇名の兵力が攻めてくるのを待っていた。イングランドが誇るもっともすぐれた軍人であり、「武器の扱いに非常に長《た》けていた」ソールズベリー伯トマス・モンタキュートの狙いは、オルレアンを奪取し、次に、ロワール川沿いにならぶフランス王国の拠点を一つまた一つと落とすことで、パリが奪還される可能性を封じ、同時にブールジュを射程に入れることであった。だが、ソールズベリー伯にはこのたくらみを実現する時間があたえられなかった。攻囲をはじめてから一五日後の一四二八年一〇月二七日に砲弾の直撃を受け、その後に死亡するからだ。

オルレアン攻囲は、長続きしない衝突をくりかえしながら一冬続いた。イングランド軍は指揮官の死亡で弱体化したうえ、水ももらさぬ攻囲を敷くには人数が足りなかった。フランス側は町を出たり入ったりすることはできたが、包囲をやぶるほどの戦力をもっていなかった。一四二九年二月一二日、イングランド軍への補給物資を積載した何百もの荷車の隊列を攻撃したが、これが失敗すると[4]、フランス王国軍は意気消沈した。王太子シャルル・ド・ヴァロワの屈辱感は頂点に達し、王位をあきらめる事すら考えた。

容貌も不明なマドンナ

ジャンヌが歴史の舞台に登場したのはこのときであった。彼女の父親は、ラブルール、すなわち土地と犂《すき》を所有している富農であった。彼はちょっとした名士として、ドンレミ村を代表することがしばしばあった。「郡役所所在地」であるヴォークルールの守備隊長、ロベール・ド・ボードリクールとは顔見知りであった。この隊長が、ジャンヌが王太子シャルルに会えるように手を貸すことになる。

富農の妻、すなわちジャンヌの母がイザベル・ロメ［Romée］とよばれていたのはおそらく、ローマ［Rome］に巡礼したことがあるからだろう。ジャンヌが生まれたのは一四一二年一月六日、公現祭［東方の三博士が生まれたばかりのキリストを礼拝するためにやってきたことを記念する日］の日であった、といわれる。彼女には強いフランス東部なまりがあった——「ジョワイユー（楽しい）」を「ショワイユー」と発音していた——ことはわかっているが、容貌や外観についてはいっさい不明である。髪は褐色で、背は低かった、という証言が残っているが。彼女の逮捕現場に立ち会ったシャロン司教は次のように語っている。「鎧の下に押しこめられていた乳房は、鎧から解放されると腹までたれた、（そして）彼女の大きな臀部は、女ならではの駄弁《だべん》を弄《ろう》する癖《へき》があることを示していた」……。こうした証言も、われらがマドンナの顔がどのようなものであったかについては一言《ひとこと》も述べていない。映画で彼女を演じた歴代の女優たち——ルネ・ファルコネッティ、イングリッド・バーグマン、サンドリーヌ・ボネール、ミラ・ジョコヴィッチ——に似ているのだろうか？　それとも、これらの女優のだれにも似ていないのだろうか？

彼女は読み書きができなかった。本人が裁判で「わたしはaもbも知りません」と述べている。農民階級の初歩的な教育は受けていた。母親からは「主の祈り」と「アヴェマリア」、羊毛の紡《つむ》ぎ方を教わった。当時の欧州は、戦争、ペスト、穀物不作による経済恐慌、教会大分裂[5]と、混沌のただなかにあった。そうしたなかでコミュニティーの安定を担保する最後の砦であった教区において、司祭が日曜のミサで行なう説教もジャンヌが受けた教育の一つであった。彼女は、自分の考えを述べるときに格言をしばしば用いることで、洗練された話し方を習得しているとの印象をあたえた。異端裁判の審問官に「あなたは自分が［神の］恩寵を受けていると思っているのか？」とたずねられたときは、「もしわたしが恩寵を受けていないとしたら、神がわたしに恩寵を授けてくださいますように、もしわたしが恩寵を受けているとしたら、神がわたしをその状態にとどめてくださいますように」と答えている［神の恩寵は人間があずかり知らぬことだとされているので、「知っている」と答えればすぐさま異端と判定されるところだった。神学もなにも知らないはずのジャンヌは、審問官が張ったわなをのがれる絶妙な答えを返している］。彼女の信仰心は、村人たちがからかうほど強かった。彼女は、フランスのキリスト教化に大きく貢献した近場《ちかば》の巡礼地詣《もう》でを数多く実践し、「フランス王国の惨状」を嘆く巡回説教師の話に熱心に耳を傾けた。

彼女は、自分は一二歳のころから天使、聖女カタリナ、聖女マルガリタ、そしてフランス王国の守護聖人となった大天使ミカエルの声が聞こえるようになった、と述べている。彼女はこうした聖人たちの模範的な生涯を教区教会で学び、近隣のノートル＝ダム＝ド＝ベルモンの小聖堂で彼らに崇敬の念を捧げた。しかし、ある日のこと、ただちに行動に出るよう命じる声を聞いて、生まれ故郷をあとにすることを決意した。声は彼女に「そなたは、別の人生を歩み、驚異的な行動をなしとげるべきである。そなたは、フランス王国を修復し、領土から追放された国王シャルルを助けて保護する者として天の王から選ばれたのだ。男の服を着よ。武器をとって、戦いを指揮するのだ。すべてのことが、そなたの助言によって動かされるであろう」と語りかけた。出産した従姉の手伝いに行くとの口実で父親から村を出る許可を得たジャンヌは、親戚の男性につきそってもらい、近隣のヴォークルールの要塞を訪れた。この地は、イギリスと手を結んだブルゴーニュ公の領土に近接しながらも王太子シャルル・ド・ヴァロワへの忠誠心を保っていた。一四二八年五月もしくは一四二九年一月——証言にバラツキがあって、これについても正確なところはわからない——にはじめてジャンヌと会った守備隊長は、彼女をすげなく追い返した。こんなことであきらめないジャンヌは二月に隊長を再訪し、——どのような説法を用いたのかわからないが——護衛を自分につけてくれるよう説得することに成功した。彼女は小姓に変装し、髪を短く切り、二人の武装した護衛にともなわれて、王太子に会うためにシノンへと向かった。

平民の娘が国王に会いに行くとは不敬で突飛だと思われるかもしれないが、会ってもらえる可能性は十分にあった。それまでは声をあげることもなかったが、ある日突然、王国の平和と統一をとりもどすために神の名で語り出した平民の女を君主が謁見《えっけん》することはまれではなかったのだ。教会も、神は貧者をお選びになると主張して、そうした女たちが君主に拝謁することを奨励していた。無垢な子どもたち、そして、キリスト降誕をだれよりも先に告げられた羊飼いたちのような貧しき者こそがキリストに近い存在ではないか。くわえて、当時の宮廷には厳しい作法やしきたりなど存在しておらず、君主に近づくことは容易《たやす》かった。ただし、聖職者たちは、悪魔の奸計《かんけい》をおそれていた。だれもが悪魔や魔女の呪術を信じていた。女予言者の影には魔女がひそんでいるかもしれない。素朴そうな女であっても、悪魔と契約をかわしたのかもしれない。ボードリクールも、ジャンヌの言葉を信じる前に悪魔払いの儀式を受けさせた。また、王太子シャルルも彼女を徹底的に検査させた。神のメッセージを伝えに来たという娘が悪魔の手先でないことが明らかになると、ボードリクールも王太子も彼女の話に耳を傾けた。お告げや星占いぬきでは、政治上の重大な決定を何一つくだすことができない時代であった。

この時代は、ラバスタンのコンスタンス、ラ・ロシェルのカトリーヌ、ブルターニュのピエロンヌなど、何人もの女予言者を輩出していた。そのなかでもっとも有名なのが、ジャンヌ誕生のほんの少し前に死んだピレネーの農婦、マリー・ロビーヌであった。彼女は、フランスは一人の女によって滅ぼされる――シャルル六世の妃で、不貞を働いたとの噂があるイザボー・ド・バヴィエールのことであろうか？――が、別の女によって救済される、と告げたらしい。この救済者についてマリー・ロビーヌは「ロレーヌ辺境の処女」と言っていたそうだ。ジャンヌのことだろうか？

ジャンヌは、約一〇日間をかけて「敵対的な田園、城、都市を通って」六〇〇キロを馬で駆けぬけて――夜に移動することが多かった――、一四二九年三月四日にシノンに到着した（二月二三日という説もある）。ここで、シャルルとのはじめての出会いがあった。ジャンヌがほんとうに神の使いであるかを試すために、シャルルは貴族たちのあいだにまぎれこんでいたのだが、ジャンヌはだれが王太子であるか見ぬいた、といわれる。ロベール・ド・ボードリクールに会いに行ったときも、当人のところにまっすぐ向かったように。ジャンヌはシャルルと二人だけで話しあっているさいちゅうに、自分が天の守護を受けていて、神から使命を授かっていることの証拠として、ある「しるし」を王太子に示したとのことだ。どのような「しるし」であるかは不明である。母親のイザボー・ド・バヴィエールが不貞を働いたという噂ゆえにみずからの出自に不安をいだいていた王太子に、あなたはシャルル六世の実子です、と断言して安心させたのだろうか。

ジャンヌの言葉をまだ信じてはいなかったものの心をひかれたシャルルは、彼女をポワティエに送り出した。複数の貴婦人に、ジャンヌがまちがいなく女性で、しかも処女であるかを検査してもらうため、そして聖職者たちに彼女が虚偽を述べていないかを審問によって確かめてもらうためであった。全員が一致して、ジャンヌは「謙虚、処女、熱烈な信仰、誠実、純真」そのものである、と結論づけた。最後のテストとして、彼女はもう一つの「しるし」を示すことを求められた。こうした「しるし」は彼女の予言であった。ジャンヌは裁判において、どのようなことを予言したかを明らかにしている。攻囲されたオルレアンの解放、教会の聖別によるシャルルの戴冠である。さらにはイングランド国王であった故ヘンリー五世の弟である摂政ベッドフォード［ヘンリー六世が父の死後に即位したが、幼少であったために叔父のベッドフォードが摂政となった］が支配していたパリの奪還も予言した、という説もある。くわえて、アザンクールの戦い（一四一五年）以来、ロンドンで捕囚の身をかこっていた、詩人としても名高いシャルル・ドルレアン公の解放も予言した。

ポワティエで「適正」だと公式に認められたジャンヌは、近習一名、兵士二名、小姓二名、告解聴聞僧一名という、少人数の家来を授かった。そして四月初旬には、王太子が発注した鎧兜《よろいかぶと》一式を受けとった。男装することにしたのは、戦場ではそのほうが便利だからであるが、自分の身を守るためでもあった。荒っぽい兵隊たちに交じっているときは、女であることは隠すにかぎる。

一四二九年はジャンヌの壮挙のはじまりにすぎなかった。彼女はブロワに向かい、元帥ジャン・ド・ブロスとジル・ド・レが指揮する三〇〇〇人の兵士と輜重《しちょう》隊に合流した。偉大な軍人としてジャンヌに大いに協力することになるジル・ド・レは、フランスに平和が訪れると自領に戻って多数の少年を陵辱、殺害するすさんだ生活を送ったために、後世にとっては殺人鬼「青ひげ」のイメージのほうが強い人物だ。四月二五日、ジャンヌは「来たりたまえ、創造主なる聖霊よ」の歌声に送られてブロワを発った。目的地はオルレアンだ。オルレアン公の婚外児であるために「オルレアンの私生児」とよばれたデュノワ伯が数百名の兵士を率いて合流したため、オルレアンを防衛するフランス国王軍は補強されていた。「ニシンの戦い〔前掲の、一四二九年二月二九日の戦い。イングランド軍への補給物資であったニシンが戦場に大量にちらばったので、このようによばれる〕」で惨憺たる敗北を喫して以来、オルレアン市民は疑惑にとりつかれ、ブルゴーニュ公の庇護を受けることすら考えた。ブルゴーニュ公はイングランドと手を組んでいるが、イングランド王家よりもましだと思ったからだ。イングランドの摂政ベッドフォードはオルレアン市民のそうした意向を一蹴した。これに憤慨したブルゴーニュ派は、オルレアン攻囲戦から自軍を引き上げてしまった。ブルゴーニュ派が抜けた穴は、その後の攻防戦でイングランド側にとって手痛いハンディキャップとなる。

デュノワは、意気消沈しているオルレアン市民の士気を高めるためにジャンヌをぜひとも市内に迎えようと考えた。オルレアンの人々は、一人の女が自分たちを救ってくれる、という噂を耳にしていた。その当時、村から村へ、町から町へと噂が広まるスピードは、後世の人間が長いあいだ考えていたのよりもずっと速かった。こうして、白馬にまたがったジャンヌは、ブルゴーニュ門をくぐってオルレアン市内に入った。ジャンヌの左側にはデュノワ伯がいて、その後には彼女とともに戦場をかけめぐることになる指揮官たち（ラ・イール、ティボー・ド・テルムなど）が続いていた。ジャンヌはカテドラルの前で下馬した。彼女の求めに応じて「テ・デウム（神をたたえる聖歌）」が歌われた。

翌日、彼女は攻撃に出ることを提案した。デュノワと指揮官たちは、王太子が約束した援軍の到着を待つべきと考え、ことを急ごうとしなかった。ジャンヌにとってほろ苦い味わいの意見交換をへて、彼女は最終的にデュノワの指示に従った。とはいえ、じっとしていることなく、だれの指図も受けずに、敵軍に何度も降伏勧告状を送った。内容はときとして支離滅裂であったが、つねにおどし文句をそえていた。「自分はフランス国王の意を受けてではなく、神、イエスキリスト、マリアの名によって行動している」と主張しているジャンヌを、デュノワたちも制止することができなかった。「イングランド王よ、あなたがそうしないのであれば［故国に戻らないのであれば］、わたしは軍の司令官だから、あなたの兵士たちがフランスのどこにいようと、わたしは彼らを追い出します。彼らが望むと望むまいと。もし彼らが従おうとしないのなら、わたしは全員を殺させます。わたしは、あなたたちと対決してフランス全土から追いはらうために、天の王である神からここに遣わされているのです」といった調子だった。ジャンヌは、イングランド人もフランス人もキリスト教徒として聖地エルサレムの解放につくすべきなのだから、ともに十字軍遠征にゆこう、とベッドフォードによびかけもした。イングランド勢はこれに対して、ジャンヌをリボード（自堕落な女、売春婦）とよび、おまえを火あぶりにしてやる、と言い返した。この事態に手を焼いたデュノワは、ブロワに駆けつけて援軍を求めた。デュノワにせかされ、無気力な司令官たちはようやく二〇〇〇名の兵士をオルレアンに向けて出発させた。やがて、ジアン、シャトー＝ルナール、シャトーダンの守備隊もくわわった。

五月四日、サン＝ルー城塞で戦闘がはじまった。事前になにも知らされていなかったジャンヌは大急ぎで前線に駆けつけ、これまでは連敗を重ねていたオルレアンのフランス王国軍にはじめての勝利をもたらすこの戦いに参加して奮闘した。だが、不当というべきか、翌日の参謀会議に彼女はよばれなかった。戦争は女予言者にまかせることができるお遊びではない、とばかりに。それならば、戦いの現場で実力を見せるまでだ。

二日後、フランス軍がオルレアン近郊のアウグスティヌス会修道院を攻囲したときも、彼女は自分の勇気だけを信じて第一線で戦った。ジャンヌが参加するようになってからフランスの連勝となり、やがて敵を完敗に追いこむことになる。ジャンヌは、だれからも意見を求められていないのに、イングランド軍の主要防衛拠点である、ロワール川南岸のトゥルネル要塞を奪取したらどうかともちかけた。指揮官たちは当初、この提案に洟《はな》も引っかけなかったが、最後にはもっともだと同意した。この軍事作戦も成功し、五〇〇〇人以上のイングランド兵士が殺された。両軍が衝突する寸前、ジャンヌは攻撃をかけようとしている兵士たちに「なにもおそれるな、あの砦はわたしたちのものだ！」と勝利を約束していた。それだけではない。彼女は、イングランド軍司令官グラスデールの死も予言していた。事実、グラスデールは跳ね橋がくずれたために川に落ちて溺死した［甲冑の重さのために沈んでしまった］。敵から解放された橋を渡ってジャンヌがオルレアン市内に入ると、彼女のためにまたも「テ・デウム」が歌われた。

栄光をとりもどしたヴァロワ朝

五月八日の朝、イングランド軍は決戦に挑む準備を整えたようだった。ジャンヌは葛藤《かっとう》をおぼえた。主の安息日である日曜日に戦うことは許されないからだ。最終的に、イングランド軍はフランス軍との対決を避け、三〇キロほど離れたムン＝シュール＝ロワールへと撤退した。フランス軍は執拗に攻撃を仕かけ、イングランド軍の火器や装備の一部を奪った。オルレアンの攻囲は完全に解かれた。この勝利は「キリスト復活を除いた最大の奇跡」、とオルレアン町民の一人は記している。

　王太子シャルル・ド・ヴァロワもほぼ同感であった。シャルル五世によるつかのまの勝利がいくつかあったものの、敗北が九〇年も続いたヴァロワ朝の屈辱がそそがれた思いだった。この不運のサイクル［百年戦争］がはじまったのは、カペー朝が直系男子の後継者をもてずにとだえたあとにヴァロワ朝一代目の国王となった高祖父フィリップ六世（一二九三―一三五〇）の時代であった。一三四〇年、ブリュージュ［ブルッヘ］の外港であるエクリューズ［現スロイス、オランダ］で、イングランド王エドワード三世がフランドルに上陸するのを妨害する使命をたくされたフランス艦隊が、イングランド海軍と戦って壊滅した。これによって、フランスは長期にわたってドーヴァー海峡の制海権を失った[6]。その六年後の一三四六年八月二六日、クレシーでフランス王軍は百年戦争最大の敗北を嘗《な》めさせられた。フィリップ六世の息子、善良王ジャン二世（一三一九―一三六四）の時代となると、ヴァロワ朝は苦難の連続にみまわれた。一三五六年九月一三日にポワティエの戦いで、国王その人が捕虜となってしまったのだ。その息子のシャルル五世（一三三八―一三八〇）は、敗北のスパイラルを止めたかと思われた。フランスは失った領土の奪還にのりだした。

　一四世紀の終わり、イングランドの支配地はギュイエンヌ地方とカレーだけとなった。二国間の休戦も増えた。戦争は終わったのだろうか？　残念ながら、そうは問屋が卸さなかった。イングランドで王朝の交替が起こり、プランタジネット家[7]に替ってランカスター家が王位につき、戦争派――領土と富を増やすことを願う大貴族たち――の勢いが強まった。イングランドの新国王ヘンリー五世はドーヴァー海峡を渡り、一四一五年八月にル・アーヴルから一〇キロのアルフルールを攻囲し、その二か月後にアザンクール[8]でフランスの騎兵隊をうちやぶった。わずか一時間で、フランス軍のエリートである七〇〇〇人の騎士が、イングランド弓兵が雨あられと放つ矢に斃《たお》れたのだ。シェイクスピアの『ヘンリー五世』のなかで、イングランド王軍は「少数のわれら、少人数の幸いなわれら、同胞《はらから》」の勝利を誇っている［イングランドは七〇〇〇名の戦力で二万人のフランス王軍をやぶった］。フランス艦隊の敗北、カーン、オンフルール、シェルブール、ルーアンといった重要な拠点の攻略をへて、一四一七年以降、イングランドのノルマンディ支配はかつてないほど強固となった。

不幸は不幸をよび、ヴァロワ朝第四代のシャルル六世（一三六八―一四二二）が精神病を発症した。さらには、イングランドとの百年戦争に内戦が重なった。一四〇四年にブルゴーニュ公のフィリップ剛胆公（一三四二―一四〇四、シャルル五世の弟）が亡くなると、その息子のジャン無畏公（一三七一―一四一九）と、シャルル六世の弟であるオルレアン公ルイ（一三七二―一四〇七）との関係が悪化した。ジャン無畏公には、狂気に苦しめられる従兄シャルル六世にとってかわって権力を得ようとする野心があった。だが、王弟オルレアン公ルイは、王国の政務をつかさどる国王諮問会議からブルゴーニュ公派を排除することに成功した。立場が弱くなったジャン無畏公は、巻き返しのためにあらゆる手に出た。まずは、王太子シャルルにとりいろうと画策した。次に、なんと税金の撤廃を提案し、アジテーターぶりを発揮した。そして万策つきると、パリでオルレアン公ルイを暗殺させた（一四〇七年一一月二三日）。これで、同じヴァロワ家の血でつながっていたブルゴーニュ公家とオルレアン公家の絆が断たれた。権力をめぐって熾烈な戦いをくりひろげる二派だったが、それぞれの国家観も激しく対立していた。ブルゴーニュ派は、税負担は軽くすべき、通貨の安定をはかるべき――通貨切り下げが繰り替えされるのはやめるべき――と考え、さらには、柔軟性のある司法、より大きな自由を認める体制を求めていた。アルマニャック派（＝オルレアン派）はこれとは反対に、秩序と強制力のある司法を志向していた。行政機能を高め、誕生しつつあるフランスという国家の継続性を担保する行政官に俸給を支払うために、国民にそれ相当の税負担を求めるべき、とも考えていた。

イングランドもからんで合従連衡《がっしょうれんこう》がくりかえされ、アルマニャック派と組んだ王家とブルゴーニュ派が対立する構図ができたが、和解が成立するかと思われた一四一九年九月、王家との交渉にパリを訪れたジャン無畏公が暗殺されてしまう。オルレアン家にとっては一四〇七年のルイ暗殺の恨みをやっと晴らしたことになるが、殺された父の跡を継いでブルゴーニュ公となったフィリップ善良公にとっては復讐のはじまりを意味した。新ブルゴーニュ公が最初にとった行動は、王太子シャルルの最大の敵であるイングランド王ヘンリー五世との同盟であった。一四二〇年、フィリップ善良公の画策により、イングランド王ヘンリー五世とフランス王シャルル六世のあいだにトロワ条約が結ばれ、前者が後者の後継者となることが決まった。

ジャンヌの遠征

命の危険をかえりみることなく自分にあたえられた使命にすべてを捧げていたジャンヌ・ダルク

は、以上のような政治的かけひきや同族間の確執について無知であった。王太子シャルルは違った。だから、オルレアンの勝利にまどわされてなどいなかった。一つの戦闘ではイングランドに勝ったが、戦争に勝ったわけではない。イングランド王軍は統制を保って、オルレアンから半径三〇キロ内にある複数の要塞（ジャルジョー、ムン＝シュール＝ロワール、ボージャンシー）に閉じこもっている。彼らがかまえた新たな陣地は守りが堅い。オルレアンでの勝利からほんの二日後、フランス軍はジャルジョーを攻略しようとしたが歯が立たなかった。どうすべきか？　ブールジュの王とあだ名されているシャルルにとっての優先事項とは？　「威信ある王冠」によって自身の正統性を盤石《ばんじゃく》とするため、ランスで教会の聖別によって戴冠することだろうか？　これは、ジャンヌの熱望であった。他方、指揮官たちは、イングランド軍が占拠しているロワール川沿いの要塞を攻め落として勝利を固め、次に、イングランドの大陸における橋頭堡《きょうとうほ》であるノルマンディに攻め入るほうが先だ、と考えていた。シャルルは迷ったが結局、ロワール川沿いの要塞を攻撃するほうを選んだ。五〇〇〇人の兵士からなる軍隊が結集し、王族のアランソン公の指揮下に置かれた。若いアランソン公（二一歳）はイングランドに一泡吹かせてやろうと血気に逸《はや》っていた。彼は、イングランドの捕虜であったが、身代金と引き替えに解放されたばかりであった。ジャンヌは、第一の目標は、ロワール川南岸にあり、二〇〇〇人が守備しているジャルジョーの要塞であるべきだ、と主張した。幸いなことに、全員の意見が一致した。六月一二日の朝、砲撃で要塞の主塔を破壊してのちに突撃の合図が出された。ジャンヌは軍旗を手に第一線にいたが、アランソン公が躊躇しているのを目にすると「気高い公爵様、怖いのですか？　わたしがあなたの奥様に、ご主人をぶじにつれて戻ります、と約束したのを知らないのですか？」と声をかけた。鉄兜に石が命中してふらふらしたのもつかのま、彼女はふたたび突撃に向かった。疲れを知らず、あくことも知らなかった。イングランド軍が降伏すると、彼女はさっそく次の戦闘のことを考え、「ムンの連中のところに行こうと思います。部隊がすぐに出発きるように手配してください」と言った。一五日、ムンの要塞が陥落し、続いて一七日にはボージャンシーの要塞が降伏した。フランス軍は立ち止まることなく、「ためらわずに騎行なさい」とジャンヌに激励されるがままに敵を追走した。六月一八日、パテーでイングランド軍は大敗を喫した。畏怖の的であったタルボット[9]司令官をふくむ、イングランド軍の主だった指揮官たちが捕虜となった。タルボットは「戦いの運、不運というものだ」との感想をもらしたが、これは負けおしみといえまいか。ジャンヌは今回、戦いを一から十まで組織したデュノワの命令にしたがって後方にひかえていた。

　パテーの勝利のあと、王室への忠誠を守っていた各地の町では神に感謝を捧げる儀式がとりおこなわれた。噂が広まった。王太子シャルルがもうすぐパリに着く、その後に教皇の手で戴冠されるためにローマに行く、イングランドとフランスは和約を結んで一年間を悔いあらためための贖罪期間とすると誓った…。すべて嘘であるが、オルレアン解放から三週間後、積極的で意気軒昂なのはもはやイングランド側ではなく、フランス側だった。こうなったのには、ジャンヌの貢献があったのは確かだ。しかし、どのような貢献だったのだろう？　彼女はすぐれた軍師だったのだろうか？　一族の恥ずべき言動を忘れてもらうために平民出のヒロインを必要としていた王家にかつぎだされた、人心をつかむことが巧みな若い娘だったのか？　当時に描かれた一連の図像は、彼女に至高の役柄をふりあてている。マルシアル・ド・パリが執筆した韻文に彩色挿絵をそえた絢爛豪華な羊皮紙写本『シャルル七世の死を悼む祈り』のなかのジャンヌは、甲冑風のドレスを着ており——男装の女性を描くことはははばかられた——、指揮杖を手にしてパリの城壁の前に立っている。詩人でもあったオルレアン公シャルルの「詩集」の挿絵として描かれた細密画のなかのジャンヌは赤毛であり、右肘を胸の前で曲げ、剣先を上に向けた剣の柄を右手でにぎっている。だが、彼女が軍の司令官に任命されたことは一度もなかった。そもそも女性がそのような地位につくことはありえなかった。彼女は王軍の指揮官でもなかった。彼女は軍のヒエラルキーの枠外に置かれていた。参謀会議から閉め出されてもいた。ただし、彼女の果敢さ、兵士たちを駆りたてる才能を否定する者は皆無だ。非難すべきことがあるとしたら、それはほかでもない、彼女の猪突猛進ぶりだろう。彼女は三度負傷している。一度目は、トゥルネル要塞攻撃のさいに、弩《おおゆみ》から放たれた矢が首にあたった。二度目は、ジャルジョーの戦いにおいて、石が頭にあたった。三度目は、パリの壕で腿に矢があたった。ブルゴーニュ派の肩をもつ年代記（『コルドリエ年代記』）でさえも、「彼女は自分の体を武器としてみごとに使い、大槍をたいへんに力強くあやつっていた」とか「彼女がひとこと述べる、もしくは一声叱責するだけで、どのような要塞も降伏に傾いた。彼女の不思議な力を知って、これは神のしわざだと信じ、望みをたくしたからだ」と述べている。なるほど、納得がゆく話だ。ジャンヌは信念を曲げず、「イングランド人をフランスの外に追い出す」ことを欲した。その説得力、熱意によって彼女は身分の高い指揮官たちに自信をとりもどさせ、フランス王国の再征服へと人々を動かした。彼女は戦術面ではなく、人々を動員するうえで重要な役割を果たしたのだ。

最後の使命となったシャルル七世の戴冠

国王戴冠のためにランスに向けて出発だ。戴冠式をいっそう華々しく荘厳なものとするために、王族（アランソン公、クレルモン伯、ヴァンドーム伯、デュノワ伯）が高位の指揮官たちにくわわった。こうした見かけとはうらはらに、シャルルの側近たち、とくにいちばんの顧問であるジョルジュ・ド・ラ・トレモイユは乗り気ではなかった。イングランドに通じているブルゴーニュ派の要塞が林立する地方を三〇〇キロも旅するのは不要なリスクをおかすことではないか？「ブールジュ王国［シャルルの領土］」に脅威をあたえているラ・シャリテ＝シュール＝ロワールやコーヌ＝シュール＝ロワールの城塞の攻略のほうにエネルギーを傾注すべきではないか？　法律家たちによると、先王の血を引いているとう事実だけで正統性に問題はないのだから、戴冠式はどうしても必要とは思われない…

ジャンヌは今回もまた――これが最後となるが――、逡巡《しゅんじゅん》するシャルルを説き伏せることができた。一四二九年六月二九日、一行はジアンを出発した。道すがら、ブルゴーニュ派の町に制裁をくわえることはなかった。そのかわりに、オーセールには食糧の提供を求めた。トロワには、市内に入ることを認めることを条件に、赦免状を交付した。七月一六日、フランス王軍はランスに入った。戴冠式は翌日、ノートルダム大聖堂の内陣でとりおこなわれた。儀式は朝九時、シャルルが祈りを捧げたあとにはじまった。大修道院長がランスの聖レミ修道院に保管されていた聖油瓶を大司教ルニョー・ド・シャルトルに手渡すと、大司教はこれを大聖堂の大祭壇の上に置いた。戴冠式に必要な宝物《ほうもつ》のうち、今回用意できたのはこの聖油だけであった。残りの王冠、王笏《おうしゃく》などは、イングランド王軍の支配下にあるサン＝ドゥニ修道院に保管されていたからだ。伝統にのっとり、フランスの一二人の直臣が出席していた。

式の終わりには慣例にしたがって、ことに忠義な臣下、優秀な戦士、ジャンヌの協力者たちが褒《ほう》賞《しょう》された。かくしてジル・ド・レはフランス元帥に、ラ・イールはロングヴィル伯に叙せられ――ロングヴィルはノルマンディの一地方だから、戴冠したばかりのシャルル七世はイングランドからノルマンディをとりもどすモチベーションをラ・イールにあたえたことになる！――、サントライユはフランス主馬頭《しゅめ》に抜擢された。何百人もが騎士に叙任された。ジャンヌはひざまずき、涙を流しながら「気高い王様、いまこそ神のご意向がかないました。神は、わたしがオルレアンを攻囲から解放し、神聖な戴冠のために陛下をここランスにおつれし、陛下が真の国王であり、フランス王国は陛下のものであることを示すことを望んでおられたのです」と述べた。

ジャンヌはシャルルを戴冠させたことで、彼の王位継承権を否定したトロワ条約を無効にした。シャルルの正統性に議論の余地はなくなった。これはジャンヌの二つ目の、かつ最後の勝利であった。ジャンヌ英雄譚のクライマックスだ。「あなたは、自分がどこで死ぬと思いますか？」とたずねたランス大司教に対して、ジャンヌは「わかりません。神のご意向のままに…。故郷に戻って、妹や兄弟たちと羊の番をすることを神様がお許しくださるとよいのですが。妹たちはわたしと再会できたらとても喜ぶでしょうから」と答えた。

幻滅

シャルル七世は「真の国王」となったものの、それは名ばかりで、あいかわらず不安定な立場に置かれていた。彼がランスにたどり着いたとき、二〇キロ南のエペルネー、三〇キロ北のルテルとランス近辺にイングランド王軍の部隊がいた。イングランド王軍も、一見したところ優勢であるが、内実はフランス王軍よりましとはいえなかった。摂政ベッドフォードはフランス王軍の活発な動きに押され、パリからノルマンディにかけての縄張りへの撤退を余儀なくされた。しかし、彼にはブルゴーニュ公という切札があった。ベッドフォードとフィリップ善良公は、一四二九年七月一五日の会談の結果、和解を公表していた。しかし、現場の状況はあいかわらず矛盾に満ちていた。シャルル七世の軍は勝利を重ね、ラン、コルベニ、ソワソン、シャトー゠ティエリー、プロヴァン、クロミエといった町がシャルル七世に忠誠を誓い、パリまであと一歩というところまで来たのに、イングランド王軍が姿を見せると、シャルル七世はたちまちロワール川流域へと撤退することを決めた。だが、南へ下る道はふさがれていた。シャルル七世はしかたなく、ふたたびふらふらと北に向かった。

こうした優柔不断にジャンヌは切歯扼腕《せっしやくわん》した。彼女が主張するのは、攻撃と第三の「使命」――シャルル七世のパリ入城実現――のみであった。シャルル七世はジャンヌの話を聞いたが、彼女の意見に従わなかった。それなら、わたし一人で行く、とジャンヌは決意した。アランソン公が指揮する小規模な部隊とともに、彼女は八月二二日にコンピエーニュを発った。三日後、彼女はパリの北、サン゠ドゥニにいたった（サン゠ドゥニ修道院付属教会には、メロヴィング朝四代目の王ダゴベルト以来、歴代の国王が葬られている)。だが、パリは難攻不落であった。ブルゴーニュ公の指揮官たち、イングランド兵士、パリ市民の民兵組織による防衛は鉄壁だった。パリ市民たちの気持ちは固まっていた。彼らにとって、シャルル七世はアルマニャック派の代表であった。そして、シャルル七世は復讐心に燃えているとの噂が高まっていた。パリ市民が迎え入れたブルゴーニュ派が一四一八年にアルマニャック派を殺害したことをフランス国王は根にもち、仇《あだ》を晴らそうと考えているに違い…。パリの高位聖職者たちは「イングランド・フランス二重王国」への忠誠をあらためて表明し、「フランスおよびイングランドの君主に服従し、この町で平和に結束して暮らす」と誓った。礼拝行列が行なわれ、アッティラの攻撃を止めたことでパリの守護聖人となった聖女ジュヌヴィエーヴの聖遺物が奉納されている修道院へと向かった。シャルル七世は、パリ市民にとってアッティラ[フン族の王。四世紀に欧州に来襲し、各地を恐慌におとしいれた。アッティラが通ったあとは草さえも二度と生えない、といわれた]の再来なのだろうか?

いずれにせよ、城門を開けるならば全員に恩赦をあたえる、というアランソン公の提案に、パリ市民は応じようとしなかった。それにしても、パリの北、ラ・シャペルに野営しているジャンヌの貧弱な分遣隊が力ずくでパリ市民を翻心《はんしん》させることなど、むりな相談だった。

だが、聖母マリアの誕生日である九月八日に攻撃をかけることが決まった。早暁、フランス王軍は最初にサンラザールで、次にサントノレ門で砲撃を受けた。ジャンヌは第一の壕をのりこえたが、水をなみなみとたたえていた第二の壕で足留めされた。彼女は粗朶《そだ》の束をもってこさせ、壕に投げ入れて渡れるようにした。激戦であった。ジャンヌは現在のオペラ座通り二番地で、弩《おおゆみ》から放たれた矢で腿を負傷した。激しい戦闘であった。一人の指揮官が、勝算がない戦いを意地になって続けていたジャンヌをむりやりにつれもどした。一五〇〇名の死者が出た。

翌日の早朝、元気を回復したジャンヌはふたたび攻撃に出ると意気ごんだ。パリを制圧しないで去ることなど考えられなかった。だがシャルル七世は撤退を命じた。まずはサン＝ドゥニに、次にロワール川流域に。シャルルは好戦的な気分ではなかった。彼にとっての優先事項は、シャンパーニュ、イル＝ド＝フランス東部、ヴァロワ（オワーズ川の南と現エーヌ県の一部）において夏に征服した地域の支配を固めることであった。また、パリを監視できるサンリスと、ノルマンディの動きを観察できるボーヴェがゆらぐようなことがあってもならない。シャルル七世はイングランド王軍に対する新たな軍事作戦の可能性を排除しなかったが、それを可能とするにはブルゴーニュ派と同盟を結ばねばならない、と考えていた。九月二一日、シャルルはジアンでフランス王軍の大半を解散させ、ブールジュに戻った。意気ごんでいた主戦論者たちは絶望にくれた。アランソン公に仕えていたペルスヴァル・ド・カニーは「こうして、ピュセル［処女を意味する言葉。ジャンヌ・ダルクをさしている］の意図と王軍はへし曲げられた」、「（国王が六月一八日のパテーでの勝利の勢いを駆ってさらなる攻勢に出たなら）われわれ一人一人がいかに勇敢であるかを考えれば、イングランド人を海まで追いやることができたろう。フランス人一人でイングランド人一〇人を倒すことができたろうから」と嘆いた。しかし、シャルル七世の関心は、フィリップ善良公［ブルゴーニュ公］との和解を目的に、数か月前からはじまっていた交渉の行方に向けられていた。善良公はつい先ごろ、イングランドとの同盟関係を演出効果たっぷりに再確認したが、シャルルはあきらめていなかった。同じヴァロワ家を出自とするブルゴーニュ公家との連携ぬきでイングランドを大陸から追いはらうことはむりだ、と考えていたからだ。八月二八日、ジャンヌがパリを攻めようとしていたころ、シャルルとフィリップ善良公のあいだで休戦協定がすでに結ばれていた。ピカルディ地方の領有が認められるなど、フィリップ善良公にとって有利な条件の協定であった。

翌月、フィリップ善良公がノルマンディを除くフランス北部を統治する「フランス・イングランド王の代理官」に任命されると、シャルルに仕える指揮官たちの当惑は頂点に達した。好戦的なジャンヌ、直感力のあるジャンヌは「欺瞞だらけのブルゴーニュ」を公然と非難していたが、してみると彼女は正しかったということか…

牢獄、裁判、火刑

一四二九年の秋、フランス王軍は士気が低下し、無秩序が広がった。司令官たちはそれぞれの領地に戻り、指揮官らは除隊しなかった兵士とともに征服した要塞で采配《さいはい》をふった。戦いは終わっておらず、ふたたび攻勢に出る必要があった。この年の終わりまでにシャルル七世は、ラヴァル、トルシー、ヴェルヌイユ、コンシュ、シャトー゠ガイヤール、そして、イングランドが支配するノルマンディの首都ルーアンから二〇キロのところにあるルーヴィエに、駒を進めることになる。

ジャンヌはノルマンディ遠征に出発したアランソン公と同行したいと思った。しかし、国王顧問のラ・トレモイユは、ブルゴーニュ派圏内のヌヴェール伯領と、シャルル七世に忠実なベリー地方の境界線にあるラ・シャリテ＝シュール＝ロワールにジャンヌを送りこむことにした。この町を占拠しているペリネ・グレサールは、自分の利益を第一に考えてブルゴーニュ派と組むかと思えばイングランドと同盟を結ぶ無節操な策士であった。フランス王軍は一一月に二回、攻勢をかけたが二回とも失敗に終わった。パリ攻撃のときと同程度の惨敗だった。

ジャンヌとシャルル七世の関係はぎくしゃくしていた。ジャンヌがパリの城壁に跳ね返され、彼女の予言があてにならぬとわかった以上、シャルルが彼女を「神の娘」とみなす根拠は薄弱となった。それよりもなによりも、シャルルにとって、英雄としての名声が高まって自分の影を薄くするまでになったジャンヌと懇意にすることはもはや不可能だった。

一四三〇年の春、ジャンヌは国王になにも告げずに——これは不服従を意味する——、自分に忠実な少人数の仲間とともに出陣した。目的は、危機にさらされている複数の陣地、ラニー＝シュール＝マルヌ、そしてなによりもコンピエーニュを守ることだった。しかし、イングランド人たちはまだもてる力を出しきっていなかった。彼らはシャルル七世に奪還された町に圧力をかけつつ、パリとギュイエンヌを死守するつもりだった。一四三〇年五月一四日、ポン＝レヴェックへの攻撃に失敗したジャンヌ・ダルクは四〇〇人ほどの兵士をひきつれてコンピエーニュに向かった。そして五月二三日の明け方にコンピエーニュ市内に入った。彼女は城門を閉ざさせてから、住民の大集会を開催した。彼女は、「わたしは、神の使いである聖女カタリナから国王の敵に対して出撃するよう求められた、わたしは戦いの勝者となり、ブルゴーニュ公は捕虜となる」と信念をもって述べた。彼女の説得に応じた五〇〇人の騎兵が町を出て、意気揚々とオワーズ川を渡り、ジャン・ド・リュクサンブールが率いるブルゴーニュ公国の軍と対峙《たいじ》した。接近戦で、一人の弓兵がジャンヌのマントをつかんで馬からひきずり落とした。仲間は彼女を救うことができなかった。こうした彼女はジャン・ド・リュクサンブールの捕虜となった。

　神はジャンヌをお見すてになったのだろうか？　これまでジャンヌの味方だった人々はそのように考えたようだ。国王シャルル側の反応は鈍く、援軍を出して彼女を救出しようとも、身代金を払って解放させようともしなかった。ジャンヌが捕まったのは国王の失策ではなく、本人の失策だ。自分を神の使いだと考えた怖いもの知らずの娘の失敗だ…。ブルゴーニュ公、ジャン・ド・リュクサンブール、イングランドとのあいだで約五か月間も交渉が続いたあげく、彼女は現金と引き替えにイングランド側に引き渡され、ルーアンに連行された。なお、ミシュレによると、欲心ゆえにジャンヌの引き渡しに応じたジャン・ド・リュクサンブールは、己れの行為に忸怩《じくじ》たる思いをいだいていたようで、「自身の武具に、重荷に押しつぶされる一頭の駱駝を描かせ、『不可能なことをする義務はだれにもない』という、心ある者には無縁の悲しい銘《めい》をそえた」。一四三一年一月三日、ジャンヌは教会の司法にたくされ、裁判は六日後にはじまった。裁判長はピエール・コーション[10]司教であった。五九歳の司教は、フランス宗教裁判所大審問官代理であるジャン・ル・メーストルとともに、ジャンヌが異端[11]の罪を犯しているかどうかを判定する任務を負った。この娘が、自分は神意を受けたのだと主張していること自体が、彼女が悪魔にまどわされて神の全能を冒涜しているという証拠ではないか？　ひいては、神学に裏づけられた国王の権威の根幹を冒涜しているのでは？　ここで、どちらの国王の権威が問題になっているのだろう、という疑問がわいてくる。シャルル七世だろうか、それとも、イングランド・フランス二重国家の君主として父の跡を継いだが未成年であるヘンリー六世だろうか？[12] 教会や国家の権威が危機におちいって西洋全体がゆらいでいた当時、これはやっかいきわまりない疑問であった。教会大分裂のさなか、三人の教皇がそれぞれ正統性を主張し、フランスではシャルル六世が亡くなってから二人の君主が国王の肩書きを争っていた。よきキリスト教徒は、いったいだれに従えばよいのだろうか？

裁判官たちは、「悪評の証明[13]」からはじめて、罪状（異端、反逆、自然の摂理に反した男装）の「公知[14]」にいたる、教会法が定める手順を尊重した。被告のジャンヌは公開の場で六回、牢獄で一〇回ほどの尋問を受けた。三月二八日、七〇条からなる起訴状が読み上げられた。このなかで裁判官らはジャンヌについて以下のように形容している「魔女もしくは占い師、易者、偽予言者、悪霊祈祷者および妖術師、迷信家、魔術にかかわり専念した者、異端思想の持ち主、およびわれらがカトリック信仰にかんしては、離教者（…）、涜神《とくしん》者、偶像崇拝者、信仰にそむいた者、悪しきことを述べて行なう者、神と聖人たちを冒涜する者（…）平和を乱し妨害し、戦争に駆りたて、残忍にも人の血に飢え、人の血を流すよう煽動し（…）破廉恥にも兵士の醜悪な服を着て兵士の職業につき（…）君子や平民を誘惑し（…）異端者もしくはすくなくとも異端の疑いがきわめて濃い（…）」。だが、無学なはずのジャンヌの審問に対する答えはみごとで、異端の証拠として残ったのはほぼ彼女の男装のみだった。

聖職者、法律家、神学者らが意見を求められた。五月二四日、ルーアンのサン＝トゥアン墓地において群衆を前にしたジャンヌは、兵士の服装は過ちであったと認めて、これをやめることを誓った。終身刑の審判がくだされた。しかし、牢獄に戻されるとジャンヌはふたたび男の服に着替えた。誓いをあえてやぶろうとしたというよりも、牢番による暴行をおそれたためであろう。裁判官たちはそうした事情を知ろうともしなかった。ジャンヌはふたたび異端におちいった――告白して赦しを求めた過ちにふたたび戻った――とされ、火刑に処せられることが決まった。

一四三一年五月三〇日の朝九時、「彼女はふたたび女の服を着せられ、荷馬車に乗せられた」（ミシュレ）。その場にいた人々の証言は数少なく、しかも相矛盾している。ルーアンのヴィユ＝マルシェ広場に設けられた火刑台の近くまで来ると、ジャンヌは十字架を求めた。一人のイングランド人が彼女のために、棒で十字架を急ごしらえした。ジャンヌはこの十字架に接吻し、「服のなか、肌の上」に置いた。「異端者、ふたたび異端に戻った者、背教者」との「不名誉な貼り札」の下で、死刑執行人が火をつけた。炎が立ちのぼると、ジャンヌは聖水を求めた。そして声をふりしぼり、「そうです、わたしの声は神の声でした、わたしの声はわたしをあざむきませんでした！」と叫んだ。その場にいた一人の修道僧によると、一万人もの人々が涙を流した。粗朶の束を火に投げこんでやる、と意気ごんでいた一人のイングランド人は、ジャンヌが息を引きとるのを見て気分が悪くなった。介抱のために酒場に運ばれると、「最後の息をついたときに」ジャンヌの口から「一羽の鳩が飛び立つ」のを見た、と語った。イングランド国王秘書官は、大声で「われわれは破滅だ、われわれは聖女を焼き殺してしまった」と毒づいたそうだ。

「フランスの偉大な王政」の再興

内戦がようやく終わったのはジャンヌの刑死から四年後、アラスの和約の締結（一四三五年九月二一日）をへてである。しかし、代償は大きかった。精根つきたシャルル七世は、親戚であるブルゴーニュ公フィリップ（善良公）と和議を結ぶためならどのような犠牲でもはらう覚悟をかため、善良公の父ジャン無畏公の暗殺を非難した。下手人を罰すること、ジャン無畏公の魂救済のために毎日ミサをあげさせること、記念建造物を築き、暗殺現場に修道院を建立することを約束した。こうした努力が報われたというべきか、シャルル七世は着実に勝利を重ねて翌年、パリに勝者として入城した。

待てば海路の日和《ひより》あり。これこそが、シャルルの統治スタイルの原則であった。自分が善と考えることを実現したいと逸《はや》る女戦士ジャンヌは、待つことを最後まで拒否した。シャルル・ペギーのテーマとなる、政治的策動と神秘に近い純粋な理想との齟齬《そご》が明らかになった最初の例である。

シャルル七世はジャンヌ・ダルクぬきでフランス王国を再征服し、これを足がかりとして「フランスの偉大な王政」を全面的に再興することになる。アラスの和約（一四三五年）は、その第一歩だった。和平に前向きなイングランド国王ヘンリー六世と、シャルル七世の義理の姪であるマルグリット・ダンジュー［英語名はマーガレット・オヴ・アンジュー］との婚約によって、休戦が本格化した。シャルル七世は当面の課題として、職業軍人で構成される常備軍の基礎を築くことになる。もっともすぐれた指揮官のなかから一五人を選び、定期的に俸給を支払うことにした。この一五人は、小姓、従僕、弓兵、長槍歩兵もふくめて一万二〇〇〇人の兵員の徴募をたくされた。このエリート軍団に、駐屯部隊（軽騎兵、自由弓兵、多くはスイス人の傭兵歩兵）がくわわることになる。戦争と税金は、王政国家の二つの柱である。

一四四九年、シャルル七世は、自分にはイングランドとの休戦協定を破って攻勢に出るだけの力がついた、と感じた。ノルマンディで起きた叛乱を口実にすればよい。フランス軍は破竹の勢いで進撃し、馬にまたがったシャルルは一一月一〇日にルーアンに入城した。だが、彼はまだジャンヌ・ダルク問題をかたづけていなかった。イングランドがすべてのキリスト教国向けに組織したプロパガンダが、ジャンヌは刑死の寸前にふたたび自分の過ちを認めて赦しを求めた、とふれまわっていた。これがシャルルを動揺させたのであろうか？　いずれにせよ、ルーアンで行なわれたジャンヌの異端裁判はシャルルの名誉を汚した。「篤信王《とくしん》」の尊称をもち、だれよりも敬虔なキリスト教徒とされるフランス国王が魔女のおかげで戴冠できた、と言われてはたまらない。こうした恥辱をぬぐいさるため、シャルルは一四五〇年にジャンヌ異端裁判の見なおしに着手した。六年後の一四五六年に開始された再審の判決は一審判決について、「不法であることを知りながらこれを隠した欺瞞、不公正な中傷、矛盾、過誤があった」ために「無効、無意味、効力なし、無価値」である、と宣言した。シャルルの狙いは、ジャンヌの名誉回復というより一審を無効とすることだった。ジャンヌが果たした役割に注目が集まるのは好ましくなかったからだ。シャルルにとって、王政のこのうえもない栄光のほうが、ジャンヌよりも重要であった。

ギュイエンヌの征服はノルマンディと比べてむずかしかった。住民たちがワインの輸出先であるイングランドとの絆を重視していたからだ。それでも一四五三年にイングランド軍はカスティヨンで敗れた。イングランドの大陸における最後の拠点となったカレーが陥落するのは一世紀後の一五五八年である。これでようやく、一〇六六年のヘイスティングズの戦い［ドーヴァー海峡を渡って侵略したノルマンディ公ギヨーム二世とイングランド王ハロルド二世とのあいだの海戦］ではじまったフランスとイングランドの「五百年戦争」が終わった。とはいえ、イギリス王がフランス国王の称号を正式に放棄し、紋章から百合の花をとりさるのは、一八〇二年のアミアンの和約まで待たねばならない。

ナポレオン時代［アミアンの和約が結ばれた当時、ナポレオンは第一統領で、二年後に皇帝となる］が終わっても、ジャンヌはまだ救国の聖女として復活を果たすことができなかった。彼女の悲劇的なヒロイズムは、復古した王政にとって扱いがむずかしいものだった――王家が彼女を見放した、と非難を浴びた。愛国的で、神秘主義的な信念の持ち主で、しかも平民であるというジャンヌのイメージが誕生し、彼女がフランス人にとっての最初の救国者の象徴となるまでには、一九世紀のなかばまで待たねばならなかった。これにとくに貢献したのはミシュレ、次いでペギーである。かくしてジャンヌは王政支持者にとっても共和主義者にとっても不可侵の偶像《アイドル》となった。

原注

1　イングランドとブルゴーニュ派［ブルゴーニュ公家を中心とする一派］が、ブルゴーニュ公であったジャン無畏公暗殺の八か月後に締結したこの条約は、「おぞましき大罪」があったとの理由で王太子シャルル・ド・ヴァロワの王位継承権を否定した［ジャン無畏公暗殺を王太子が指示した、とブルゴーニュ派は非難していた。また、シャルル六世の妃イザボー・ド・バヴィエールには不貞の噂があり、シャルル七世は不義の子ではないかとも疑われていた］。狂気の発作に襲われることが多かったシャルル六世は、王位と王領からの収入を保持できたが、イングランド王ヘンリー五世が「公務を監督して命じる権限」をもつ摂政となった。

2 ランカスターは、当時のイングランドに君臨していた王朝のよび名。

3 一四一八年五月二九日、パリ市民は城門を開いてイングランドと組むブルゴーニュ派を招じ入れた。ブルゴーニュ派は、オルレアン公の義父であるベルナール・ダルマニャックをはじめとするヴァロワ朝王家支持者たちを虐殺した。のちにシャルル七世となる王太子シャルル・ド・ヴァロワに忠誠を誓う者たちはこれを機に、アルマニャック派を名のるようになる。

4 フランスにとって不名誉なこのエピソードは「ニシンの戦い」とよばれて後世に伝わっている。鳥獣の肉を断たねばならぬ四旬節（復活祭の前日までの四〇日）であったため、輜重隊にはニシンの樽が多く積まれていた。

5 一三七八―一四一八年、教会は二派に分裂していた［最終局面では三人の教皇が正統性を争った］。ローマ教皇に従う一派と、アヴィニョン教皇に従う一派である。代々のフランス国王はアヴィニョン教皇を支持していたが、コンスタンツ公会議が唯一の教皇を選出したのでフランスもこれを受け入れた。

6 百年戦争の主たる原因は、カペー朝のフィリップ端麗王の孫であるイングランド王エドワード三世［母親が、フィリップ端麗王の娘イザベルであった］が自分にはフランスの王位継承権がある、と主張したことである。一三二八年にフィリップ端麗王の三男シャルル四世が男子の後継者をもてぬままに死去すると、シャルル四世の従弟フィリップ・ド・ヴァロワがフィリップ六世として王位についた［カペー朝の終焉とヴァロワ朝のはじまり」。一三三七年五月二四日、フィリップ六世は誠実義務不履行を理由として、エドワード三世が大陸にもっていた領土ギュイエンヌの没収を宣告した。エドワード三世はこれに反発、一〇月に自分がフランス王位を継承する、と宣言した。一般的に、百年戦争はこの年にはじまったとされる。エクリューズの海戦は、英仏間のはじめての本格的な戦闘であった。

7　プランタジネット家は、フランスのアンジュー・メーヌ伯を起源とする。一族は、エルサレム王、ついでイングランド王を輩出した。一二世紀のなかごろ、プランタジネットの王国は、アイルランドの西半分、イングランド、ノルマンディからベアルンにいたる現在のフランス西部を版図としていた［ただし、フランスではフランス国王に臣従する形をとっていた］。

8　ル・トゥケの東、六〇キロに位置する。

9　シュールズベリー伯ジョン・タルボット。イングランドのもっとも偉大な指揮官の一人だった。

10　神学博士であったピエール・コーションは一三九七年、二六歳にしてパリ大学の学長に選ばれた。アルマニャック派によって学長の位から追い落とされたことで、ブルゴーニュ派に接近し、自身も作成に協力したトロワ条約が一四二〇年に締結されたあとはイングランド王の協力者となった。ボーヴェ司教に任命されたが、フランス王軍が進軍してくると、イングランドが支配するノルマンディの首都ルーアンにのがれた。何度もヘンリー六世の特使をつとめ、大陸におけるイングランドの覇権を最後まで擁護した人物の一人である。七二歳で、髭をあたってもらっている最中に突然死した。

11　厳密な意味では、異端とは信仰のゆらぎであり、神への不敬罪とみなされた。

12　父方の二人の叔父が摂政をつとめた。ヘンリー六世は、一四三一年一二月一六日にパリのノートルダム寺院で戴冠した。

13　diffamation［現代のフランス語では中傷、名誉毀損を意味する］。教会法におけるdiffamationとは、審理によって被告人の悪評（ラテン語ではfama）を証明すること。

14 「知られていること」を意味する。

参考文献

Colette Beaune, *Jeanne d'Arc*, Perrin, 2004.

—, *Naissance de la nation France*, Gallimard, 1985.

Jacques Chiffoleau, *La Comptabilité de l'au-delà*, Rome, École française de Rome, 1980.

Philippe Contamine, *Charles VII. Une vie, une politique*, Perrin, 2017.

—, *Jeanne d'Arc, histoire et dictionnaire* (avec Olivier Bouzy et Xavier Hélary), Robert Laffont, coll. « Bouquins », 2012.

—, *La Guerre de Cent Ans*, PUF, 2010.

—, *La Vie quotidienne pendant la guerre de Cent Ans*, Hachette, 1976.

Georges et Andrée Duby, *Les Procès de Jeanne d'Arc*, Gallimard, coll. « Folio », 1995.

Jean Favier, *La Guerre de Cent Ans*, Fayard, 1980.

—, *Pierre Cauchon. Comment on devient le juge de Jeanne d'Arc*, Fayard, 2010.

Claude Gauvard, *Le Temps des Valois*, PUF, coll. « Une histoire personnelle », 2013.

—, *La France au Moyen Âge du ve au xve siècle*, PUF, 2014.

Gerd Krumeich, *Jeanne d'Arc à travers l'histoire*, Albin Michel, 1993.

—, *Jeanne d'Arc en vérité*, Tallandier, 2012.

Jules Michelet, *Jeanne d'Arc*, Gallimard, coll. « Folio », 2017. ジュール・ミシュレ『ジャンヌ・ダルク』（森井真・田代葆訳、中央公論社、一九八七年）

Georges Minois, *La Guerre de Cent Ans*, Perrin, coll. « Tempus », 2016.

Régine Pernoud, *J'ai nom Jeanne la Pucelle*, Découvertes Gallimard, 1994. レジーヌ・ペルヌー『奇跡の少女ジャンヌ・ダルク』（創元社「知の再発見」双書、塚本哲也監修、遠藤ゆかり訳、二〇〇二年）

Jacques Trémolet De Villers, *Jeanne d'Arc. Le procès de Rouen (21 février-30 mai 1431)*, Les Belles Lettres, 2016; Perrin, coll. « Tempus », 2017.

第5章 モクテスマ二世 最後の皇帝

本心では君主となることをなによりもおそれていたのに、選ばれて、歴史が浅いアステカ帝国の玉座についたモクテスマ二世は、もって生まれた内向的でひかえめな性格を克服することができず、彼の治世をゆるがして混乱におとしいれた一連の事態に手をこまねくばかりであった。発端は、アメリカを一変させる一五一九年の出来事だった。新世界の富を求めるスペインのコンキスタドール（征服者）たちのメキシコ上陸である。意志強固で、鋭敏な戦略家であったコルテスに対して、無力な迷信や伝統にがんじがらめとなったモクテスマは弱々しく優柔不断で、しりごみしては、ずるずると譲歩し、敗北から破局へとつき進んだ。侵略者に対する抵抗運動を組織することができず、ついにはみずからの臣民に軽蔑され、見すてられ、帝国の首都であるテノチティトラン［現メキシコシティ］でスペイン人の捕囚の身で最期を迎えた。彼の死は、アステカ帝国の死、一つの文明の終わりを告げた。

「誉《ほま》れある若き君主よ、御君《おんきみ》は創造主から非常に重い荷を負わせられたが、その重荷を運ぶのに必要な力もあたえられたことを疑うなかれ。過去においても創造主は御君に恵みをおしまなかったが、これからは御君の頭《こうべ》にこれまでにもまして多くの祝福が降りそそぐであろう。創造主は、長い栄光ある年月のあいだ、御君の玉座を不動とするであろう」

三五歳でアステカの新君主となったモクテスマ二世[1]は、幸福になるためのすべての条件をそなえていた。大湖テスココの東岸に位置する同盟都市テスココの王、ネサワルピリが上掲の祝辞で告げたように、はじまったばかりのモクテスマの治世は栄光に満ちたものになるはずだった。先王アウィツォトルの不慮の死により、一五〇二年に甥のモクテスマが引き継いだ帝国は繁栄の頂点にあり、その繁栄がかげるような兆候は一つもなかった。何万人もの奴隷が採掘に従事する金、銀、鉛、錫《すず》、銅の鉱山を富の源泉とし、隣国に畏怖され尊敬されているこの帝国はメキシコ湾から太平洋まで、南はグアテマラやニカラグアまで広がっていた。人口は二〇〇〇万人ほど。一五〇〇年前に創意工夫と粘り強い努力で沼沢と堆積した砂や泥の上に築かれた首都、テノチティトラン［現メキシコシティ］には二〇万人以上が暮らしており、大規模な洪水にしばしばみまわれるにもかかわらず、拡大を続け、ますます壮麗になっていた。統治の基盤である封建制度も、モクテスマ二世が腰を下ろしたばかりの玉座も、強固でびくともしないと思われた。未来は彼のものであり、輝かしくないはずがなかった。テノチティトランに定住し、四方八方に勢力圏を広げるようになる前のアステカ人が、荒野をさまよう放浪の民でしかなかった時代があったとは信じられないほどだ。たった二世紀前の話なのだが…

兄弟のなかから彼を新君主に選んだ[2]六名の貴族から吉報を告げられたとき、モクテスマが不思議なことになんの反応も示さなかったことを、家族の何人かは気づいたことだろう。そして、これは彼の性格のせいだ、と思ったにちがいない。名は体を表わすではないが、モクテスマは「眉をしかめる王侯」を意味する。いや、彼が無反応だったのは、その性格のせいではなかった。軍人および祭司としての能力の高さからみて彼が君主に選ばれるのは当然であった――ファラオ時代のエジプトと同様に、アステカの君主候補者たちは祭司と軍人となるための教育を受けた――が、黄金と宝石と羽で飾られた冠をいただいても彼は喜びも興奮もおぼえなかった。戴冠式から数日間続いた人間を生け贄に捧げる儀式も、即位後数か月間における遠征での勝利も、新君主に恭順の意を表するためにアステカ帝国のさまざまな民が貢ぎ物をもたらしても、これからは土をいっさいふむことがなく、臣下と視線をかわすこともなく（臣下は君主を見つめてはならなかった）、だれにもふれられることがない（君主の体にふれることは不敬罪だった）という特権を獲得しても、彼の額に不安がきざんだ皺《しわ》がとりのぞかれることはなかった。皺はその後、一度も消えることがない。

第九代君主となったモクテスマは内気といってもよいほどひかえめな性格の持ち主であり、引き継いだばかりの責任の重みに自分が耐えられるのか確信がもてなかった。他人からは強い人間だと思われていたが、本人は自分の弱さを自覚していた。しかし、これを言葉や態度で示すことは許されない。示すとしたら慎重を期す必要がある。アステカの旧敵であるトラスカラの首領たちがまぎれこんでいるのが見つかり、逮捕されたあの祭りの日のように。スパイ行為への罰として心臓をえぐるかわりに、モクテスマは彼らに最上の席をあたえて祭りを満喫させてやった。驚きがおさまると、宮廷人たちは自分たちの君主は寛大なのだ、と解釈した。そうではない、と知っているのはモクテスマ本人だけだった。いや、順番に寝床をともにしていた二人の正妻も知っていたのかもしれない。彼女たちの夫はだれよりも権勢があるばかりか、当時の人々が残した証言によると中央アメリカでもっとも魅力的な男性の一人であった。平均的なインディオと比べて肌は白く、背は高く、短い髭を生やし、まことに押し出しがよかった。君主の名に恥じない風貌の持ち主だったのだ。

不吉な予兆

時間がたつにつれ、モクテスマは君主の仕事に慣れてきた。自分のためらいやおそれを隠すため、彼は自分をふるいたたせた。本来は先王たちと比べて好戦的な性格ではなかったが、遠征をくりかえしてアステカ帝国の版図を大きく広げた。拡大したためにアステカが弱体化し、かつてのローマ帝国のように巨大になりすぎて自重によってつぶれる危険があることを理解せずに。気どりがなくて愛想がよかったモクテスマはいまや、前代未聞のぜいたくな暮らしを満喫し、おそろしく傲慢な態度をとり、民衆の前に姿を見せることが減り、二〇〇メートルも続く高い壁に隠された広大な宮殿――町のなかの町とよべる規模だった――に閉じこもることが多くなった。宮廷から身分の低い貴族を締め出し、ネサワルピリの忠告に耳をかさず、莫大な費用がかかるようになった宮廷を維持するために増税を行なった。しかしながら、絶対王政の分厚い化粧の下に隠れた素顔がのぞくこともときどきはあった。ある日のこと、畑でトウモロコシをもぎとったところ、畑の持ち主にとがめられた。「陛下は、トウモロコシを盗んだ者は死刑に処す、と法律で定めましたね?」と、農民は大胆にも問いかけた。

モクテスマは「まちがいない」と答え、トウモロコシを返す、と申し出た。しかし農民はこの申し出を拒否した。兵士たちが無礼者を逮捕しようと近づくと、君主は農民に自分のマントを着せかけ、ある地方の長官に任命した！　びっくりして口もきけない高官たちにモクテスマは次のように言った。「このしがない男は、おまえたちのだれよりも勇気があることを示した。わたしに面と向かって、私自身が作った法を犯した、と非難したのだから」

アステカの政治と社会の仕組みは、信仰と、宗教文学ともよべる神話に強く結びついていた。アステカ人の考えでは、宇宙を支配しているのは、全知全能で完璧、かつ不死だが人の目には見えない至高の創造神である。創造神のほかには一〇人ほどの主要な神がおり、その下には二〇〇人以上の位が低い神々がひかえている。アステカの守護神は、戦争の神、ウィツィロポチトリであった。ウィツィロポチトリが大いに畏怖され崇められているのとしたら、大いに感謝され、おしまれているのが風の神、ケツァルコアトル（羽毛のある蛇）である。農耕、金属の加工や使い方、平和の大切さをメキシコの人々に教えたケツァルコアトルは、ある日のこと、酒に酔って妹と近親相姦を犯してしまい、これを恥じてアステカの地を去ることにした。自分は戻ってくる、と約束したあと、ケツァルコアトルは蛇の皮でできた小舟に乗り、東の水平線から姿を消した。昔から語り継がれている伝説によると、この神は背が高く、肌は白く、濃い髭を生やし、黒髪であった。

アステカ人は迷信深く、大自然や空の「しるし」からケツァルコアトルの帰還の予兆を読みとろうとした。これをおそれるべきか、期待すべきかわからないままに。しかし一五〇九年から、こうした「しるし」が次々と現れるとアステカの人々はこれまでにないほど動揺した。原因不明のまま（ハリケーンも火山の爆発もなかった）、テスココ湖の水が激しく波打ち、煮えたぎった。小規模な津波が首都テノチティトランにおしよせた。人間を生け贄にする主要な儀式が行なわれるウィツィロポチトリ大神殿の塔の骨組みが火事で燃えた。首都の近くに三つの彗星が落ちた。東の空に大きなピラミッド形の輝かしい光が出現した（燃える緞帳のようなこの光については「全体が星屑でおおわれていた」、「白い巨人が歩いているようだった」といった目撃証言が伝わっている）。ある戦いにおいて、一八〇〇人の戦士が川で溺死した。日蝕が起きた（「太陽が食べられてしまった」）。大地がゆれうごいた。双頭の男たちと、頭に鏡を乗せた一羽の鳥を見た、という者が現れた。モクテスマ二世は、まれに公《おおやけ》の場に姿を見せたときには平静をよそおったが、こうした不思議な現象の話を聞くごとに、アステカが深淵に一歩ずつ近づいており、墜落はまぬがれないと感じた。折も折、アステカ暦の単位である五二年のサイクルが終わろうとしていた。

　一五一七年、アステカ帝国の北東海岸（トトナカ族の領地）から飛脚が駆けつけ、不安をかきたてる知らせをモクテスマにとどけた。皺だらけの樹皮紙に記された象形文字によると、三つの「水の上を動く山」がカトチェ岬[3]に横づけされ、奇妙な服装で、意味不明の言葉を話す青白い顔の男たちが何十人も降り立った。彼らは周囲を何日間か歩きまわり、現地の農民と意思疎通ができずに立ちさった。しかし、彼らは戻ってくるかもしれない。もっと大人数で。

　この知らせはモクテスマをひどく当惑させた。いったいだれだろうか？　どこから来たのだろう？　何が目的なのか？　見知らぬ外国からやってくる大軍の先遣隊なのだろうか？　約束どおりに、自分の王国をとりもどすために帰還しようとしているケツァルコアトルの先ぶれなのだろうか？　もしそうだとしたら、丁重に歓待すべきではないか？　国王の仕事とはむずかしいものである。

栄光に向かって

「俺は戦いにおもむく。貧しいからだ。もし俺に金があったら、行かないのだが」。セルバンテスの著作にあるこの一節は、エルナン・コルテスと同世代の多くの若者たちの心情を的確に言い表している。幸運を求めて新大陸行きの船に乗りこんでスペインを去ったとき、コルテスはまだ一九歳であった。エストレマドゥーラの名家に生まれたが、勉学で頭角を現わすことができなかったので父が期待していたように、実入りのよい法律家の仕事につくことは不可能だった。かえって好都合だ、大冒険に身を投じて金持ちになるほうがはるかに華々しいから、と本人は考えた。イスパニョーラ島[4]で働き、あたえられた土地を管理し、同国人の妻たちを誘惑し、先住民の叛乱を制圧して数年をすごしたあと、一五一一年にキューバ征服に参加した。キューバ初代総督ディエゴ・ベラスケス・デ・クエリャルの秘書官となったが、数か月前に嵐で漂流したスペイン船が偶然に発見した未知の土地を征服する役目を別の者――フアン・デ・グリハルバ[5]――が仰せつかって出帆すると、悔しくて歯がみし、失望を押し殺すのに苦労した。ユカタンと名づけられた新天地からフアン・デ・グリハルバはなかなか戻ってこなかった。とはいえ、驚くほどの量の金や銀を送ってよこしたところを見ると、不運にみまわれているわけでもなさそうだった。だが、グリハルバがかの地に必要以上に長逗留し、自分がスペイン国王の臣下であることを忘れて新たな領土を独り占めしているとしたら？ベラスケスはコルテスに数隻の船に武器を積みこんで出帆し、必要であればグリハルバを正気に立ち返らすように命じた。同時に一つの明確な使命をたくした。ユカタンのインディオたちと商取引を行ない、彼らがどれほど豊かであるかを見きわめ、可能であれば穏やかな方法でキリスト教に帰依させ、「スペイン国王が封主であることを認め、金や真珠や貴石からなる立派な貢ぎ物を献上することで恭順の意を表し、その見返りとして陛下から厚情と保護を賜《たまわ》るよううながす」という使命であった。コルテスは承知したが、ついに自分の出番がやってきた、と心の内でつぶやいた。［その後、ベラスケスとコルテスの仲が険悪となり、ベラスケスは遠征の中止を命じたがコルテスはこれを無視した。］

一五一九年二月一〇日、力みなぎる三三歳になっていたエルナン・コルテスは、待ちに待った大冒険がはじまる、と確信していた。栄光や幸運をもたらす冒険だろうか？　凄惨な冒険？　それとも悲劇的な冒険？　なんだろうとかまわない。彼の血管には冷徹な血が流れていた。魂の奥にいたるまで、彼はゆるぎない決意の塊となっていた。だが、同行する部下たちは？ハバナ港に係留された一一隻の船を背に、コルテスの前に集まった一一〇名の水夫、五五三名の兵士、そして二〇〇人のインディオ――はじめて徴集された者もいれば、カリブ海諸島出身者もいれば、古強者《ふるつわもの》のコンキスタドールもいた――は何を考え、何を望んでいるのだろう？　コルテスは一六頭の馬もつれていくことにした。馬を見たことがない先住民を怖がらせることができる、とふんでいたからだ。皆を勇気づけ、熱意を高めるため、コルテスは自分が指揮するこの小規模な軍隊の旗――黒地に、青と白の炎に囲まれた赤い十字架が描かれていた――に、「友よ、十字架に従おう。信仰心があれば、われわれはこのしるしによって勝利を得る」という、戦いの雄叫びさながらの文言をラテン語で刺繍させた。そして、これだけではまだ不足と思ったのが、いよいよ出発となる直前に一同に語りかけた。訓示のような演説であった。「わたしは諸君に栄光ある褒美を約束する。しかし、この褒美は不断の骨折りによって勝ちとらねばならない。偉業は、大いなる努力によってのみなしとげられるのであり、栄光が怠惰にあたえられる賞であったことは一度もない。わたしがこれほど苦心し、もてるものすべてを今回のくわだてにつぎこんだのは、名声を求めるがゆえだ［コルテスはこの遠征に自身の財産を投資していた］。名声こそ、人が得ることができるもっとも高貴な褒賞だ。しかし、諸君のうちに富をことさらに渇望している者がいるとしたら、わたしへの信頼だけは保ってほしい。わたしが諸君を信頼しつづけるように。そうすればわたしは諸君を、同国人たちが夢にも見たことがないような宝物の所有者にしてやろう。諸君は少人数であるが、決意が固いゆえに強力である。決意がゆらぐことがないかぎり、不信心者［レコンキスタ以前に、イベリア半島の多くの部分を占拠していたイスラム教徒］との戦いにおいてスペイン人を決して見放されなかった全能の神が、その盾で諸君を守るだろう。雲霞《うんか》のごとくおしよせる敵に囲まれたとしても。なぜなら、諸君の大義は正義にかなった大義であり、諸君は十字の旗のもとで戦うからだ」

一時間後、船団は碇《いかり》を上げた。自分たちの使命と信仰、そして自分たちの指揮官を信じて。白い肌、豊かな髭、黒髪、長身を特徴とするゆえに、アステカの民が約二世紀前から待っている神に似ている指揮官であった。

東の空にかかる暗雲

どうすべきか？

同盟都市であるテスココとトラコパンの王も招いての大諮問会議が開かれた一五一九年四月のうだるように暑い日、モクテスマの狼狽ぶりは隠しようもなかった。一週間前から不穏な知らせが太平洋沿岸からとどいているため、モクテスマはこの臨時会議を招集せざるをえなくなった。モクテスマは、不審な者たち（スペイン人）が現れるようになってから、アステカ帝国の東海岸に広がる砂浜を見下ろす複数の地点に見張りを配置している、と一同に説明した。新たな異人が到来した場合は、礼儀正しく迎えること、そしてなによりも彼らの目的との要望にかんする情報を最大限聞き出して報告することが、各地の有力者に命じられていた。そうしていたところ、数日前に、複数の船が水平線上に姿を現わし、メキシコ湾のとある入り江に投錨した。武装した何百人もの男たちが船からおりてきたが、そのうちの何人かは四つ足のおそろしげな動物にまたがっていた。この動物は、徒歩よりも早く、しかも疲れることなく移動することを可能としてくれる。地元の権力者らは彼らに、世界でもっとも権勢のある君主からの下賜《かし》であるとの口上をそえて、花、果物、野禽、宝石、木綿の布地、羽でできたマントを贈った。異人らは、たっぷりと彫刻と彩色をほどこした椅子、火を吐く獣と戦っている男を描いたメダイヨンがついた帽子、見たこともない材料（ガラス）で作られたブレスレットを、「返礼品としてあなた方の君主に届けてほしい」と言ってたくしたが、その際に「ここから何千里も離れた海の彼方においでになる、あなた方の君主よりもさらに権勢がある君主からの贈り物である」と強調した。異人らはまた、「あなた方の君主にお目にかかりたい」とも述べた。モクテスマ二世との面会を求めたのだ。

こうした情報が得られたのは、スペイン人に「献上」されたマリンチェという名の女奴隷がわずかな日数で、通訳をつとめることができるほどカスティーリャ語を理解できるようになったからである。くわえて、現場に派遣されたアステカの画家が、会見に同席して描いた絵も視覚情報となった。こうした絵をモクテスマ二世がけだるそうな手つきで広げてみせると、会議に出席していた顧問たちのあいだに、恐怖と感歎がない交ぜになったわななきが走った。これらのスペイン人たちが発見ではなく征服のためにやってきたのは確かだった。伝えられたところによると、彼らはタバスコでためらうことなく暴挙に出て、神殿の階段の上に置かれたアステカの神々の像を投げおろし、かわりに幼子を腕に抱いた女性の像をすえた。次に、同じ場所で儀式が行なわれ、住民は参加を強制させられ、この新たな神の前でひざまずくことになった。

会議の席では、「彼らをただちにわれらの国から追い出すべきだ」と断固たる声をあげた者がいた。「彼らは超自然的な存在であって全能だ。彼らに勝つことは不可能だ」との反論が出た。テスココ王のカカマツィン［モクテスマの甥］は、異人たちの武器や甲冑を描いた絵を見て急に慎重となり、「礼儀正しく迎えようではないか」と述べた。

数時間の議論によって、姿形は非常によく似ているものの、アステカの宗教をないがしろにしたところを見ると、異人たちの頭目はケツァルコアトルではない、との結論が出た。モクテスマは、アステカ帝国の富と力を物語る豪華な贈り物をたずさえた使節団をユカタンに送って感心させてやろう、と決めた。同時に、首都テノチティトランに近づいてはならない、ときっぱりと伝えるのだ。ちぐはぐで無器用な対応であった。コルテスという獅子を前にして、なかば子羊、なかば狼といった態度に出たことで、モクテスマは、自分の性格の弱さと凡庸な政治的センスを見透かされることになる。贈り物で歓心をかうつもりなのか？ 来るな、と威嚇するつもりなのか？ どっちつかずなのだ。異人たちの頭目は、これをどう受けとめるのだろうか？ もっとも穏健な反応は驚きであろう。最悪なケースでは、彼の決意は倍加し、好奇心と野心と物欲が高まるだろう……

物事は、モクテスマの思惑とは逆の方向に進んだ。贈り物をたくされてコルテスのもとに派遣された二人の特使は、苦々しい思いをかかえて一か月後に戻ってきた。トルコ石でできた仮面、翡翠の円盤、貴石の腕輪、金や銀でできた盾、兜、甲冑、冠、扇、ケツァールの羽で作った衣装などの財宝を贈ったにもかかわらず、コルテスは「テノチティトランがあるメキシコ高原に来てはならない」という命令に耳をかそうとしなかった。もっと悪いことに、コルテスの陣地にトトナカ族の使節が出入りしているのが目撃された。何十年も前からアステカの圧政にあえぎ、テノチティトランの貴族の妻となる女や少女を差し出すことを強要されていたトトナカ族は、新たな植民を迎え入れるための町を海辺に建造するのをお手伝いします、とコルテスに申し入れたようだった。この町は、ビリャ・リカ・デ・ベラ・クルス、すなわち「聖十字架の豊かな町」と名づけられる（現在のベラクルス）。

モクテスマ二世は茫然自失となった。

進軍

一五一九年八月一六日の炎天下、スペイン人歩兵四〇〇人、騎兵一五人、大砲七門、トトナカ族の戦士一三〇〇人、荷担ぎ一〇〇〇人がベラクルスを発った。それ以前に、コルテスは乗ってきた船を座礁させた。部下たちに、彼らの未来は行く手、すなわち西にあり、逃げ帰ることは不可能だ、とわからせるためであった。何十ものサボテン畑とアロエ畑に沿って歩を進めたのち、一行は標高二〇〇〇メートル超のメキシコ高原へと続く坂道を登り、ハラパを通過し、トラトラウキテペクに到達した。丁重に自分を迎えたこの町の第一役人にコルテスは、モクテスマの封臣であるかをたずねた。「モクテスマの封臣でない人間など、どこにいるのです？」と役人は苦々しい声で反問した。「あなたの前にいる」とコルテスは答え、用心するようにとの忠告をふりきって出発した。この役人によると、モクテスマには三〇人の有力な封臣がいて、各封臣は一〇万人の兵士を動員することが可能である。また、アステカ帝国はすべての都市に駐屯地をかまえており、広大な湖の上に浮かぶ首都テノチティトランは木製の跳ね橋に囲まれており、橋を上げてしまうと、市内に入ることは不可能となる…。こうした警告はかえってコルテスの意志と決意を刺激した。

ベラクルスを発ってわずか二週間で、コルテスとその軍勢は、アステカへの反抗をくりかえしている勇猛な山岳民族、トラスカラ人の王国に入った。だが、トラスカラはスペイン人たちに王国内の通行を拒否した。この国では、敵の敵はかならずしも味方でなかったのだ。裸体に鮮やかな色をぬり、彫刻をほどこした派手な兜をつけ――本物の動物の頭をかぶっている者もいた――、長さや色で階級や家門をあらわす羽を飾った何千ものインディオが、槍、先端が鉛製の投げ槍、規則的な間隔でとがらせた黒曜石を埋めこんでいる持ち手二つの棍棒を手に、叫び声を上げながら突撃してきた。葦《あし》を編んで彩色した、まことに頼りない盾で身を守りながら。馬、犬、大砲、カール五世［神聖ローマ帝国の皇帝としてはカール五世とよばれ、スペイン国王としてはカルロス一世とよばれる］に仕える百戦錬磨の兵士たちの金属製甲冑が相手では、話にならなかった。九月なかば、トラスカラの首長シコテンカトルは降伏した。

トラスカラ陥落の知らせで、モクテスマの不安はさらに高まった。あの連中はわずかな人数で、自分たちが何十年も従わせようと苦労してきた手ごわいトラスカラ人を数日で降参させたのか？モクテスマはまたもや不器用ぶりを発揮し、新たな使節団をコルテスのもとに送った。前回よりもさらに多くのぜいたくな贈り物をたずさえた特使たちは、モクテスマの指示にしたがい、スペイン人たちの勝利を祝すいっぽうで、アステカの首都近辺に近づかないように、と警告した。またしても本気であるか疑われても仕方がないおどしであったが、今回は幼稚な提案までもがくわわった。コルテスをとおしてスペインの君主に莫大な貢ぎ物を献上する、ただし――むろんのこと――テノチティトランまで来ないと約束してくれるなら、という申し出であった。むろんのこと、コルテスはこの提案を蹴った。

コルテスの妥協しない姿勢が功を奏したようだった。数日後、テノチティトランから新たな使節団がトラスカラを訪れた。この町には、一部の兵士たちの遠い故郷であるグラナダにどこか似ているところもあり、コンキスタドールたちはすっかり気に入ってしまい、ここに兵営地をかまえて行軍再開を待っていた。コルテスにとっても意外であったが、モクテスマは自分の非力を認めたようで、アステカの首都にコルテスを公式に招待したのだ！　道すがらチョルーラによるように、との言葉をそえて。テノチティトランから二〇里ほどの距離にあるチョルーラはアステカ人にとって、キリスト教徒にとってのエルサレムのような存在だった。この聖都では毎年、約六〇〇〇人が神々に生け贄として捧げられていた。[6]

チョルーラに着いたスペイン人たちは、この町が美しく、豊かで清潔であることに感銘を受けた。威儀をただした歓迎を受けた一行は、壮麗な神殿の中庭を野営地とした。毎晩、野営地では客人を楽しませる催しが行なわれ、食べ物がもたらされた。すなわち宴会であった。そうこうしているうちに、住民の来訪が間遠《まどお》になり、スペイン人らに向けられる視線はよそよそしくなり、警戒心が感じられるようになった。貴重な通訳であり、いまやコルテスの現地妻でもあるマリンチェのお陰で、コルテスはわなが張られていると知った。町の西の出口近辺で二万人の兵士が、コルテスが率いる小規模な軍を待ち伏せしていた。そのあたりは、通りが狭くて騎兵隊を展開することができない。賄賂を渡して味方に引き入れた一人の神官の協力で、コルテスは住民がなぜ態度を急変させたかを解明することができた。チョルーラは「敵の墓場」となる、との神託を告げられたモクテスマは、スペイン人らを歓迎するという決定をくつがえし、彼らと戦って追い出す、と決めたのだ！モクテスマがただの迷信に背中を押され、熟考も軍事面での準備もぬきで急きょ戦術を転換したことは、コルテスにとって望外の幸運だった。ある朝、彼はチョルーラの首領たちをある寺院の中庭によびだして厳しく叱責した。彼らには、自分たちこそがわなにかかったと気づくまも残されていなかった。コルテスの合図で、中庭の周囲に配置されていた何十人もの火縄銃兵と弓兵が攻撃をはじめた。虐殺であった。外では、自分たちの首領を助けようと決意した住民らが、神殿入り口にすえられた大砲によって吹き飛ばされた。この日の夕方、チョルーラの大広場に近いすべての通りでは、血がふくれた小川のように流れていた。カール五世〔カルロス一世〕への報告書のなかでコルテスは誇らしげに三〇〇〇人の死者が出た、と述べている。おそらくは、その二倍の人数が犠牲になったと思われる。

近隣の部族の驚愕がまだおさまっていない二週間後、コルテスは行軍を再開した。それから数日して、火山ポポカテペトルの支脈に沿って進む一行の目に、耕作された平原、木が生い茂る丘、テノチティトラン――アステカのヴェネツィア――の青い湖が映った。数日後には、赤痢のための腹痛、高度な文明から判断して前代未聞の権勢を誇ると思われる敵と対面する恐怖、ホームシックにむしばまれた部下たちの士気の低下は、過去の想い出となろう。数日後、自分たちはアメリカでもっとも強大なインディオの帝国の首都に勝者として入るのだ。もしかしたら、戦わなくてもすむかもしれない……

脱げ落ちる偽善の仮面

危機は、だれが気骨のある人間であるかを明らかにしてくれる。残念ながら、モクテスマは気骨をもちあわせていなかった。アステカ帝国とその文明は永遠に続くと聞かされて育ち、テノチティトランの盆地をとり囲む高い山々を外国の軍勢が越えることはあるまいと確信し、自分の玉座を守るために戦わねばならぬ事態など決して起こらないと慢心していたモクテスマは、絶望にくれた。王宮に閉じこもり、食事もとらずに神々にひたすら祈りを捧げた。毎日のように神託を求めたが、神々が沈黙を保ったのでなおのこと苦悩が深まった。驕《おご》りや矜持《きょうじ》に駆られることがあっても、長続きしなかった。彼は大諮問会議の面々を前にして、古代ギリシアの英雄ばりの、固い意志をにじませた勇ましい熱弁(「戦いに参加したり、逃げ出したりするには弱すぎる年寄り、病弱者、女、子どもの運命を思うと胸が痛む。わたし、そしてわたしをとりまく律儀な人々は、上半身裸となり、嵐に立ち向かわねばならない。わたしたちにできるかぎり」)をふるったのと同じ日に、甥のカカマツィンをコルテス一行の露払い役として遣わし、テノチティトランまでつつがなく通行できるように手配させた。またしても、まわりくどいやり方、一貫性の欠如、断固たる決断をくだして貫徹する能力の欠如…

カカマツィンは、スペイン軍勢が宿営していたアヨツィンコに威儀を正して到着した。あいさつと贈り物の交換をすませたコルテスは一行をひきつれ、チャルコ湖とソチミルコ湖をへだてる、石と石灰でできた幅広い土手道の上を歩んだ。土手道の両側には、好奇心に駆られた現地人を乗せた丸木舟が何百と浮かび、コルテスの隊列を追いかけるように湖上を進んだ。これら見物人には敵愾心《てきがいしん》などなく、不思議そうに異人たちを眺めていた。動物園の珍獣であるかのように。テノチティトランは徒歩であと数時間の距離にある。

一五一九年一一月八日、少数の騎兵をふくむ四〇〇名のスペイン人、そしてアステカ帝国内を進むにつれて徴集した補助兵たちの先頭に立ったコルテスは、都テノチティトランとその郊外を切り離す木製の小さな跳ね橋をわたった。賽《さい》は投げられた。スペイン人らは、自分たちの背後で、この壮麗な首都の「入り口の扉」が閉じられたのを知った。この都は彼らの墓場となる、さもなくば、彼らの勝利の証人となる。

突然、地平線に土ぼこりが舞い上がり、一行は歩みを止めた。何十人もの男たちが地面を掃きながら近づいてきた。彼らの後ろには、富裕な貴族たちがかつぐ鈍い色の金の輿《こし》にのったモクテスマがいた。モクテスマは輿からおりると、君主の足が汚れてはならないので木綿のカーペットを地面に敷きつめる奴隷たちを先に歩かせながら、コルテスのほうに向かった。彼が通ると、まわりに集まっていた住民は全員、視線を落とすか、うやうやしくひれ伏した。モクテスマは貴石と真珠をちりばめたマントとサンダルを身につけ、頭の上ではカラフルな羽根飾りがゆれていた。短い髭、やや長めの黒髪、青白い肌、尊大な態度、なんの感情も——恐怖も、称賛も——浮かべていない目つき。

「あなたがモクテスマですか?」とコルテスはたずねた。「いかにも」とモクテスマは答えた。

二人は装身具とガラス製品を交換した。コルテスはその前に、モクテスマの首に色つきガラス玉の首飾りをかけようとしたが、何人かのアステカの首領に止められた。神聖な国王の玉体《ぎょくたい》にふれる権利はだれにもないのだ、ということがコルテスにもわかった。モクテスマはこの無礼をいっこうに気にせず、用意させた宿営地に落ちついたらどうか、と奨めた。それは、都の中心にある、軍神に捧げられたピラミッド形の大神殿に面したアシャヤカトル宮殿であった。モクテスマが暮らす王宮もすぐ近くにある。一同がおちついたのち、コルテスは宮殿のすべての入り口に歩哨を配備し、城壁の上に何門かの大砲をならべ、大広場に向けて発射できるようにした。用心するにこしたことはない。コルテス本人が後年《こうねん》述懐しているところによると、表敬訪問にやってきたモクテスマは「あなた様はご苦労なさいましたが、こうしていま、ご自身の町に到着なさいました」とコルテスに述べた。日暮れに、空砲が鳴りひびいた。現地人の迷信深さを計算に入れたコルテスは、自分は空から雷を落とすことも、これまでは周辺の火山のみが可能であった噴煙をあげることもできる、と誇示することで、住民と役人たちを大いに驚かしてやろうと考えたのだ。

翌日、今度はコルテスがモクテスマを王宮に表敬訪問した。王宮は、白と赤の石目が入った黒い石で築かれ、大理石で飾られていた。入り口の大門の上では、オセロットを爪でつかんだ鷲の彫刻があたりを睥睨《へいげい》していた。モクテスマは二階で暮らしており、住棟には召使い、執事、料理人、会計士たちが住んでいた。葦《あし》を編んで作った莫蓙《ござ》のうえに座っているモクテスマに、コルテスはキリスト教の宇宙論を説明し、邪宗が認めている人間の生け贄は野蛮であり、すべての人間が兄弟であると認めるべき文明にふさわしくない習慣である、と伝えようと試みた。モクテスマは懐疑的で、悲しみとあきらめのどちらともとれる表情を浮かべた。そして、自分が信仰する神々はつまるところ、スペイン人の神々と同じように価値があると強調しつつ、「あなたの望みが尊重されるように配慮しましょう。私自身の望みであるかのように」と述べて、自分の権力をコルテスにゆずってもよい、すくなくともコルテスと共有してもよい、と匂わせた。しかし、人の心理を読む能力に長《た》けたコルテスは、モクテスマの優柔不断で躁鬱《そううつ》質な性格を鋭く見ぬいた。モクテスマのあきらめきったような発言も、暇乞《いとまご》いしたときにちらりと見えた（と思われる）モクテスマの頬をつたう涙も、自分の勝ちを確約するものではない、と感じた。すくなくとも、まだいまのところは。

二人のあいだの緊張が一段と高まったのは、都の中心にあるウィツィロポチトリ神殿を訪問したときであった。コルテスがかんちがいして「セビリャの大聖堂よりも高さがある」とみなしたこの神殿には、アステカの神々や偶像が祀られている聖所がいくつもあった。うながされてこれらの聖所の内部に足をふみいれたコルテスは、血で赤く染まった壁、胸が悪くなるような臭い、貴石をはめこんだ何十もの異教の小立像に対する嫌悪感と怒りを隠すことができなかった。彼は、こうした野蛮な風習を激烈に批判し、この場に十字架をすえ、聖母マリアに捧げる礼拝堂を建てる許可を出すよう、モクテスマに求めた。これを聞いて、今度はモクテスマが怒りを爆発させた。「あなたがこのように無礼な言辞《げんじ》を弄《ろう》するとあらかじめわかっていたら、わたしの神々を見せることはなかったものを。建国いらい、わたしたちを勝利に導いたのは、これらの神々であり、健康と雨をもたらしているのもこれらの神々です。ゆえに、わたしたちはこれらの神々を祀り、生け贄を捧げなくてはならないのです。これ以上、わたしの神々の悪口を言うのはやめていただきたい」。以上の短かいが激しいやりとりのあと、二人は別れた。最初の出会いから二人がかぶっていた偽善の仮面が脱げ落ちた。戦いの火蓋が公然と切って落とされた。まだ不明だったのは、どのような戦いになるかであった。それは、すぐに明らかになった。

それからというもの、アステカ人とスペイン人の関係は悪化の一途をたどった。スペイン人将官にあてがわれたアステカ人の召使いたちの態度は無礼になり、大市場の商人たちがカカオ、トウモロコシ、唐辛子、履き物、蜂蜜、魚、蛙、鴨をスペイン人に売ることを拒否することが多くなった。自分たちの力と優越性を見せつけないとモクテスマと首都の住民が増長するかもしれない、と危惧したコルテスは、実力行使が必要だと考えた。ベラクルスの駐屯地がインディオたちに襲われ、複数の兵士が殺され、そのうちの一人――アルグエージョという名前だった――が生け贄にされたと聞いたとき、コルテスは運命が自分にほほえんだと感じた。これは、行動を起こす口実として理想的だ。すぐさま、そして手荒く。

王宮でモクテスマにお目にかかりたいとの要望を出したコルテスは、最強の部下三〇人をひきつれて姿を現わした。うわべだけの外交辞令の交換――モクテスマは、娘の一人とコルテスの縁組みを提案した――のあと、コルテスはベラクルス襲撃に対する怒りを表明し、下手人の引き渡しを求めた。モクテスマは、自分はこの件と無関係であると熱をこめて弁明したのち、襲撃の首謀者であるクアウポポカをつれてくるために使者を送り出すよう命じた。ここでコルテスはいちかばちかの賭けに出た。断固とした冷たい声でモクテスマに、モクテスマ本人がコルテスにあてがった宮殿で暮らすことを求めた。クアウポポカと共犯者たちがつれてこられ、裁判を受けるまでの措置である、と説明して。モクテスマは驚愕した。自分があれほどおそれていた、王たる者の気骨を示すべき瞬間がとうとうやってきたのだ、と理解した。今度はモクテスマが声を荒げる番であった。「わたしのような偉大な君主が異人の捕虜となるために、進んで自分の王宮をあとにする、といった話は聞いたこともない。わたしは、だれかの捕虜となるような者ではない。わたしが受諾しても、国民は納得しないだろう」。コルテスが「捕虜」という不適切な表現に憤慨したふりをして、自分の高潔な意図を誤解しないでほしいと抗議していると、コルテスに仕える騎兵の一人、ベラスケス・デ・レオンががまんできなくなって割りこんできた。密集した黒い髭を生やしたこの大男は、雷のような大声で「この野蛮人とこれ以上、話しあって何になるのですか？われわれはもう引き返せないところまで来てしまった。こやつを引っとらえましょう。もし抵抗したら、胸に剣をつき刺してやるのです」と言った。こうして、コンキスタドールたちは平和のルビコン川を渡ってしまった。部屋はスペイン人によっておさえられていたので、モクテスマにもはや選択の余地はなかった。自分の命は犠牲になるかもしれないが、アステカ民族の名誉を守るためにはすべきことはただ一つ、自分の衛兵たちに助けを求めつつ、みずから戦うことだ。一対三〇では自分は死ぬかもしれないが、君主が犠牲になったことを知って国民は立ち上がるはずだ…。だが、モクテスマはこの選択肢を放棄し、情けないことに、自分の息子と二人の娘を人質に差し出すことを提案した。これが拒否されると、頭《こうべ》をたれ、自分の王宮を去り、スペイン人が宿舎としている宮殿におもむくことを受け入れた。これっきり、彼が王宮に戻ることはない。

輿《こし》を用意しようと提案されたが不要と答えたモクテスマは、スペイン人に囲まれたまま徒歩で王宮を通りぬけた。この奇妙な光景を目にすると、王宮近辺の住民が数多く集まり、国王の解放に立ち上がろうとした。だがモクテスマが思いとどまらせた。「ウィツィロポチトリ神におうかがいをたてたところ、健康のためにスペイン人たちのところで暮らすがよい、とのお告げがあった」と説明した。群衆は安心し、ちりぢりとなった。アステカ人が自分たちの正統な君主のために武器をとって侵略者に抵抗する最後のチャンスが消えさった。

終わりのはじまり

その後の数か月、モクテスマの失墜は早まるばかりだった。侵略者たちの大胆不敵に茫然自失となった都の住民は、自分たちの君主を救出するための行動に出なかった。だれもが国王は捕虜となったと理解した。こうなるとわかっていながら国王がしおしおとスペイン人らに従った経緯は、臣民に大きな衝撃をあたえた。比較的短いアステカ帝国の歴史においてはじめてのことであったが、数か月前まで神々の「腰かけ、笛、顎、耳」として神々の名で語りかけていた人物、ただただ畏怖と崇敬の対象であった人物の名を口にするとき、人々は軽蔑――おそらくは屈辱感も少し混じっていた――をあらわにした。

モクテスマはいまだに国王であったが、彼に残されているのは国王の肩書きのみだった。彼の日常は、ぜいたくな囚人のそれであった。一日に二回、風呂に入り、正妻たちにくわえて、高貴とはよべぬ評判の女たちの訪問を受け、鷹狩りや湖上の船遊びに興じ、星を観察し、金の腕輪を使って輪投げを楽しんだ。本音をいえば、彼はこの状況に満足していたのではないだろうか？テスココ王である甥のカカマツィンが救出作戦を練ったとき、彼はこのことをスペイン人らに密告し、甥から王族の肩書きを剥奪した。甥が自分の解放を画策するのは、その後に、国王の務めを裏切ったとして自分を排除するためである、と見ぬいたかのように。カカマツィンは鎖につながれてベラクルスに送られたが、コルテスの将官たちは彼をテスココにつれていき、この都市にたくわえられた黄金の全量を引き渡させた。黄金のありかを白状させるため、スペイン人らはカカマツィンを杭《くい》にしばりつけ、薪《たきぎ》の燃えさしで少しずつやけどを負わせる拷問をくわえた。

アステカの王権はいまや紙きれ同然だった。モクテスマが行動を起こすごとに、彼の権威は少しずつ失われた。一五二〇年一月のある朝、彼はすべての封臣を集め、スペイン国王への臣従を求めた。「神々はいまのところ捕囚の身のままでとどまれ、とわたしに求めている」というのが理由だった。

むろんのことだが、各封臣がもつ莫大な量の金をコンキスタドールたちに提供することも、封臣の義務のうちにふくまれていた。かくしてアステカ人はカール五世［カルロス一世］の臣民となった。

ついに、ベラクルス駐屯地襲撃の首謀者がコルテスのもとにつれてこられた。モクテスマにとって困ったことに、「国王の命令にしたがって襲撃した」とクアウポポカは自白した（スペイン人らが拷問によって引き出した自白だったと思われる）。クアウポポカは、大広場で死刑に処された。観衆は驚きのあまり口もきけず身動きもできなかった。この日、民衆の叛乱をおそれたスペイン人らによってモクテスマは鎖につながれた。無用な心配だった。アステカ人は、彼らの君主と同様に気力が失せていた。あきらめきって、服従していた。さらには、キリスト教への改宗が進んでいた。弱々しく抵抗したのち、モクテスマは生け贄の廃止を受諾し、コルテスはこれまでの聖所を破壊して、跡地に教会や礼拝堂を建造するの止めようともしなかった。

コルテスにとっての危険は、テノチティトランの内部ではなく、アステカ帝国の東海岸から姿を現わした。武器を搭載した約二〇隻の船がベラスケス近辺に投錨したのだ。この艦隊を派遣したのは、コルテスがあげた華々しい成果をねたんだキューバ総督のディエゴ・ベラスケスだった。ベラスケスは、キューバ時代からコルテスと反目しあっていたパンフィロ・デ・ナルバエスに何百人もの兵士をたくし、自分にもメキシコの富の分け前にあずかる権利があることをコルテスにわからせようとしていた。

コルテスは部下のアルバラドにテノチティトランの留守番をまかせ、兵士七〇名をひきつれて敵との対決に向かった。この七〇名がもっとも優秀な兵士であったことは、自分が不在のあいだにテノチティトランで叛乱が起きることなど心配していなかったことの証拠だ。強行軍で急いだコルテスは、植民地建設のためにチョルーラにいたベラスケス・デ・レオンが提供する一二〇名の兵士、トラスカラ人の補助兵、コルテスに仕えるもっとも有能な部隊長の一人であるサンドバルが指揮するベラクルス駐屯地の兵士約六〇名、そして…ナルバエスの軍の脱走兵をくわえて陣容を充実させ、敵に襲いかかった。鮮やかな勝利であったが、コルテスは喜んでいられなかった。思っていたのとは異なり、アステカ人たちはコルテスの不在をチャンスととらえて占領軍に対して立ち上がったのだ。これがすくなくとも、テノチティトランからとどいたメッセージが意味するところだった。真実は異なった。留守をまかされたアルバラドは、トシュカトル［アステカ太陽暦の五番目の月。この月に、人間の生け贄をともなう、テスカトリポカ神の祭祀が行なわれた］の祭祀の日にアステカ貴族が武力闘争を起こす陰謀をたくらんだ、との口実で、首都中心部で住民を虐殺、掠奪を働いた。翌日、住民は武器を手に、スペイン人の兵営へと向かった。自分たちの国王からはなにも期待できないとわかったアステカ人たちが、ついに占領軍に対する武装蜂起に立ち上がったのだ。

コルテスが帰還するまで、アルバラドはスペイン人らが逃げこんだ宮殿を防衛しようと努めたが、地元のすべての有力者と一丸《いちがん》となった住民たちの決意にたじろいだ。住民らはスペイン人宿営地の周囲に巨大なバリケードを築いた。こうしたはじまった封鎖は三週間続いた。一五二〇年六月二四日、攻囲されていた宮殿のまわりからインディオたちの姿が忽然《こつぜん》と消えた。わな？いや、馬鎧を着た馬にまたがったコルテスが、一三〇〇人もの兵士と一〇〇頭ほどの馬を率いて威風堂々と戻ってきたのだ。ナルバエスに勝ったことで、彼の兵力は強化された。コルテスの二回目のテノチティトラン入城は、ローマ時代の将軍の凱旋さながらだった。

コルテスはアルバラドが血気に逸《はや》りすぎで愚かな行動に出たと察し、叱りつけたのち、新鮮な食料品を調達するために兵士たちを市内に走らせた。むだ足であった。人の姿が消え、静まりかえったテノチティトランは息をするのを止めたようだった。食料品のかわりにもたらされたのは、不穏な情報であった。アステカ人たちはクイトラワク［モクテスマの弟］を新たな指導者に選び、テノチティトランの橋をすべて引き上げ、アシャヤカトル宮殿を攻撃する態勢を整えていた。大砲がすぐさまならべられ、腰布をまとっただけで、武器は弓、石、斧というアステカ人の最初の大群に向かって火を噴いた。一斉射撃によって何十人という単位で倒されながらも、彼らは攻撃のスピードをゆるめることなくつき進んだ。アステカ人の勇気には、スペインの古参兵たちも敵ながらあっぱれと感心した。フランスやトルコに対する戦役を体験したが、これほど勇猛な戦士を見たことがない、と。コルテスはやがて、砲火の死角に密集しておしよせてくる敵を蹴ちらかすため、騎馬隊を出撃させた。この反撃のさいに、彼自身も左手に軽症を負った。

不名誉と死

その間、モクテスマは何をしていたのだろうか？　占領軍に対するアステカ人の戦いを自分以外の者が指揮していると知ってひどく気持ちを傷つけられたモクテスマは当初、コルテスに懇願されても仲介役をつとめることを拒否した。「わたしの望みはただ一つ、死ぬことだ。あの者［コルテス］の言いなりになった結果がこれだ」と嘆いて。しかし、彼にありがちなことだが、こうした威勢の良さ、自尊心のほとばしりと思えるものは、長続きしなかった。熾烈な市街戦がはじまって一週間たったのち、彼は引きこもりを止め、沈黙を破ることに同意した。一人の司祭から、「スペイン人たちは疲弊しており、安全を保証してくれるのであればテノチティトランを去ることを受け入れる」と言われてこれを信じたモクテスマは、エメラルドをちりばめた青と白のマントをはおり、黄金のサンダルを履き、王冠をかぶり、アステカ国王の象徴である金の杖をもち、宮殿の城壁の上に立った。大広場には武装した臣民が集まっていた。モクテスマの目に、自分の一族のメンバー複数がいちばん手前にいるのが映った。アシャヤカトル宮殿の城壁の前に押しかけた何百人ものアステカ人は、王への恭順が習い性となっていたため、モクテスマの姿を見るとだれもが怨みを忘れ、反射的にひれ伏した。モクテスマは口を開いた。それは、彼がいかに小心者で、現実が見えていないかをあますことなく物語る演説であった。

静まりかえった群衆に向かって最初に発した言葉は「そなたたちは君主が捕虜であると思い、救出しようと思っているのか？」であった。「そのように考えているとしたら、そなたたちはあっぱれな行動をとったことになる。だが、それは誤解である。わたしは捕虜ではない。わたしはほかならぬみずからの意志により、彼ら［スペイン人］のところにとどまっているのであり、自分の好きなときに彼らのもとを去ることができる。家路につくがよい！　武器をしまうのだ、そうしたらわたしの友であり、わたしの客人である白人たちは自分たちの国に戻り、テノチティトランの城内ではすべてがもとどおりになる！」

「わたしの友人たち」だって？　国王の「友人たち」だって？　この一週間というもの、勇猛なアステカの戦士が何百人もスペイン人の弾やサーベルで殺されているのに、自分たちの君主は臣民を殺した者たちを「友人」とよぶのか？　やがて、驚きが怒りに置き換えられた。モクテスマの甥〔もしくは従弟〕、クアウテモックが最初に反応したのに続き、群衆は一斉にあざけりの言葉（「白人たちはおまえを女に変えた！　いまやおまえに向いているのは、糸紡ぎだけだ！」）と、ありとあらゆるもの（あるスペイン人は「石、矢、槍、棒が降りそそいだ」と伝えている）をモクテスマに投げつけた。スペイン人は盾をかざして彼を守ろうとしたが遅すぎた。三個の石が彼にあたり、そのうちの一個は頭を直撃した。彼はその場で倒れ、宮殿内に運ばれた。われに返った群衆は、神と崇めていた君主を傷つけるという冒涜を犯したことに恐怖をおぼえて大広場を去った。

モクテスマは即死しなかったが、これ以上生きていて何になろう？　戦おうとしなかったためにスペイン人に敗れたうえに、臣民から荒々しく拒絶された。もはや、この世になんの未練もなかった。彼は、自分の「友人たち」、「客人たち」があたえようとした治療をこばみ、何度も巻かれた包帯はすべてむしりとり、のませようとした薬は吐き出し、いっさい口を開かなくなった。すくなくとも、彼の最期は、その前の数か月と比べて不名誉なものではなかった。オルメド神父が説得につとめたが、モクテスマは、スペイン人が自分の王国を征服する口実としたキリスト教の神に死の床で帰依することをこばんだ。彼がいまわの際にコルテスに頼んだのは唯一、「わたしのもっとも貴重な三つの宝石」

である三人の娘の面倒をみてほしい、であった。

一五二〇年六月三〇日、モクテスマ二世は在位一八年目で息を引きとった。享年五四歳であった。遺体はテノチティトランに埋葬されたが、その死が約一年の差でアステカ帝国の終焉——テノチティトランの叛乱は最終的に一五二一年八月に鎮圧される——と重なる君主の墓がどこなのかを記録する必要があると思った者はだれもいなかった。彼の運命の、きわめつけに残酷な象徴である。ドミニコ会修道士のディエゴ・ドゥランは次のように述べている。「彼の最期は醜悪で惨憺たるものであった。彼の埋葬のさいに、彼のことを語る人も、嘆く人もいなかった。それどころか、墓一つ作られなかった。大地をゆるがせ、その名前を聞いただけで人々が震えあがった人物であったのに」

望まずして権力の頂点に立ったモクテスマ二世は、運命があたえた試練をのりこえることができなかった。不幸を目の前にして、彼は硬直状態におちいって身動きがとれなかった。蛇ににらまれた鳥のように。アステカ王朝のエンブレムである鷲は蛇をおそれないのだが…。彼は、自分の地位と責任にふさわしい器量を示すことができなかった。

彼の死は、スペイン帝国が支配するアメリカの黄金時代の幕開きを告げた。コルテスはその後、新たな宝を求めて北に向かったが、彼に続くほかのコンキスタドール（ピサロ、アギーレ、アルマグロなど）が、原住民を従わせ、必要であれば抹殺し、これまでにだれも見たこともないほどに広大な領土を征服した。彼らの権力が過大となるのを防ぐため、スペインは総督が統治する副王領（ヌエバ・エスパーニャ[7]、ペルー[8]、そして一八世紀にはヌエバ・グラナダ[9]、リオ・デ・ラ・プラタ[10]）を作り、スペイン王家のために現地の富の掠奪と搾取を行なう行政組織を整備した。スペイン王政のためだけに。スペインに実際に金《きん》がもたらされただけに、スペインの黄金時代という名称が正鵠《せいこく》を射ている期間は、一〇〇年間も続く。カール五世［カルロス一世］からフェリペ四世までの時代である。

原注

1　モンテスマもしくはモテクソーマとよばれることもある。
2　二世紀前から、トラトアニ（アステカ王国の軍事と祭祀をつかさどる最高位の者、すなわち君主）は王国の数名の高位貴族によって選ばれていた。王族のうちから一人を選ぶのだが、年齢、世代、直系といった継承順位を決める基準はなかった。
3　カンクン市の近く。
4　現在のドミニカ共和国とハイチからなる島。
5　侵略者たちの言葉を理解できなかった現地人は、「あなたが何を言っているのかわかりません」を意味する「ユクアクカタン」を何度も口にした。スペイン人たちはこれをユカタンと聞き違え、ここの地名だと誤解した。
6　中南米の多くの文明は以前より人間の生け贄を実践していた。しかし、アステカ文明圏はこの伝統を発展させて、大量虐殺のレベルにまで発展させた。元来は、宇宙の再生をはかる手段として、神々に血を供物として捧げていたのだが、やがて人間の生け贄は権力の道具としても使われるようになった。神々に喜んでもらうという口実で、敗者となった敵の体を祭壇に捧げることは、生かしておいては危険な捕虜をかたづけると同時に、潜在的なライバルを怖がらせるのに有効な手段であった。大がかりな演出をほどこした生け贄の儀式は、劇場型社会の反映でもあった。民衆は儀式を楽しむのと同時に、自分たちの指導者層にいかに権勢があるかを知って安心した。

7　コルテスが征服した土地に、中米の残りの全地域、ベネズエラ、現在のテキサス州、アリゾナ州、カリフォルニア州、ニューメキシコ州をくわえた領土。

8　ここには、南米のほぼすべてがふくまれる。ポルトガルが征服したブラジルの東部、ベネズエラだけが例外。

9　現在のコロンビア、エクアドル、ベネズエラ、パナマに相当。

10　アルゼンチン、ウルグアイ、ボリビア、現在のブラジルおよびチリの一部。

参考文献

Bartolomé Bennassar, *Cortés, le conquérant de l'impossible*, Payot, 2001.

—, *Le Siècle d'or espagnol*, Perrin, coll. « Tempus », 2017.

Hernán Cortés, *La Conquête du Mexique*, La Découverte, 1981. エルナン・コルテス『コルテス報告書簡』（伊藤昌輝訳、岩波書店、二〇一五年）

Bernal Diaz del Castillo, *Histoire véridique de la conquête de la Nouvelle-Espagne*, La Découverte, 1987. ベルナール・ディーアス・デル・カスティーリョ『メキシコ征服記』（小林一宏訳、岩波書店、一九八六年）

Jean Descola, *Les Conquistadors*, Tallandier, coll. « Texto », 2017.

Christian Duverger, *Cortés*, Fayard, 2001.
—, *Les Origines des Aztèques*, Seuil, 1983.
Michel Graulich, Montezuma : *l'apogée et la chute de l'Empire aztèque*, Fayard, 1994.
José Lopez-Portillo, *Quetzalcoatl*, Gallimard, 1965.
William H. Prescott, *La Fabuleuse Découverte de l'Empire aztèque*, Pygmalion, 1991.
—, *La Chute de l'Empire aztèque*, Pygmalion, 1992.
Jacques Soustelle, *La Vie quotidienne des Aztèques à la veille de la conquête espagnole*, Hachette, 1955.
Hugh Thomas, *La Conquête du Mexique*, Robert Laffont, coll. « Bouquins », 2011.

第6章 ギーズ公アンリ一世　神に従い、王に反して

ギーズ公アンリ一世はすべてをもっていた。戦場での勇猛さ、教養、押し出しのよさ、魅力。欠けているのは王冠だけだった。ギーズ公爵家は何代にもわたって王位を夢み、婚姻によって玉座は近いと思われた。しかしギーズ公は「血統親王（プランス・デュ・サン）」、すなわち聖ルイ王の子孫にはあたらないため、彼の王位希求は挫折する運命にあった。とくに、カトリック同盟（ラ・リーグ）との連携を強め、「平和的」な権力掌握ではなく、プロテスタントとの全面戦争を選んだことが彼の敗因となった。「真の信仰（カトリック）」への義務を怠ったとして、国王アンリ三世に対するカトリック側の反発をあおったことは、自身の死刑判決に署名したのも同然であった。

王宮となってすでに百年がたつブロワ城は、ルイ一二世とフランソワ一世の手で新たなフランス芸術の象徴となっていた。従来のゴシック様式に、フランス軍がミラノ、ナポリ侵攻からもち帰った装

飾的なイタリア様式がとりいれられたのである。フィレンツェ出身で、フランソワ一世の息子にあたるアンリ二世に嫁ぎ、フランソワ二世[1]、シャルル九世[2]、アンリ三世[3]という三人の国王の母となったカトリーヌ・ド・メディシスは、この城の三つの庭園にことのほか心をそそいでいた。

ヴァロワ朝最後の王となるアンリ三世は、静けさと清澄な空気で知られ、ロワール渓谷の宝石とよばれたこの城をひんぱんに訪れた。しかし一五八八年五月以来、アンリ三世は自分の意思ではなく、やむをえずここに滞在していた。「バリケードの日」事件が起き、カトリック的・使徒的・ローマ的なカトリック同盟の旗印のもと、市民が結集したパリからのがれざるをえなかったのである。パリ市民は「異端」たるプロテスタントへの反対闘争の急先鋒だった。パリ市民は国王がユグノー［プロテスタント］に対して弱腰で融和的であるとして敵視していた。

一五八八年一二月一八日のこの夜、やはりルネサンス様式の壮麗な城館、シャンボール、ロシュ、ヴィランドリーのすばらしさを、自慢げに比較する気持ちに王がなれなかったであろうことは容易に想像できる。劇的な緊張が高まっていた。国王は二人の男の暗殺を決意した。フランスでもっとも有力なギーズ家の当主であり、憎むべきカトリック同盟の領袖であるギーズ公アンリ、そしてその弟のギーズ枢機卿という二人である。「陛下が彼らを殺さなければ、彼らが陛下を殺すでしょう。彼らは最強の敵です。お命じくだされば、われわれが手をくだします」。配下の貴族たちはそう進言した。フランス王国にはアンリという名の邪魔者が一人いた。国王のアンリ、もしくはギーズ公アンリのどちらかが排除されねばならない。

戦闘で顔に受けた傷から「向こう傷のギーズ」とよばれたギーズ公アンリは、どこに行くにも武装した護衛をつれていた。しかしブロワ城の二階にある国王の控えの間（それは政府機能を果たす国務会議の場でもあった）におもむいたときばかりは、護衛はつれていなかった。武器は階段の上に置くのがしきたりだったから、そうするしかなかったのである。

降誕祭前に処理せねばならない急務があるとの口実で、王は一五八八年一二月二三日の早朝に参集するよう、おもだった評定官たちに招集をかけた。表向きは国務会議のためだが、実際は闇討ちであり、国王親衛隊である四十五人隊が準備したものだった。ガスコーニュとラングドック出身の貴族たちからなるこの部隊は、国王のためには命さえおしまぬ忠誠心をもっていた。控えの間の三つの扉のうち、二つは逃亡を防ぐため鍵をかけられた。四十五人隊の主力は鹿の間とよばれる隣接した回廊に集結し、残りの兵たちは二階に待機し、いつでも国王の居室に駆けつける態勢をとった。

決行当日の午前四時、従僕がアンリ三世を起こした。王は段取りを確認し、襲撃に参加する者たちの決意がゆらいでいないことを確認してから、ミサに参列した。七時、ミサが終わる頃、ギーズ公がブロワ城にやってきた。この男には堂々たる態度、優雅さ――政敵たちはこれを傲慢さとよんだ――がそなわっており、それは終生変わることがなかった。しかし、この日にかぎって、そんな態度をひかえるべき理由は山とあった。数日前から、彼は警告を受けていた。何者かがナプキンの下に伝言を差し入れたり、邸宅に文書が投げこまれていたりした。ギーズ公の母も、従兄弟のエルブフ侯ルネも、命にかかわるからただちにブロワ城を立ちのくよう懇願した。「そこまでするまい！」公はそのたびに言って、警告を一笑に付した。銃弾の嵐や敵の剣戟にさらされてきた歴戦の勇士が、悪い噂にいちいちひるんでおられようか。ゆえに彼は最後の夜を、愛人ノワールムティエ侯爵夫人シャルロット・

ド・ソーブの腕でのなかですごしていた。彼女も、くれぐれもご用心なさいませ、とかき口説いたのだが。

王の権威回復のための殺人

こうして一二月二三日朝、ギーズ公は大階段をのぼって国務会議の行なわれる会議室へと向かった。ほかの評定官たちにあいさつしたが、そのなかには実弟のルイ枢機卿や、友人であるリヨン大司教もいた。この少集団は、国務卿が議題を告げに来るのを待った。やがて国務卿が現れた。いつもと変わらぬ光景だった。会議がはじまった。議題が読みあげられた。国王は旧執務室から、ギーズ公に会いにくるよう命じた。ギーズ公は承知し、親衛隊に囲まれて入ってきた。扉が開かれ、そして閉じられた。室内には、いつにもまして大勢の親衛隊がひかえていた。向こう傷のアンリはただちに事情を理解したが、もはや手遅れだった。「ある者は両腕をつかみ、ある者は公の剣や短剣をとりあげ、一人が公の首に切りつけた」と、カトリック側が出版した『兄弟の殉教』と題した冊子に、無名の作者が記している。弟のルイ枢機卿は助けを求める叫び声を聞き、国王の居室に急いだが、ただちに逮捕され、翌日、処刑された。

二メートル近い長身のギーズ公は、襲撃者のうち四人をなんとか投げ飛ばした。しかし三〇人もの男たちが剣をふり下ろすなかで、何ができるだろう。彼は末期の怒声をあげた。「諸君！　なんという裏切りだ！」暗殺が完了するや否や、王が現れた。右目と鼻のあいだに瘻孔があるので、すぐその人とわかる。ひげも髪も白くなっている。頬はこけている。三六歳にして、すでに老人のようだった。細身だが体格はしっかりしていて、当時の基準からすると長身（一メートル六八）であったが、そこに倒れている大男とは比べるべくもなかった。ダビデがゴリアテに勝利したのだろうか？

国王は死せるギーズ公の腹と首、そして生前は「美男」と称された顔を足でふみつけると、虫歯をむき出しにして叫んだ。「もはや二人ではない。わたしが王だ！」そしてこうつけくわえた。「こやつは、生きていたときより死んでからのほうが大きく見える！」

この発言はまちがいなく後世の作り話であろうが、歴史に残るセリフとなった。ただしこれがギーズ公の体格のことを言ったのか、それとも能力のことを言ったのかははっきりしない。アンリ三世は「わたしの権威を傷つけようとする者はだれであれ、わたしがどのような態度に出るかを、この事例から知るであろう」と言ったとも伝えられるが、こちらのほうが本当だと思われる。屈辱を受けた男の復讐ほどおそろしいものはないのである。

アンリ三世には、もはやライバルがいなくなった。解放されたのである。彼はこれまでずっと、だれかの陰に隠れて影が薄かった。四半世紀前、兄の国王シャルル九世は彼をうとんじ、フランスに「二人の王はいらない」と言って、別の国の王となることを勧めた。そしてアンリは母カトリーヌ・ド・メディシスの人脈のおかげで、ポーランド貴族から国王に推挙された。カトリーヌは三人の息子全員を王にしたいと望んでおり、持参金を期待できる花嫁との政略結婚にかけては、ならぶものがない仲人だった。アンリ三世のポーランド王在位はほんの数か月だった。兄が早世し、王位を継ぐべくパリに戻らなければならなかったのである。憂鬱に沈んでいたポーランドの生活からは解放されたが、今度はさまざまなものに束縛されることになった。何ごとにも口を出す母親、復讐心に燃えるユグノーたち、そして決闘好きですでに王様気どりのギーズ公を領袖に戴く、闘争心に燃えるカトリック勢力。これについては後であらためてふれることとしよう。

ともあれ、こうして一五八八年の降誕祭直前に奇跡が起きた。アンリ三世は「国家の一撃（クーデタ）」ならぬ「陛下の一撃（クー・ド・マジェステ）」をなしとげたのだ。彼はもはやばかにされ、笑い者にされる「トランプの王様、紙の王様、豆の王様［公現祭に豆の入ったケーキがあたった人をその日の王とする習慣がある］」ではない。彼は、神秘主義者と見えるほど敬虔であったが、その信仰さえもからかいの対象となり、ギーズ公の妹モンパンシエ公妃などは、アンリ三世が修道院に隠棲するなら自分が彼を剃髪する、と公言していたほどだ。

家族の問題

ヴァロワ家のアンリ三世はギーズ公アンリを「モン・クザン［文字どおりの意味は「わたしの従兄弟」だが、この場合は、国王が他国の王や自国の王族や大貴族にあたえる称号］」と親しみをこめてよんだが、一貫して警戒心をいだいていた。「彼はいつも人を傷つけ、どこに行っても主人になりたがる」と、王妹のマルグリット・ド・ヴァロワもこぼしている。ヴァロワ家の兄弟とギーズ公は、ともにルイ一二世（一四六二―一五一五）を祖父にもち、遠い近いの程度の差はあれ、何世代にもわたって両家のあいだに結ばれた婚姻を絆とする親戚同士であった。

領地ピカルディにちなんだ名をもつギーズ家の初代はクロード[4]（一四八四―一五五〇）である。彼は一一世紀にアルザス家のジェラールが興したロレーヌ家の直系だった。ロレーヌ家は五世紀にわたり、ブルゴーニュ公国、神聖ローマ帝国、フランス王国にはさまれた立地条件に苦しめられ、最終的にはフランスと同盟を結んだ。ただし、この同盟には対価がともない、アンジューとプロヴァンスはフランス国王に献上せざるをえなかった。それ以来、ギーズ家はたえずこれらの土地の権利を主張しつづけた。

クロードはギーズ家で最初にフランス人となったが、政敵たちからはつねに「外国人」扱いされた。その出世ぶりは驚くべきものだった。ルイ一二世の国務会議のメンバーとなり、次いで王の献酌侍従長に任じられた[5]。すぐれた軍人であるクロードは、フランソワ一世に同行したマリニャーノの戦い（一五一五年）でめざましい働きを示し、神聖ローマ皇帝カール五世の軍隊と対決したオンダビリアの戦い（一五二一年）にも勝利し、その功績により公爵に叙せられた。王家の血筋を引くアントワネット・ド・ブルボンとの結婚、そしてのちには第一子マリーとスコットランド王ジェームズ五世との結婚により、ギーズ家はヨーロッパ諸王家ともつながりをもつことになる。クロードの孫――したがってギーズ公アンリのいとこにあたる――メアリ・ステュアートは、短い間ではあるがフランス王妃、ついでスコットランド女王となり、のちには二八年間の軟禁のすえ、王位を脅かす者として、親戚であるイングランド女王エリザベス一世［メアリの父であるスコットランド王ジェームズ五世は、エリザベス女王の従兄にあたる］により処刑された。

本家筋のロレーヌ公フランソワがカール五世の姪にあたるデンマーク王女クリスティーナと結婚

し、その長子がのちのフランス王アンリ三世の姉クロードと結婚する。これでギーズ家はさらに王位に近づいた。しかし先述のように、フランス王位につくには血統親王でなければならない。

ギーズ公クロードが亡くなると、息子のフランソワ（一五一九―一五六三）が跡を継ぎ、アンヌ・デストと結婚する。アンヌの父方の祖母はルクレツィア・ボルジア、母方の祖父母はフランス王ルイ一二世とアンヌ・ド・ブルターニュである。そしてこのクロードとアンヌの長男が、ギーズ公アンリなのである。フランソワもまた勇猛な軍人だった。カレーでイングランド軍と、メスとティオンヴィルではカール五世軍と戦って名をあげ、王国中将、すなわちフランス軍最高司令官に任命された。レンティ（パ＝ド＝カレー）の戦い（一五五四年）の後、フランソワはある事件で軍人貴族モンモランシーと対立する。モンモランシーが国王の側近であっただけに、二人はライバル関係にあった。フランソワがモンモランシーに闘争心が欠けていると批判すると、モンモランシーの甥にあたるコリニーがおじを擁護してフランソワを挑発した。最悪の事態を避けようと、王が二人のあいだを分けねばならないほどだった。

半世紀近く続いたユグノー戦争［フランス宗教戦争］のあいだ、熱心なカトリック教徒であるギーズ家は、モンモランシー家とのあいだで、互いに命がけで争っていた。モンモランシー家はカトリックではあるが妥協的で、「ポリティーク（政治的）」とのあだ名があり、同族であるプロテスタントのコリニー＝シャティヨン家がうしろだてとなっていた。それぞれの信仰を守ること以上に、権力と名誉、称号と地位をめぐって競いあっていたのだ。貴族たちの戦争は次世紀のフロンドの乱まで続き、これに勝った王家による絶対王政へとつながっていくのだが、この時代においては王国を内側から侵食しつつあった。

ギーズ一門、野心を燃やす

ギーズ公フランソワには、説得力と弁舌の才があった。「判断力に富んでいるので、彼が意見を言った後は、それにまさる見解が見つかるとは思えないほどだった」。年代記作者はそう記している。一五五九年、国王アンリ二世が馬上槍試合の事故がもとで亡くなると、息子が王位を継いでフランソワ二世となるが、まだ一四歳では任が重く、母のカトリーヌ・ド・メディシスが摂政となる。一年半という短い治世のあいだ——若き王は一五歳で世を去る——実質的な権力はギーズ公フランソワと、ロレーヌ枢機卿でギーズ一門随一の政治家であるシャルルの手ににぎられる。[6] 兄は軍人の長であり、ほどなく王室をとりしきる式部長官となる。弟の枢機卿は財政と司法をとりしきる。二人はそろって、フランスでの次王シャルル九世の聖別式に随行する名誉を受けている。しきたり上、ギーズ公はアンリ三世、ナヴァール王アンリ（のちの国王アンリ四世）に次ぐ「序列第三位」だった。いうまでもないが、この序列はギーズ家にとって役不足であった。

王権に空白が生じるたび、ギーズ一門はスペインとの関係強化をめざすようになる。カトー＝カンブレジの和議、[7] さらにはフランス国王の妹エリザベートと、カトリックの盟主で大国スペインの国王、フェリペ二世との結婚による王家同士の結びつきの上をゆく接近であった。このスペインとの同盟により、「異端」たるユグノーを根絶できると、ギーズ家は確信していた。パリではプロテスタントではないかと疑われる者が逮捕され、禁じられた集会が行なわれた家が解体され、「真の信仰」に立ち返るべく辻々に聖母・聖人の像が置かれた。地方では牧師たちが虐殺された。プロテスタントの指導者たちはこれに反発し、迫害とギーズ公による権力の独占を非難した。そしていくつかの地域では決起した。なかでももっとも有名なのは上記のコリニー提督で、若年の国王をとりまきから解放して、信仰の自由を要求しようという陰謀をくわだてた。動きを察知したギーズ一門は王族をブロワ城から、より防衛のしやすいアンボワーズ城に緊急に移らせた。一五六〇年三月一六日、共謀者たちが付近の森で逮捕された。彼らは溺死、斬首、絞首のいずれかで処刑され、遺体は城門にさらされた。このときの死者は千人を超えた。

この「アンボワーズの陰謀[8]」が四〇年にわたる暴力の序章となり、カトリーヌ・ド・メディシスは融和をよびかけたが、長男フランソワ二世の死により挫折し、暴力を止めるにはいたらなかった。王太后がつねにめざしたのは、状況に応じてユグノー側にすりよったかと思うと、カトリック陣営支持に路線変更するという、敵対する派閥間の絶妙なバランスをとることだった。こうした融和策には利点もあったが、弱腰ともみなされがちである。プロテスタントの指導者たちはとがめられることはないとたかをくくり、王国全体を回心させようと夢想するようになり、カトリック教会を襲って掠奪する者も出てきた。一方、カトリック側の大貴族たちは王家の「弱腰」に憤慨し、場合によっては王家ぬきで「伝統的な信仰」を守る決意だった。なかには不満をあからさまに示そうと、宮廷を去る者もいた。なかでも急先鋒がギーズ公アンリであり、それ以後、「教皇派」の反対派貴族の領袖とみなされるようになる。

気骨ある人物

一五六二年初め、王権がサンジェルマン寛容令を発すると、カトリック側の怒りはさらに高まった。改革派に信教の自由だけでなく、礼拝の自由まであたえることになったからである。君主国家フランスの原則である「一つの信仰、一つの法、一人の王」が破られたとなれば、もはや戦争しかない。こうして内戦がはじまった。

引き金となったのは一五六二年三月一日、シャンパーニュ地方ヴァシーの村をギーズ公が通りかかったことだった。何人かの兵士と、説教を聞くため納屋に集まっていた六〇〇人のユグノーが口論になり、それが殴りあいにエスカレートし、虐殺が起きた。カトリック側は、法によって礼拝は町の外で行なうよう定められているのに、町のなかで礼拝を行なったとしてユグノー側を非難した。

プロテスタント側は五〇人ほどの死者と、その三倍の負傷者を出した。カトリーヌ・ド・メディシスと宰相ミシェル・ド・ロピタル[9]の融和策は、ギーズ一門によってわずか数時間のうちに崩壊したのである。のちのギーズ公アンリはこのときまだ一一歳にすぎず、全生涯を暴力のなかですごすことになるとは夢にも思っていなかった。

カトリックの指導者たちは「ヴァシーの不始末」と遠まわしによんでいたが、この事件はプロテスタント圏の君主たちに衝撃をあたえた。一方、パリではギーズ公フランソワが英雄として迎えられ、三〇〇〇人の貴族たちに守られてサン＝ドニ門から市庁舎までパレードを行なった。これは歴代の王がとった凱旋路である。首都は熱狂したが、地方では暴力が猛威をふるっていた。コンデ公ルイ[10]が率いるユグノー勢は武装していくつかの都市を奪取したが、一二月のドルーの戦いでギーズ公に敗北した。ギーズ公はまたもパリに華々しく凱旋し、そのさまはまるで国王のようだった。しかし一五六三年二月、オルレアンに向かう途中でポルトロ・ド・メレという名の人物に銃撃され、一週間もしないうちにフランソワは死亡した。まさに処刑されたのである。「神の恵みにより、廉潔の士となるように」。いまわのきわ、彼は一二歳の息子アンリにそう言い残した。

若年にもかかわらず、ギーズ家の新当主は気骨にあふれていた。彼を司教座聖堂参事会員に推そうとした叔父のロレーヌ枢機卿に対し、わずか七歳の彼はこう反論した。「あなたのそばで、勇猛なスペイン兵やブルゴーニュ兵に槍や剣をつき立て、自分の腕前を試したいのです。僧服を着て修道院に閉じこもるより、槍の技を磨いて戦いたいのです」。少年は頑固で復讐心に燃えていた。美貌、明るい色の髪、「溌剌さ、洗練、機知、そして優雅な立ち居ふるまい」をそなえた理想の人物だった。すでに男としての魅力を発散し、その後も発散しつづけることになる。

カトリーヌ・ド・メディシスから強く望まれたが、アンリは未成年のため、父がつとめていた式部長官と大侍従の職を引き継ぐことができなかった。後見人となった叔父のロレーヌ枢機卿シャルルもまた、政治に長け、芸術を愛する傑物だった。さまざまな聖職によって財を築いており、いく度も国庫を破綻から救っていた。アンリ二世に熱心に仕え、その後の王たち［フランソワ二世、シャルル九世］からは遠ざけられたものの、表舞台への復帰を望んでいた。プロテスタントは彼をおそれ、「フランスの虎」と仇名した。それでも彼は、すくなくとも表向きは、カトリーヌ・ド・メディシスが提唱する融和政策を支持した。その明断さと鋭い機知ゆえに、彼はカトリーヌの三男を魅了した。当時王国総代官としてフランス軍の最高指揮官をつとめていた、のちのアンリ三世である。

第一次ユグノー戦争は、アンボワーズの和議（一五六三年三月一五日）によって終結した。一年前のサンジェルマンの和議と同じく、改革派の礼拝を認めるというものだった。その後もいくどとなく勅令と「平和」がくりかえされるが、その度に破られ、国はふたたび戦争に突入することになる。これらの内戦は合計八回くりかえされ、ナントの勅令（一五九八年四月三〇日）[11]によって内戦に終止符が打たれるものの、カトリックとプロテスタントの戦いがこれで終わることはなかった。[12]

一七歳で体験した内戦

アンボワーズの和議から四年後、「モーの奇襲」（一五六七年九月二六日―二八日）をきっかけに新たな紛争が起こる。コンデ公が王とその家族を捕らえようとしたものだが、この奇襲は失敗した。フランス東部国境からスペイン軍が侵攻してくることを懸念していたプロテスタント指導者たちは、シャルル九世を人質にすればフェリペ二世の侵攻に対する最良の防御策になると考えたのである。

第二次ユグノー戦争（一五六七―一五六八年）はギーズ公アンリにとって初陣だった。まもなく一七歳になる若者は、二年におよぶヨーロッパ遊学から戻ってきたところだった。この間、軍事について学び、ハンガリーでは皇帝マクシミリアンの命を受け、ほかのフランス貴族とともにトルコ軍との戦いにも参加した。フランスに戻るとすぐ、軍指揮官にして王国ナンバーツーの親戚、アンジュー公――のちのアンリ三世――とともに軍事作戦に参加する。血は争えないものである。若者は一五六七年一一月のサン＝ドニの戦いで、パリを脅かしていたプロテスタント軍を撃退して名をあげた。さらに一五六九年三月のジャルナックの戦い――ここで降伏の印として手袋をふっていたコンデ公が殺害された――、その半年後には包囲されたポワティエの奪還、さらにモンコントゥールの戦いでも活躍した。この間、アンリはウー女伯カトリーヌ・ド・クレーヴと結婚することになるが、一時は王妹マルグリット・ド・フランスと恋愛関係となり、結婚を望んでいた。ロレーヌ家（ギーズ家の別名）はこれを、現王朝との関係を強化して王位をうかがう好機と見た。それは一門の悲願だったのである。しかしシャルル九世は二人の結婚に大反対し、この厚かましい若者を殺すとまでおどしたので、二人は早々に結婚をあきらめた。王と王太后カトリーヌ・ド・メディシスは別の結婚相手を考えていた。一五七二年八月一八日、プロテスタント勢力の指導者であり、ブルボン家の分家にあたり、ユグノー陣営に属するナヴァール王アンリと、王妹マルグリットが結婚することで、王国の平和を確実なものにしようとしたのである。しかし熱心なカトリック教徒の目から見れば、この結婚は「憎むべき結合」にほかならなかった。そして一週間後、この結婚からユグノー戦争における最大の虐殺事件、サン＝バルテルミーの虐殺がひき起こされることとなる。

王室は政略や婚姻政策にばかりとらわれ、カトリック臣民の怒りを過小評価していた。ユグノーを支持し、教皇から破門されているイングランド女王エリザベス一世との防衛条約の締結に、民衆は激怒した。状況は悪化の一途をたどり、プロテスタントのコリニー提督がフランドルでのフェリペ二世との戦いに向け、兵を募集する許可を王から受けたとの噂がしきりに流れた。フランス王国は「異端」の陣営に屈しようとしているのではないか。説教師たちはそう決めつけた。すでに王妹とナヴァール王との「汚れた」結婚に憤慨していたパリ市民たちは、戦う準備ができていた。あとは、新たなリーダーとなったギーズ公アンリの命令を待つばかりだった。

まだ若いギーズ公は慎重だった。実際、九年前のオルレアン包囲における父フランソワの暗殺に関連して、シャルル九世がユグノー軍の総帥コリニーを「罪を償い、許され、無実」と宣言していたからである。王はまた、王国が復讐による血の汚れを受けてはならないとの理由で、フランソワの息子アンリに敵討ちを禁じていた。アンリは家族としての義務と、当時、教皇のいるローマを訪問していた叔父枢機卿もそうしていたように、平和を維持しようとする王の努力をさまたげたくないという気持ちのあいだでゆれていた。

だが事のなりゆきによって、アンリの迷いは吹っきれた。八月二二日一一時、コリニーが国務会議からの帰路、手と肘を弓で射られたのである。王と王弟はただちにコリニーの枕辺に駆けつけ、予測されるユグノーたちの怒りを鎮めようとした。翌朝、パリのブルジョワたちからなる民兵（カトリック）は、いかなる偶発的事態にもそなえるべく武器をとった。スペイン大使がフランスとの外交関係を絶つと発表し、火に油をそそいだ。フェリペ二世が、もっとも近い同盟者であるギーズ公がコリニー暗殺未遂の罪に問われるなら、フランスに宣戦布告すると言ったとの噂が流れた。一部の人間に襲撃の首謀者と名ざしされたギーズ公は、叔父オーマール公とともに、万が一にそなえて支持者たちを結集させた。

シャルル九世は宮殿で、かつてなく孤立していた。衛兵たちは姿を消し、民兵たちは命令に従わなかった。ギーズ公の騎兵隊はパリに集結していた。混乱を避けようと、王は国務会議の助言を入れ、ナヴァール王アンリの側近であるプロテスタント貴族約二〇名を犠牲にすることを受け入れた。「わたしの信仰、そして彼らにあたえた約束はどこへ行ったのか」と、シャルル九世は嘆いた。しかし時すでに遅く、傷は修復不能になっていた。

一五七二年八月二四日午前三時ごろ、パリの教会が狩りの開始を告げる鐘の音を響かせた。兵士も庶民も血に飢え、職人もブルジョワも熱狂にとらわれ、神と王の御心をなすものと信じて、一斉に「異端者」狩りに集結した。その王が「伝統的な信仰」を裏切ろうとしていることを疑いつつではあったが。こうしてサン＝バルテルミーの虐殺がはじまった。

窓から投げ落とされる遺体

惨劇は四日間続き、ラ・シャリテ、ブールジュ、オルレアン、アンジェ、ソミュール、トロワ、ルーアン、リヨン、ボルドー、トゥールーズ、アルビ、ガイヤックなど、地方にも虐殺が広がった。首都で三〇〇〇人、各地方でも数百人規模の死者が出た。「瀕死の者、死の直前に衣服をはぎとられている者たちのうめきが、あたりに響きわたった」と、司法官で歴史家のジャック＝オーギュスト・ド・トゥーは述べている。切りきざまれた遺体が窓から投げ落とされた。車寄せの門などには、すでに死んだ者、あるいは虫の息の者たちがうず高く積み上げられた。街々では人々が舗道というよりも血の上をひきずられ、その血が川へと流れこんだ。死者は数知れず、男、女、子ども、なかには母親の腹からひきずり出された嬰児もいた」

それまでの一〇年でもっとも多くの死者が出たその夜、プロテスタント指導者たちを処刑する部隊の先頭に立っていたのは、ほかならぬギーズ公アンリだった。寝床で殺害され、窓から投げすてられたコリニーの殺害を指示したのは彼だったのか。その証拠はないものの、一部の証言によれば、提督の家に侵入した一団の指揮官はオーマール公とギーズ公その人だったとされる。しかも死体を足蹴にしてこう毒づいたのも、ギーズ公本人だという。「毒虫め、これでもはや毒をまきちらすこともあるまい」。一方、これに反する記述もあり、それによるとこの時間にアンリはセーヌ左岸でプロテスタントの指導者たちを追跡していたという。だとすれば、虐殺が最高潮に達した時点で、パリ城内にいなかったことになる。城内に戻るのは翌日であり、新たにユグノー軍の指揮官となったモンゴムリ伯ガブリエル一世をとり逃したと知って悔しがったとされる[14]。

王の命令を受けてギーズ公が殺害と略奪をやめさせ、治安は回復した。ライバルたちは虐殺を行なった者たちの処罰が甘いと非難したが、これについても証拠はない。唯一、確実にいえることがあるが、これはギーズ公に好意的なものだ。というのも、彼の邸宅がプロテスタントの避難所として使われていたのである。たしかに、彼の祖母ルネ・ド・フランスはユグノーだった。この祖母をぶじにパリから脱出させるため、ギーズ公はみずから同行したのだった[15]。

蛮行は終わり、政治のかけひきが復活した。一五七三年六月、プロテスタントの中心都市ラ・ロシェルの五か月におよぶ包囲戦が失敗に終わったことは、君主制が優位を生かせなかった証しのように思われた[16]。モンモランシー公をはじめとするカトリックの大貴族だけでなく、血統親王ゆえにプロテスタント信仰をすてることで助命されたナヴァール王やコンデ公も融和政策を支持したが、王はあいかわらずかたくなだった。その結果、「不満分子」とよばれるこれらの人々は、国政を改革して、権力の絶対主義的な性格に終止符を打つことを主張するようになる。そうした人々の領袖であり、王位継承の候補者でもあったのが、ほかならぬ王弟アランソン公フランソワだった。

まもなく胸膜炎で死ぬ運命にあったシャルル九世と母親のカトリーヌ・ド・メディシスは、ユグノー戦争に貴族の反乱が重なることを避けようと、懐柔策に出た。領地ピカルディをコンデ公に返し、モンモランシーを国務会議に復帰させ、のちにヴァロワ朝最後の王となる王弟アンリ三世に指揮権をあたえるなどの措置をとった。逆にアランソン公、ナヴァール王、コンデ公は軟禁状態で、厳重な監視のもとに置かれた。

一五七二年二月一三日のアンリ三世の聖別式[17]には、ギーズ一門がそろって参列した。司式はルイ大司教兼枢機卿、さらにギーズ、マイエンヌ、オーマールの三人の世俗同輩公、そして式部長官エルブフ侯という顔ぶれだった。翌々日、若き王はギーズの同族であるルイーズ・ド・ヴォーデモンと結婚する。

新王アンリ三世が、あたかも御祝儀のように受け継いだのは、一二年におよぶユグノー戦争の第五次内戦だった。敵対行為をはじめたのはプロテスタントと同盟したカトリック教徒で、「ラングドックの王」とよばれたアンリ・ド・モンモランシー＝ダンヴィルだった。ルーヴルを脱出し、アンジュー、リムーザン、ポワトゥーからの部隊の指揮官となったアランソン公フランソワもすぐにくわわった。東部ではコンデ公が、ライン宮中伯（神聖ローマ帝国の諸侯でライン地方を統治）のヨハン・カジミールとその傭兵部隊に救援を求めた。しかし部隊は「ムッシュー［王弟や王族のよび名］」とよばれたアランソン公の軍勢と合流することはできなかった。アランソン軍は一〇月一〇日、マルヌ県ドルマンの戦いにおいてギーズ公アンリに敗れ、パリを脅かすにはいたらなかったのである。この戦いこそ、ギーズ公が負傷し、その後の栄光のはじまりとなり、「向こう傷」のあだ名を拝することになった戦いである。王はこの「偉大かつ顕著な奉仕」に感謝する。ギーズ家の者が、二度までも王座を守ってくれたからである。

「ミニョン」を標的にせよ！

この勝利にもかかわらず、自信がなく迷いのなかにあるアンリ三世は、ユグノー、次いでカトリック側にも保証をあたえた。ボーリュー の勅令（一五七六年五月）では、改革派［プロテスタント］の礼拝を全国で許可し、サン＝バルテルミーの死者の名誉、さらにはコリニーやモンゴムリの名誉を回復させ、プロテスタントに八個所の「安全保証地」をあたえた。また王室への復帰を条件に、弟のアランソン公フランソワのアパナージュ（封土）[18]を増やした。この勅令が皮肉にも「ムッシューの和議」とよばれているのは、このアランソン公がもっとも得をしたかに見えるからである。二四歳の若き王アンリ三世はさまざまな勢力に屈服した。屈辱のあまり、王は涙を流した。

王はこの呪わしい和議を認めなければならないのだろうか。とはいえ、一部の合意は遵守されず、平和は相対的なものに終わった。まずはギーズ一門に近いピカルディの総督ジャック・デュミエールが、ペロンヌ市の鍵をプロテスタントに渡すのをこばんだ。こうした違反行為は、各地方のカトリック集団によるものであり、これがやがて「同盟（リーグ）」とよばれる集団を形成する。彼らはプロテスタントに「安全保証地」があたえられたこと、国王の権威の失墜、そしてフランスという国の威信がますます低下していることに怒っていた。

　ギーズ公アンリはこうした状況を注意深く観察していた。式部長官であり、王家の筆頭執事である彼は、「ミニョン（美青年の寵臣）」たちの排除にとくに心をくだいた。敵対者たちから女々しいやつら、「無神論者、享楽的、背徳者、男色家」と非難されていたこれらの若者たちは、じつは名門貴族の子弟であり、おそれを知らぬ決闘家であり、王のためには命もおしまぬ人々だった。彼らの名はサン＝リュック、ケイリュス、ラ・ヴデット、ボーヴェ＝ナンジス、そしてジョワイユーズだった。忠誠への報いとして王が彼らを重用し、出世を重ねたがために、廷臣たちから憎まれた。彼らは途方もなく大胆であり、ギーズ公を式部長官の職から追放し、みずからがその地位に登ろうとする者もいた。なかでも王にもっとも近く、もっとも影響力があり、大貴族たちからもっとも嫌われていたのがエペルノン公だった。「アルシミニョン（大寵臣）」とよばれた彼は、フランス提督、歩兵連隊司令官[19]のほか、ノルマンディ、アンジュー、トゥーレンヌの総督職など、信じられないほど多くの特権をあたえられた。王がさらにギーズ家の中心地であるメスの総督職をあたえ、義理の妹にあたるクリスティーヌ・ド・ロレーヌを嫁がせると約束するにいたって、ギーズ一門は驚愕し、いまや「ドゥミ・ロワ（なかば国王）」とよばれているこの男のなかに、排斥するのにあれほど苦しんだコリニー、コンデ、モンモランシーらの幻影を見たのだった。すくなくともコリニーらはプロテスタントだったが、この寵臣たちはカトリックなので、なおさらたちが悪い。

一五八四年六月、跡継ぎのないアンリ三世の、生き残った唯一の弟、アランソン公フランソワ（アンジュー公）が結核で亡くなると、相続をめぐる争いがはじまった。そしてフランスはふたたび内戦に突入する。プロテスタントのナヴァール王アンリが、合法的に王位継承権を主張できるようになったからである。アンリ三世は幼い頃、いっしょにいて楽しく、陽気で茶目っ気のある、狩りの大好きなこの「プティ・アンリオ［ナヴァールのアンリのあだ名］」と好んで遊んでいた。大人になると堂々とした立ち居ふるまいを身につけ、美しい口ひげをたくわえ、いつも愛想がよかった。アンリ三世は五回も改宗しているこの遠い従兄弟が、カルヴァン主義とはっきり袂別することを願っていた。しかしこの男は狡猾であった。いずれにせよ、三人のアンリ――ヴァロワ家のアンリ三世、ナヴァール王アンリ、そしてギーズ公アンリ――の関係は、まさに一触即発の状態だった。

カトリック信仰の防衛をうたう二つの同盟が動き出した。第一は、パリ市民とブルジョワからなり、サントリーグ、ないしサンテュニオンとよばれる同盟である。第二は貴族たちで、ギーズ公、弟のマイエンヌ公、そしてネヴェルス公からなる同盟である。そのマニフェストは、カトリック信仰を再興し、新税を廃止し、貴族の権利を回復し、そして王権を抑制するために三年ごとに三部会を招集することを提案していた。その事実上のリーダーは、英雄的な軍人であり、教養もあり、こりることのない女たらしでもある、ほかならぬギーズ公アンリだった。

戦場でつちかわれた、向こう傷のアンリとアンリ三世の長い友情は終わりを告げた。カトリック同盟のせいだけではない。王のそばからミニョンたちを排除することになった一連の闘争において、ギーズ公はつねに武力に訴えた。スペイン王家との関係、またフェリペ二世からの援助金により、ギーズ公は親外国勢力の先頭にも立っていた。だがいちばん問題なのは、ギーズ公に、王者というより修道僧のような、敬虔なアンリ三世をばかにする傾向があったことだった。

口には出さないものの、ギーズ公は戦争を望み、それについて考えぬいていた。表向きは「真の信仰」であるカトリックを守るためとしていたが、心の底では、そして現実的には、たんに王位を望んでいたのではないだろうか。ともあれ、彼は弟のオーマール公とエルブフ侯をひきつれ、ふたたび戦場へと向かった。ノルマンディ、ピカルディ、ブルターニュで反乱が起こり、ブールジュ、ディジョン、マコンは占領された。まもなく北部と中部の諸地方がカトリック同盟にくわわった。

一方、アンリ三世にはまだ西部と南部、そして二つの大都市、ボルドーとトゥールーズが残っていた。しかしフランスの国王としては頼りない状態であり、まして彼には味方がいなかった。姉マルグリットはカトリック同盟を支持していたが、老いた母カトリーヌ・ド・メディシスは先延ばしをくりかえし、「事を荒立てたり、危険をおかしたりしたくない」と望んだことから、敵陣営［ユグノー側］にねがえったとみられていた。当時の年代記作者は絶望的な状況をこう記している。「（王は）徒歩で、カトリック同盟は馬に乗って、話しかける。王は改悛者の袋をもち、同盟は甲冑を身につけている。武器を忘れた王はインクと紙に頼り、宣言を行なうが、それがあまりにも素っ気ないので、王は敵を名ざしすることさえできない、負けたと認めずに苦痛でうめいている人のようだ」

お金も兵力もなく、弱体化して八方ふさがりのアンリ三世は、ついに屈服し、ギーズ一門の監視下での交渉をへてヌムールの和議に署名する（一五八五年七月七日）。王はユグノーであるナヴァール王アンリの王位継承権を廃し、これまで講和のために発したすべての勅令を撤回し、プロテスタントの礼拝を禁止し、信仰の自由と安全保証地を廃止した。王の置かれた不条理な状況について、ヴェネツィアの外交官が巧みな筆致で記している。「彼は異端と戦争するつもりであるが、カトリック同盟の成功に嫉妬している。ユグノーの敗北を望む一方で、その敗北をおそれている。カトリックの敗北をおそれる一方で、望んでもいる」と。ユグノー［プロテスタント］の多くは、次の虐殺の犠牲になるよりも棄教することを望んだ。親戚である王の好意を信じていたナヴァール王アンリは、愕然とした。

この間、王は策をめぐらせていた。ギュイエンヌでナヴァール王と戦うにあたり、ギーズ公アンリの実弟、マイエンヌ公に国王軍の指揮をとらせた。兄弟が妬みあっていることを知っていたからである。また下心をもって、「ミニョン（寵臣）」のジョワイユーズにある部隊の指揮をまかせた。勝利すれば、ギーズに代わって彼が貴族の人気を得るだろうと考えたのである。いわゆる分断政策で君臨しようとしたのだが、君臨すべき王国の支配権は縮小していた。

軍事的にはこう着状態が続き、ギーズ公は歯がみした。王は一五八六年、リウマチで動きもままならない黒衣の老婦人、カトリーヌ・ド・メディシスに仲介を頼んだ。交渉の相手はナヴァール王である。信じられない、とパリ市民は叫び、説教師たちにも扇動されてただちに興奮が高まった。一五八七年二月八日、カトリックのメアリ・ステュアートがロンドンで処刑されたとの知らせに、彼らの怒りはさらに燃え上がった。

王はカトリック同盟にとって最大の敵となったのである。罵詈雑言だけではもはやおさまらない。王を拉致監禁することさえ計画された。二件の陰謀が発覚した。ギーズ家はこうしたことには関与せず、この種の暴力に迎合することをこばんでいた。そもそもギーズ公は王権の転覆など頭になく、カトリック同盟が望むような革命も考えていなかった。彼がめざすのはユグノーを倒すことだった。彼は約束していたのだ。「カトリックがこの王国で確立されるまで、決して馬から降りない」と。そうなってはじめて、状況が整えば、王冠を授かることもあるかもしれない。しかしそれまでは、一五八七年七月にモーに訪ねてきた王を、軽蔑の目で迎えるだけで満足した。

戦場では、一〇月二〇日に国王軍がクートラ（ジロンド）で惨敗する。損害は大きく、死者は二〇〇〇を数え、そのうち貴族の死者は三〇〇にのぼった。ナヴァール王アンリにとって、最初の大勝利だった。アンリはこの勝利によって得た名声にすぐさま乗じることはしなかったが、王位につくまでの長い道のりにおいて、やがてこの勝利が役立つことになる。アンリ三世は命びろいをするが、敗戦によって屈辱を味わい、徐々に力を失っていく。

ギーズ公は、この第八次ユグノー戦争で連戦連勝を続けていた。一度はヴィモリー（一五八七年一〇月二六日）で、そして一か月もたたないうちにシャルトル近郊のアヌー（一一月二四日）でと、二度にわたり神聖ローマ帝国軍を破った。これは「カトリック同盟にとっての聖歌」だったと、当時の証言にある。

一五八八年、危険でいっぱいの年

同盟の指導者たちは勝利によって自信を深め、一五八八年初頭に疑わしい将校たちの解任、トリエント公会議の議事録の公開[20]、大都市での異端審問所の設立、さらにプロテスタントの囚人の処刑を要求した。四月末には国王誘拐の噂が流れた。パリでは、説教師たちとギーズ公の妹であるモンパンシエ公妃が「暴君」に対する怒りをあおりたて、教会での説教や信仰行進ですでに言及されている国王暗殺の機運を盛り上げた[21]。一方、王はギーズ公の逮捕や処刑を拒否しつつも、「これまで従僕のようにふるまってきたから、これからは王を演じる」と宣言していた。しかし、飢えに苦しむパリ市民が敵対的になるなかで、どうして「王を演じる」ことなどできるだろう。しかもギーズ公はますます王のようにふるまっている。王らしくふるまうべく、アンリ三世はギーズ公がパリにとどまることを禁じた。しかし五月九日、向こう傷のアンリはわずかな随行をつれて、サン＝ドニ門からパリに入った。カトリック同盟の人々とブルジョワ民兵はすでに配置についていた。ギーズ公はまっすぐ、レ・アールの宮殿にいるカトリーヌ・ド・メディシスのもとへ向かった。群衆は「ギーズ万歳、教会の柱、万歳！」と喝采を送り、女たちは公のマントにふれようと手を伸ばした。

三日後の五月一二日の朝五時、パリに外国人の駐屯を禁じる都市特権があったにもかかわらず、四〇〇〇のスイス兵をふくむ六〇〇〇人の部隊が、王の要請によりパリに入った。「暴君」は自分たちを虐殺するつもりだろうか、と住民は考えた。大樽に舗石、砂、土をつめたものがならべられた。これがパリの「バリケード」の第一号である[22]。国王軍の兵士たちは包囲された。反乱の合図はモーベール広場から発せられた。アンリ三世は群衆に向けて発砲することを禁じた。スイス兵たちが殺害された。大量虐殺を防ごうと、王はギーズ公に介入を求めた。翌日の朝四時、帽子を手に、武器をもたずに、向こう傷のアンリは自邸を出た。バリケードが彼のために開かれ、彼の命令を受けた反乱軍は国王軍の兵士たちを解放した。「これが国王の権威を失墜させる最後の一撃となった」と、その場に居あわせたある人物が述べている。ギーズ公はパリのあるじとなった。そして王国のあるじになる日も近いのだろうか？

翌日、カトリーヌ・ド・メディシスが交渉のために訪れた。「陛下、遅すぎました」とギーズ公は答えた。暴徒はすでにルーヴル宮をとり囲んでいた。王は混乱に乗じ、ひそかにテュイルリー庭園にしのび出て、シャルトルへ向かって逃亡した。パリが百年戦争以来の最悪の事態を迎えているいま、王の権威はどこまで失墜していくのだろうか？

ギーズ公は出しぬかれたと感じたものの、「君主」に対してなにかをたくらもうとはしなかった。むしろ、きわめて攻撃的な反乱勢力を鎮圧しようとしていた。五月一四日、ギーズ公はルーヴル、バスティーユ、兵器廠、ヴァンセンヌ城を制圧した。パリ市長と国王支持派の市参事官二人の逮捕を命じたほか、市政機関を解散させてあらためて選挙を行ない、国務会議に「民衆を抑止する」よう求めた。また民兵の指揮官も交代させた。そして教皇にこう警告した。「わたしが極限まで追いつめられていることをお考えいただければ、最悪な状況に立ちいたった場合、わたしが極端な解決策をとる決心を固めたとしても、異常なこととは思われませんよう」

ギーズ公はなぜ、この機をとらえて権力掌握にのりださなかったのか。法律尊重主義ゆえであろうか。正統王朝主義ゆえであろうか。後にも先にも、これが彼にとってルビコン川を渡る最後のチャンスだった。「王よりも王党派」「シャトーブリアンの言葉」になるのはたしかにむずかしく、救世主と仰がれれば反逆者とみなされてしまう危険がある。ギーズ公は、パリの騒乱に地方は衝撃を受けて好感していない、とわかっていた。王の逃亡で彼の立場は不安定になった。公は王への忠誠をくりかえし宣言した。けれど、これを言葉どおりに受けとってよいのだろうか。

アンリ三世はシャルトルから、事のなりゆきを仔細に注視していた。パリ市民は従来どおりの自治回復を求めていたが、それほど多くの者が王権の打倒を願っているだろうか、そうではあるまい。その証拠に、彼のもとにはパリの代議員たちが面会に来ていた。自分は陰謀の犠牲者なのだと、王は説明した。各地の総督には、統制を保つようにとの命令を送った。にもかかわらず、彼はカトリック同盟の要求を受け入れ、エディ・ド・ユニオンとよばれる勅令にこれを列記するしかなかった。同盟メンバーの恩赦、ユグノーに対する戦争の再開、減税、そしてギーズ公アンリを国王軍の指揮官に任命することなどが要求の内容だった。

八月二日、向こう傷のアンリは、自分があれほど侮辱を味わわせた王に表敬訪問すべくシャルトルへおもむいた。「モン・クザン」とアンリ三世は応じた。「われらが旧友ユグノーのために乾杯しようではないか。そしてパリにバリケードを張りめぐらせた人々のためにも。彼らを忘れないように」。そして「親戚であるギーズ一門とともに統治したい」と言明した。ほかに選択肢があっただろうか。王はギーズをたぶらかす必要があった。残された最後の切り札は、三部会、すなわち国民の代表を招集して、王政の健全な運営に彼らをとりこみ、カトリック同盟にまさる国王の正当性をとりもどすことである。こうして九月なかば、ブロワで三部会が招集されることになった。

ブロワ三部会での国王批判

風向きは変わるのだろうか。一五八八年夏、イギリスの艦隊に敗れ、さらに嵐にもみまわれてスペインの無敵艦船が敗走すると、ギーズ公の立場はあやうくなった。スペイン王フェリペ二世はギーズ公の最大の同盟相手だったからである。ずっと優柔不断だったアンリ三世は、態度を変えた。妥協をすてて権威主義的となった王は、大臣たちを次々と更迭する。シュヴェルニー、ヴィルロワ、ベリーヴレ、クロード・ピナール、ピエール・ブリュラールら、いずれも母后カトリーヌ・ド・メディシスの側近であった。パリのバリケード勢力に対して譲歩するようアンリ三世に助言したことが、とがめられたのである。しかしなによりも、それは親離れの行為でもあった。「わたしも三七歳になった」と王は教皇特使に語っている。「わが王国の統治に、ひるむことなく取り組み、思いどおりに統治することによって、袂を分かった人々の助言に従った場合よりよい結果を得られるかどうか、見てみたいのだ」と。

しかし三部会の代議員選挙は惨憺たる結果に終わり、同盟側が圧倒的な勝利をおさめた。王は例によって待ちの姿勢に切り替えた。九月初頭、王はブロワ城に代議員たちを個別によんで籠絡することによって、ギーズ公を出しぬこうとした。

一〇月一六日には、城内の大広間で三部会の開会式が行なわれた。アンリ三世はカトリーヌ・ド・メディシスとルイーズ妃を従え、枢機卿、王族、公たちがまわりをとりまく。王座のかたわらには式部長官ギーズ公がひかえ、黄金の百合で飾られた王笏を捧げもった。アンリ三世は見事な演説を行なった。いつにない決意の固さに人々は驚いた。アンリ三世は、王権を立てなおし、政治改革を行ない、異端を根絶することを約束した。反逆する者は市民権を失うことになる。「一部の貴族と同盟を組もうとするフランス人がいる。（…）わたしの権限からはずれたあらゆる同盟の存在は認められない。神も王もそれを許さない。いつも変わらぬ善意の証として、わたしはこの件について過去の出来事はすべて水に流すとはいえ、王の尊厳を守る（…）義務があるゆえに、わが許しを得ずにこうしたことに手を染める臣民は、不敬罪にあたるものと宣言する」。王の攻勢に、向こう傷のアンリは顔を歪めた。審議終了後、公の仲間たちがこの発言の取り消しを要求した。例によって王は譲歩する。王はほかにも二つ、代議員たちの要求をのまされた。すなわちエディ・ド・ユニオンの勅令により、プロテスタントの王族の王位継承をいっさい禁じるとともに、以後、法律のもとで王と三部会の意志が一致にもとづくことを認めさせられた。つまりは国民の代表と権力を二分しなければならないということである。これは考えられないことだった。アンリ三世は、ナヴァール王アンリが不敬罪に問われることだけはなんとか阻止したが、それで満足しなければならなかった。

一二月の初め、ブロワでふたたび国王批判がはじまった。彼らは王室財政の監査、減税、そして投票で税金への賛否を決める権利を要求した。彼らはもはや政府の政策だけを論じるのではなく、徐々に君主制の本質にふみこむようになった。王も負けてはいなかった。「わが尊厳がかくも奪われ、失われるのを許すくらいなら、死んだほうがよい」

ブロワでの主導権をにぎっていた同盟勢力は、ギーズ公との距離をとるようになっていたものの、王の目には屈辱の原因はギーズ公以外にはないように見えた。陰にひそんでいるとはいえ、この男の野心はおとろえを知らぬかに見える。元帥の地位まで要求している。この分では、王は早晩、「まちがいなく同盟勢力に圧倒されて、退位させられる」と、ある側近が嘆いたほどである。ヴァロワ朝最後の王となるアンリ三世には、もはや力ずくで抵抗するしかなかった。それも犯罪行為によって。[23]

原注

1　フランソワ二世（一五四四―一五六〇）は治世わずか一年の一五歳で亡くなっている。
2　シャルル九世（一五五〇―一五七〇）が兄の跡を継いだが、二三歳で肋膜炎で死亡した。
3　アンリ三世（一五五一―一五八九）は三兄弟のなかでもっとも治世が長く、一四年間王位にあった。
4　（原語はGuises）ラルース難解フランス語辞典Dictionnaire Larousse des difficultés de la langue françaiseによれば、王や貴族の家名には複数形をとるものがある。Bourbons、Capets、Condésのように"s"をつける。
5　国王の毒殺を防ぐ責任者であり、王の信頼の篤い者が任じられた。
6　前の世代から、枢機卿の座はおじから甥に継承され、ときにはロレーヌ枢機卿、ときにはギーズ枢機卿となった。
7　二度目のカトー＝カンブレジ条約（一五五九年四月）は、フランスとスペイン、神聖ローマ帝国とのあいだで一四九四年にはじまったイタリア戦争に終止符を打った。和平とひきかえに、フランスはコルシカ島、トスカーナ、サヴォワ、ピエモンテを失った。

8　この不気味な事件は、しばしば「アンボワーズ騒動」ともよばれる。

9　本来は適切な法の履行が宰相の任務だったが、ロピタルは一貫して内戦回避を優先することで頭角を現した。

10　同名の家系の創設者であるブルボン家のアンギャン公ルイ一世は、第一次から第三次までのユグノー戦争のプロテスタント側の指導者だった。

11　アンリ四世が署名したこの勅令は、プロテスタントに信教の自由、礼拝の自由（場所と人数に条件がつけられた）、平等の市民権をあたえ、さらに軍隊を駐屯できる百か所ほどの安全保証地も提供された。

12　歴史家によっては、一六二九年六月のアレスの勅令をもってユグノー戦争の終結とする人もいる。ナントの勅令後も一〇年にわたり紛争が続いた後、この勅令でプロテスタントは「安全保証地」をすべてとりあげられ、政治的にも軍事的にも無力化した。あるいはルイ一四世がナントの勅令撤回（一六八五年）によりプロテスタントからはく奪した戸籍を、ルイ一六世が回復させた一七八七年を終結の年とする歴史家もいる。

13　現場となったベティシ通りに、ギーズ公の教育係だった司祭が借りている家があったことがおもな理由だった。

14　ガブリエル一世は二年後に斬首される。

15　ルイ一二世とアンヌ・ド・ブルターニュの末娘で、フェッラーラ公妃のルネは、居住先のモンタルジにカルヴァン派の重鎮をことごとく迎え入れていた。アンリの父親であるフランソワが、目ざわりな客人たちを追い返して「伝統的な信仰」に立ち戻らないなら、強制的に尼寺へ行かせると彼女をおどしたとの逸話が伝わっている。また逆に、議会が異端を理由に彼女の財産を没収しようとしたときは、シャルル九世が介入して彼女を助けている。

16 両者の交渉は一五七三年七月一一日、ブローニュで新たな勅令が発せられて終わり、第四次ユグノー戦争は終結した。
17 式典は五時間続き、王は七回も衣装を変え、一〇回もぬかずき、三度も宣誓をしなければならなかった。
18 長子以外の王弟、王子に対し、王位継承放棄の見返りとして、王領の一部からあたえられた封土のこと。
19 この肩書きをもつ者には将校の任命権があたえられていた。もともとギーズ公の弟マイエンヌ公シャルルが、このポストへの就任を打診されていた。
20 ルターのプロテスタント改革に対応すべく開かれたトリエント公会議（一五四二―一五六三年）では、七つの秘跡（洗礼、赦し、聖体、堅信、病者の塗油、叙階、結婚の秘跡）、聖人と聖遺物の礼拝、聖書の権威、実体化（聖別された後、パンとぶどう酒の実体がキリストの体と血になること）を確認した。
21 古代以来、そしてカトリック教会の一部の教父たちによっても、「悪王」や「暴君」を廃位したり殺害したりすることが認められていた。
22 「バリケード」という言葉は、大樽をさすガロ＝ロマン語のbarricaから来ている。
23 一五八九年八月二日、ギーズ公アンリの暗殺から八か月後、今度はアンリ三世が修道士ジャック・クレマンによって刺殺される。結局、「三アンリの戦争」の偉大な勝者はナヴァール王アンリ、のちのフランス国王アンリ四世となった。

参考文献

Pierre Chevallier, *Henri III, roi shakespearien*, Fayard, 1985.
Jean-Marie Constant, *La Ligue*, Fayard, 1996.
Joël Cornette, *Les Années cardinales. Chronique de la France*. 1599-1662, Armand Colin-Sedes, 2000.
Bernard Cottret, *L'Édit de Nantes. Pour en finir avec les guerres de Religion*, Perrin, coll. « Tempus », 2016.
Monique cottret, *Tuer le tyran? Le tyrannicide dans l'Europe moderne*, Fayard, 2009.
Denis Crouzet, *Les Guerriers de Dieu. La violence au temps des troubles de Religion, vers 1525-vers 1610*, Champ Vallon, 1990, 2 volumes.
Janine Garrisson, *Les Derniers Valois*, Fayard, 2001.
Arlette Jouanna, *La Saint-Barthélemy*, Gallimard, coll. « Folio », 2017.
—, *Le Devoir de révolte. La noblesse française et la gestation de l'État moderne, 1559-1661*, Fayard, 1989.
—, *Histoire et dictionnaire des guerres de Religion* (dir.), Robert Laffont, coll. « Bouquins », 1998.
Nicolas le Roux, *Le Régicide au nom de Dieu*, Gallimard, 2006.
Arlette Lebigre, *La Révolution des curés, Paris 1588-1594*, Albin Michel, 1980.
Georges Livet, *Les Guerres de Religion*, PUF, 1970.
Pierre Miquel, *Les Guerres de Religion*, Fayard, 1980.
Henri Pigaillem, *Les Guises*, Pygmalion, 2012.
Jean-François Solnon, *Henri III*, Perrin, coll. « Tempus », 2007.
—, *Catherine de Médicis*, Perrin, coll. « Tempus », 2008.

◆著者略歴◆

ジャン=クリストフ・ビュイッソン（Jean-Christophe Buisson）
「フィガロ」誌の副編集長であり、歴史に特化したテレビチャンネル（chaîne Histoire）の番組「イストリックモン・ショー（Historiquement show）」の司会を担当している。著書に、『彼の名はヴラソフ』、『ミハイロヴィチ』、編著書に、『王妃たちの最期の日々』（神田順子、土居佳代子ほか訳、原書房）などがある。

エマニュエル・エシュト（Emmanuel Hecht）
歴史研究家、ジャーナリスト、編集者。『独裁者たちの最期の日々』（清水珠代訳、原書房）、『ツァーリたちのロシア』（ペラン／エクスプレス）、ペラン社叢書「真実と伝説」などの編者として知られる。

◆訳者略歴◆

神田順子（かんだ・じゅんこ）…序文、1–5章担当
フランス語通訳・翻訳家。上智大学外国語学部フランス語学科卒業。訳書に、ピエール・ラズロ『塩の博物誌』（東京書籍）、クロディーヌ・ペルニエ＝パリエス『ダライラマ 真実の肖像』（二玄社）、ベルナール・ヴァンサン『ルイ16世』、ソフィー・ドゥデ『チャーチル』（以上、祥伝社）、共訳書に、ディアンヌ・デュクレ『女と独裁者――愛欲と権力の世界史』（柏書房）、ジャン＝クリストフ・ビュイッソンほか『王妃たちの最期の日々』、セルジュ・ラフィ『カストロ』、パトリス・ゲニフェイほか『王たちの最期の日々』、アレクシス・ブレゼほか『世界史を作ったライバルたち』（以上、原書房）などがある。

田辺希久子（たなべ・きくこ）…6章担当
青山学院大学大学院国際政治経済研究科修了。翻訳家。最近の訳書に、グッドマン『真のダイバーシティをめざして』（上智大学出版）、ブレゼほか『世界史を作ったライバルたち』（共訳、原書房）がある。

敗者《はいしゃ》が変《か》えた世界史《せかいし》
上
ハンニバルからクレオパトラ、ジャンヌ・ダルク

●

2019年9月25日　第1刷

著者………ジャン＝クリストフ・ビュイッソン
エマニュエル・エシュト
訳者………神田順子《かんだじゅんこ》
田辺希久子《たなべきくこ》
装幀………川島進デザイン室
本文組版・印刷………株式会社ディグ
カバー印刷………株式会社明光社
製本………東京美術紙工協業組合
発行者………成瀬雅人

発行所………株式会社原書房
〒160－0022　東京都新宿区新宿1－25－13
電話・代表　03(3354)0685
http://www.harashobo.co.jp
振替・00150－6－151594
ISBN978-4-562-05683-5